GOBOOKS
& SITAK
GROUP ©

步步生蓮

卷二十七

大宋官家

月關 作品

高寶書版集團

戲非戲 DN156

步步生蓮

卷二十七：大宋官家

作　　者：月　關
責任編輯：李國祥
出 版 者：英屬維京群島商高寶國際有限公司臺灣分公司
　　　　　Global Group Holdings, Ltd.
地　　址：臺北市內湖區洲子街88號3樓
網　　址：gobooks.com.tw
電　　話：（02）27992788
E-mail：readers@gobooks.com.tw（讀者服務部）
　　　　　pr@gobooks.com.tw（公關諮詢部）
電　　傳：出版部（02）27990909　行銷部（02）27993088
郵政劃撥：19394552
戶　　名：英屬維京群島商高寶國際有限公司臺灣分公司
發　　行：希代多媒體書版股份有限公司發行/Printed in Taiwan
初版日期：2011 年 7 月

國家圖書館出版品預行編目資料

步步生蓮. 卷二十七, 大宋官家 / 月關著. -- 初版 . -- 臺北市 : 高寶國際出版 : 希代多媒體發行, 2011.07
面 ;　公分. -- (戲非戲 ; DN156)

ISBN 978-986-185-613-1(平裝)

857.7　　　　100011962

目次

六百十八　圖謀關中

「大王當真妙計，想不到縱橫隴右十數載的尚波千，原來早在大王掌握之中了。」

堡寨的議事大廳內，眾將聽楊浩公開了針對尚波千的計畫，不禁笑逐顏開。楊浩卻只淡淡一笑道：「諸君不可大意，勝尚波千雖然容易，但是我從來都沒有把尚波千放在眼裡，一旦謀取隴右，我的對手根本不是尚波千。以前只是意在隴右時，他不是，現在……他更不是。」

眾將聞言都不由得一怔，聞弦音而知雅意，楊浩話中的意思，大家都有點體會出來了。尚波千在宋國扶持下迅速崛起，是隴右勢力中最強大的一支，欲取隴右，必與尚波千為敵，可是楊浩心中根本沒有尚波千這個人物，那麼他心目中真正的對手是誰？尤其是……他說以前意在隴右時，尚波千從未被他當成對手，現在更不是，現在……他的主意改變了嗎？

一念至此，眾武將都不由得熱血沸騰。說實話，河西還是太小了，即便擴張一倍，再加上一個隴右，還是太小了，哪怕是縱橫西域，獵取諸國，在他們心中，這地盤仍舊是太小了。原因無他，只因為在他們旁邊，還有一個更加富庶繁榮的國家：宋國。

河西這幾年在楊浩的打理下，蒸蒸日上，日漸崛起，圍繞賀蘭山脈的黃河灘地，已成魚米之鄉，沙瓜二州素有塞上江南之稱，有這兩地，糧食充足。而甘州和敦煌在楊浩有意識的扶持下，商業也開始重新振興，蘆嶺州和鹽州、靈州，各種輕重工業也開始興趣，但是西北地區地廣人稀的局面不會那麼快改變，相較於中原，它仍然是貧窮的。

誰都想建功立業，建功立業就意味著封妻蔭子，榮華富貴，而楊浩麾下文臣武將濟濟一堂，即便把隴右吞了，也不足以賞賜群臣的功勞，只有……謀取中原，百里之城，其富庶繁榮，便穩勝西域千里之國啊。眾將的眼睛都亮了。

「童羽。」

「臣在！」

楊浩一喚，童羽立即起身，向楊浩恭謹地抱拳道。

當日一戰，尚波千落荒而逃，二十萬大軍各自為戰，穩穩地被楊浩包了餃子，只有一些殘部仗著快馬利箭，殺開一條血路，東突西衝各奔前程去了，其勢已不足為患。西夏軍開始打掃戰場，收穫戰利，撫恤傷殘，清理殘敵。

這時候，小六和鐵頭便立即回來，率領所部拜見楊浩。兄弟相見分外親熱，但是敘罷別後離情，小六便端正了態度，在楊浩面前恭謹地執臣子禮，這不光是給外人看的，也是他向楊浩的一種巧妙表達，表達他的恭馴和忠誠。

在離開興州的時候，楊浩兩兄弟曾有過一番祕密的談話，楊浩有幾個結義兄弟，可親兄弟只有一個，那就是丁承宗。丁承宗可以說是對楊浩最忠誠的人，任何人可以對楊浩不利，唯有他不會。也因此，他有任何擔心、任何考慮，都不會瞞著楊浩。

丁承宗談的就是童羽，在丁承宗看來，一分結義之情實不足以束縛豪傑，趙匡胤有義社十兄弟，十兄弟之間的感情也不是假的，趙匡胤更不是一個薄情寡義之人，可是天下一定，趙匡胤便果斷地用了一招「杯酒釋兵權」，這才穩定了江山，全了兄弟之義。如果當初對他們不加約束，即便他們自己沒有反意，圍繞在這些將領身邊的人，為了一己之利，也會製造種種事端，醞釀兄弟間的不和，製造謀反的契機，一旦騎上虎背，未來的路，是由不得自己的。

丁承宗是商人，做為一個成功的商人，他自然懂得如何籠絡部下，卻更知道，要保證部下不貪墨、不生野心異念，並不能僅靠示恩，豬頭解鋪的徐慕塵當年若非對老父忠心耿耿，也不會獲得那麼大的信任和權力。但是他掌握沒有約束的權力，及至丁家成為霸州首富，而他垂垂老矣，卻始終不過是丁家一個手下人的不平衡感，最終還是使他走上了邪路。

身居上位者，必須要能駕馭他所用的人，不管他是一隻狗、一頭虎還是一條龍，都要套上轡頭，不能讓他做脫韁之馬。

丁承宗擔心的是，小六本是霸州一痞，而如今卻是一方統帥，他與楊浩是結義兄弟，可這麼多年來，聚少離多，長年在外，如今威權日重，獨領一軍，此番收復隴右，對他如何進行安排，如何加以約束，一個處置不當，就算小六不會懷怨，他那些從一開始就聚攏在他周圍，不知楊浩為何物的部將們肯服嗎？

楊浩居其位而慮其事，對此其實並非沒有考慮，他也認為，相信完善的制度，比一味地依賴人的自覺和品性更牢靠，不過對這件事，他並不如丁承宗顧慮之多。丁承宗畢竟是一個商人出身，雖說心思縝密，事無鉅細，不過這也限制了他的思路和心胸。

楊浩以為，小六和鐵頭雖長年領軍在外，但是一直就沒有脫離過他的控制，情報、糧草、軍伍的發展和訓練，種種方面，背後都是他在支持和提供，如今又因宋軍的圍剿被迫離開了巴蜀根基之地，流落到了隴右草原，他的兵勢再強大，眼下也不足以自立山頭。此時取隴右，足以讓這匹放養於外的野馬套上轡頭，漸漸納入體制之內。

丁承宗見楊浩已考慮到此事，便也放心了，他之所以和楊浩說這番話，倒不是懷疑小六，也是出於防患未然的心態罷了。不過對如何安置小六，兄弟倆還是很認真地計議了一番。

「小六，這幾年你獨自在外，與鐵頭兩人，單槍匹馬而赴巴蜀，轉戰巴蜀，牽制宋軍，為我河西大業，立下卓著功勳，而今，又能為本王帶出五萬精騎，功莫大焉。木恩、木魁、張崇巍，皆我開國功臣，獨領一軍，鎮守一方，以你之功，可依此例，本王封你為關中都督，鐵頭為統軍使，仍領所部，麾前效力，你可願意？」

當著眾多將領的面，楊浩不叫他的大名，仍然喚他小六，這就是另眼相看了，童羽心中便是一暖，又聽楊浩如此安排，剛剛回來便是一個都督的官位，不由得心生感激，連忙與鐵頭拜謝領命。小六從一介潑皮能有今日，權柄地位的確大漲，可是眼界也隨之開闊了。

自家事自己知，他知道讓他領軍征戰一方，他辦得到，讓他獨樹一幟，他並沒有那個能力，並不僅僅是因為糧草輜重、情報謀劃一直依賴於楊浩，即便給他這個條件，他也沒有這個才能，而且他到巴蜀後，雖自稱義軍，在官兵眼中卻是亂匪，縱橫各地，雖然說是劫富濟貧，說穿了就是打家劫舍，士族中的能人不會投效於他，他可沒有大哥楊浩麾下那麼多治理政務、參贊謀略的高人，因此也從未有過脫離西夏，自立旗幟的念頭。

或許他手下有些將領自我膨脹，曾有過一些貪婪的念頭，又或者繼續任由他這樣獨自領軍在外，隨著年齡、閱歷的增長，麾下兵馬只知有他而不知有楊浩，將來他也會產生野心，但是從現在起，這種可能的芽苗，已不可能再萌生了。

童羽只顧歡喜，旁觀諸將羡慕之餘，卻聽出了另一層意義：「關中大都督？大王果真要取關中，奪天下了？」

一想到大王心中志向不僅僅是一個隴右，眾將熱血沸騰，也無人嫉妒童羽所受的賞封了，仗還有得打呢，想要官位前程，有的是機會，只要自己本事夠大，那就成了。

楊浩親手扶起兩位結義兄弟，笑道：「小六，鐵頭，你們千里馳騁，剛剛從蘭州一線趕回來，又經歷一場惡戰，本該讓你好生休整幾日，不過……兵貴神速，我有一件大事，要讓你們去做。」

童羽笑道：「這幾年來，不是轉戰巴蜀的險嶺峻隘之間，就是與尚波千虛與委蛇，勞碌奔波的事，從未停歇過，從今往後，臣這心裡踏實多了。再辛苦也比往日強上百倍，大王有什麼命令只管說。」

楊浩的臉色凝重起來：「我要你馬不停蹄，立即直奔六盤山，越六盤山，牢牢占據中安堡、蓮華堡、笄亭山、瓦亭寨一線！」

張崇巍雙眼一亮，脫口道：「大王要破制勝關，進逼隴西？」

「錯！」楊浩道：「是南攻秦州，西平鞏州，東克渭隴二州，兵出岐山，直取長安。」

眾將一聽摩拳擦掌，紛紛請纓，要做攻打長安的第一將。鞏州在秦州以西，現在的甘肅地區，當地宋國駐軍極少，秦州倒是駐有重兵，不過取秦州，一來是為東攻長安解決腹背之患，另一來就是南進巴蜀了，楊浩的目的既然是進攻關中，自然是出岐山攻打長安功勞最大。

楊浩笑道：「你們不要爭了，想打仗，機會多的是。小六曾領兵在關中半年之久，對那裡的地形和當地守軍的戰力最熟悉，這場硬仗，本王是要交給小六去打的。」

眾將一聽，這分大功又是小六的，人家是大王的結義兄弟，自然不好去爭，一旁卻閃出了柯鎮惡，抱拳道：「大王，關中宋軍不可小覷，臣願與童將軍同心戮力，謀取關中。還望大王恩准。」

柯鎮惡也真是憋壞了，其實若論守，楊浩手下的將領中，除了楊繼業還真沒幾個比他更擅長的了，楊浩手下多是進攻型的將領，而進攻之後面臨的就必然是防守，一個善守的大將，其作用並不遜色於那些善攻的將領，但是守顯然不如攻來得榮耀光彩，名聲便也很難顯赫。

柯鎮惡在橫山一次、在鹽州一次，兩次唾手可得，足以讓他一戰成名的大功，都因為莫名其妙的原因而功敗垂成，饒是柯鎮惡任勞任怨，心裡也難免有點想法，再不立一次大功，他是真的無顏與袍澤們站在一起同殿稱臣了。

楊浩知道他的想法，也覺得天意弄人也好，事出無奈也好，這兩件事確實委屈了柯鎮惡，他略一忖忖，覺得一旦長安到手，勢必就要面對關中宋軍的反撲，從時間上看，那時趙光義也該回來了，在他的親自指揮下，宋軍的反撲之力絕不會小。

楊浩並不認為趙光義能打下幽州，即便趙光義沒有犯歷史上曾經犯過的同樣錯誤，這一戰他也要敗，只不過敗的程度可能會有些差異，敗的時間，可能會稍久一些。

原因很簡單，對遼國實力的認知，楊浩遠比趙光義要清楚得多。勞師遠征，步卒為主，這是宋國此次北伐的最大缺陷；六月發兵，以遼國的真正實力，絕不是三兩個月就攻得下來的，一旦拖到秋冬季節，宋國的長途運輸線就是他們最脆弱處，遼國不乏名將，在這上面動動手腳，趙光義就得重蹈王繼恩兵敗夏州城下的故事，閃電戰之所以稱為閃電戰，要求的就是速戰速決，否則就會陷入被動，而遼國，絕不是任何一個國家能速戰速決的對手。

再者，遼國是個全民皆兵的民族，只要他們下決心死戰，援軍可以源源不絕，最終把趙光義耗死在幽州城下，除非他們的統治者未戰先怯，萌生了退意。而不管是遼太后蕭綽，大惕隱耶律休哥，還是北院、南院的宰相、大王這些高級文武官員，絕對是不畏戰的，宋國可以因為攻打漢國時遼國的隱忍不動而輕視他們，可以因為遼國孤兒寡母當政而忽略他們，但楊浩不會這樣認為，蕭綽可不是後周的符太后，誰若以為她是個女人就好欺負，那是一定要吃大虧的。

在北邊吃了虧，十有八九趙二叔會想在西邊收回來，關中不能只有善攻之將，有鑑於此，楊浩便答應下來，並且聲明：「一旦長安到手，柯將軍便是長安留守！」

柯鎮惡聞之大喜，楊浩見眾將乍聞自己的大計，都是竭力向前，無一人有畏戰之意，心中也自歡喜。

折子渝在蕭關遇險，給楊浩觸動很大，再加上永慶公主的一番言詞，他的信念在不知不覺間已轉變了。當然，這種轉變有很大原因是因為他的實力漸漸擴大到了足以進行一番擴張的地步，以及部下們的群體信念而形成的影響，只不過這種潛意識的影響，他自己也沒有清楚地認識到，並不知道這是促使他做出轉變的一個重要原因。

但是不管怎麼說，他開始這麼做了。

除了楊繼業，在座諸將都是頭一次聽楊浩公開確認對關中乃至對中原的野心，興奮之餘，拓跋昊風道：「大王，咱們要進取關中，青海湖那邊的夜落紇怎麼辦？這老小子知道咱們不會放過他，恐怕會狗急跳牆，扯咱們後腿。」

楊浩笑道：「夜落紇嘛，本王已有計較，楊大人，你來給大家說一說。」

楊繼業道：「是，諸位，青海湖那邊，大王準備讓艾義海將軍出馬……」

他剛說到這兒，一名暗影侍衛悄悄閃入，走到楊浩身邊，對他耳語幾句，楊浩霍地一下站了起來，驚道：「她？她怎麼來了？她帶了多少人馬？」

六百十九　上兵伐謀

「妳來做什麼？」

「殺人！大王說過，恩怨分明，有仇必報。夜落紇，只能死在我的刀下！」

「胡鬧，這是國事！」

「既是國事，臣阿古麗，此番率本部族帳軍四萬八千人帳前聽命，請大王把西征青海湖的軍令，頒予臣下。」

「妳……」

阿古麗一雙嫵媚的大眼睛裡滿是騰騰的殺氣：「他不只是我阿古麗的仇人，更對我甘州回紇數十萬百姓不住，臣是甘州知府、甘州都指揮使，回紇部的首領，這是我的責任，求大王恩准！」

良久良久，楊浩唯有一嘆。

*　*　*

「義海啊，這件事，孤只好交給你了。」

「呃……臣遵旨。」

「嗯，甘州回紇，本是夜落紇的舊部，雖說夜落紇棄他們而去，又令長子阿里挑唆諸部首領內訌，以致紛爭不斷，如今經過不斷整合，甘州回紇異己分子幾已清除殆盡，可難保……所以帶她去可以，對甘州部族軍，你也得有所防範，以免生變。原定你帶的人馬，一個不少還得都帶上，多了阿古麗的近五萬兵馬，孤覺得並不輕鬆啊，你須小心從事。」

「臣……知道。」

「阿古麗性烈如火，是個愛憎分明的奇女子，不讓她手刃夜落紇，這終究會是她放不下的一件心事，如果可能，就成全了她吧。呵呵，手刃夜落紇的這分功勞，你就讓給她算了，以後有得是功可立。」

「呵呵，臣豈會與她一女子爭功？再說她這也是……表明心跡嘛。」

「嗯？什麼心跡？」

「哦哦，我是說，對大王表示忠心的臣服嘛，咳咳。」

「哦，那倒也是。阿古麗不是個戀棧權位的人，她只是很維護自己的族人罷了，這人的忠誠倒毋庸置疑。阿古麗去了也是一件好事，夜落紇一旦授首，有阿古麗在，收攏、安撫青海湖回紇殘部便容易多了，阿古麗也是回紇九王姓嘛。到時候，殘局讓她收拾，你馬上率部返回，原來是擔心後方不穩，不得已才把你這員虎將派去西邊，如今你能騰出手來，孤進取關中的把握也就更大了。」

「是。」

「對了，阿古麗是今後壓制、統轄回紇部的最佳人選，萬萬不容有失。她再如何驍勇，畢竟是一個女人，刀槍無眼吶，你到時對她多照應些，莫讓她有什麼閃失。」

「呃……是。」

＊　　＊　　＊

艾義海嘟著大臉走出書房，一陣風似地出了庭院，閃出前門，親兵牽過馬來，艾義海翻身上馬，把猩紅的披風一撩，正欲催馬回軍營，一旁忽然衝來幾匹戰馬，馬上戰士都是一身回紇裝束的部族軍打扮，中間簇擁一人，卻是明眸皓齒的一個美人。

「艾將軍。」

美人拱手施禮，艾義海睨了她一眼，臉拉得更長了，不冷不熱地道：「喔，阿古麗大人，本將有禮了。」

「艾將軍不必客氣。」

阿古麗一拉馬韁繩，便和他走了個並肩。阿古麗在上風處，微風徐來，一股淡淡幽香直入鼻端，艾義海馬兒似的大鼻孔不習慣地抽了抽，扭頭問道：「夜深了，阿古麗大人還不回營歇息嗎？」

阿古麗輕抬馬鞭，漫聲說道：「承蒙大王恩准，阿古麗要與將軍遠征青海湖，並肩作戰，明日一早就要啟程了，阿古麗想與大人商議一下攻打青海湖的法子。那老賊……雖是喪家之犬，但是在青海湖畢竟已經擁有了相當大的力量，而且他身邊不像尚波千，非親近可信的人難以近身。羅丹雖可利用，但羅丹與他本就是相互利用的關係，夜落紇對羅丹不無戒心，打夜落紇不比打尚波千，恐怕不易以計降之。」

艾義海不答，扭著頭只是上一眼下一眼地打量著阿古麗。

艾義海是個大馬賊頭子出身，桀驁不馴，自從到了楊浩麾下立功無算，少嘗敗績，為人更是狂傲。他不好女色，也看不上女人，對女人動刀動槍的，總覺得像是小孩子扮家家酒，那種輕視的感覺，並不因對方的身分而有所收斂，眼神自然不善。

阿古麗見他不答，不禁詫異地瞅他一眼，奇道：「艾將軍，怎麼不說話？」

艾義海使勁揉了揉他的鷹鉤鼻子，哼道：「打夜落紇嘛，沒什麼好說的呀，明日一早，咱們就啟程西去，到時候阿古麗大人，妳給本將軍押陣，待本將軍打敗夜落紇，把他押到妳的面前，讓妳一刀砍了也就是了。」

阿古麗大為不悅，俏臉一沉道：「艾將軍，你這是什麼意思？大王說的，可是咱們倆同赴青海湖，可沒說誰主誰次，這一次我帶來了四萬八千人，比你的兵還多，憑什麼就得我來押陣？」

「屁……廢話！」艾義海不屑一顧：「大王說的？大王還說叫我老艾護妳周全，莫傷了妳一根汗毛呢。妳說妳個女人扮家家酒，就非得動刀動槍、喊打喊殺的？妳有仇，妳男人替妳報了不就完了嗎？還非得妳出手不可？」

阿古麗的俏臉登時漲紅，怒而勒馬道：「我是誰的男人？」

艾義海牛眼一瞪：「我說的是大王！妳要真想嫁我，我還不要呢，女人嘛，屁股大，能生養就成了，誰要妳這麼不省心的女人吶。我告訴妳，我可是在大王面前立下了軍令狀，保證不讓妳受傷的，妳可別給我添亂，到時傷在妳身上，疼在大王心上，還不是我倒楣？我老艾招誰惹誰了？」

阿古麗的臉更紅了，結結巴巴地道：「你……你胡說什麼，你說誰……誰是他的……女人？」

艾義海很誇張地左看右看，哼哼唧唧地道：「這兒還有第二個女人嗎？」說完揮鞭一抽，揚長而去，阿古麗登時呆在那裡。

她是個年輕的女人，那時候即便中原對於改嫁也抱著很寬容的態度，何況是西域，在這一點她並沒有什麼心理負擔。她和楊浩有過肌膚之親，又曾有過在興州一場掩人耳目的追求假戲，要說她心裡對楊浩一點遐想也沒有那是假的，不過這種情愫，總是被理智給壓著，楊浩始終對她沒有什麼表示，是她克制自己的最大原因。

沒想到今天居然從艾義海口中聽到這樣的一番話，艾義海是楊浩的心腹將領，難道……難道楊浩真是這麼對他說的？

她卻不知道艾義海風言風語聽多了，自動自發地把楊浩的話加上了自己的理解進行了一番發揮，一時間心中也不知是什麼滋味，反正是一點也沒有因為艾義海的無禮和蔑視而生氣。

身後還跟著自己的侍衛，阿古麗窘得有些不敢回頭面對他們的目光，抬起發熱的臉龐，向天上看去，星河璀璨，今晚雲淡風輕……

＊　　＊　　＊

「今晚的風真冷啊，冬天就快到了吧。」

「去年的雪下得很大，不知道今年冬天的第一場雪什麼時候會來？」

尚波千被捆得結結實實，蜷縮在九羊寨的堡壘之中，目光有些呆滯地望著頭頂的星空，痴痴地想。

一陣腳步聲起，一個大漢帶著幾個扈兵向他走來，火把下，可以看清那人的模樣，高高的個子，壯實的身材，額頭寬廣，鼻梁挺直，紫黑方正的一張臉膛，身上穿一件青黑色的吐蕃長袍，斜套在身上，一個袖子輕飄飄地垂在腰間，不時被風拂起，輕拭著腰間的那口長刀。

這是巴薩，他不是漢人，可他也是楊浩的麾下。尚波千招納他和張俊、狄海景、王如風等人時，曾經調查過他們的底細，確認他們是縱橫隴右的幾個馬賊大盜，可是誰知道，他們竟然早就是楊浩的人，甚至在巴蜀義旗高舉，幹得轟轟烈烈的童羽，居然也是楊浩的人。

「楊浩……圖謀我隴右，究竟有多久了？」

想到這裡，尚波千心裡一陣陣發寒，只覺身上更冷了。

他趕到九羊寨下，已是精疲力盡，表明了身分，馬上進入堡寨，他巴望著的只是一碗香噴噴的肉湯，可他看到的卻是巴薩列陣整齊的隊伍，火把如星河，無數的利箭對準了他們，尚波千只能束手就縛。

「誰把尚波千大人綁得這麼結實？天冷了，這麼露天待著，血行不暢，有損身體，尚波千大人可不是年輕人了，真不懂事，給大人找條毯子來披上。」

「是。」

「巴薩，你不用貓哭耗子假慈悲了。」尚波千冷冷地道：「我中了你們的計，我認了。不過你們也張狂不了多久，等到宋國出兵的時候，你們的下場不會比我好過多少。」

巴薩咧嘴一笑，說道：「宋軍嘛，我們又不是沒碰過，也沒你說的那麼了不起，就連你，不也和宋軍打過仗？這一回就算宋國出兵，我們也不會就此收手的。」

尚波千的目中露出不敢置信的驚駭之色：「楊浩他……竟有膽量圖謀中原？」

「天下非一人之天下，不過這和你尚波千大人卻已全不相干了，」巴薩笑嘻嘻地道：「你還是好好操心一下自己的後事吧！」

天亮了，楊浩臨時駐蹕的行宮前駛來一乘車轎，車轎在大隊人馬的護送下抵達行宮，儀門大開，侍衛們刀出鞘、箭上弦，行宮百丈之內，戒備森嚴，百姓們只能遠遠地看著，交頭接耳，議論紛紛。

楊浩與楊繼業率一眾心腹臣子親自候於儀門，那車轎停下，轎簾掀開，從車中走出一個身穿圓領窄袖長袍、頭戴公子巾的少年，眉清目秀，眸若點漆。

楊浩上前，欣然笑道：「岐王殿下終於到了！」

六百二十　上智為間

趙光義身邊的內侍近臣弄了輛驢車，載了趙光義落荒而逃，為了避免暴露身分，黃羅傘蓋、一應儀仗盡皆拋在原地，耶律休哥讓人抬著殺到趙光義的中軍大營，趙光義卻已不見蹤影，這時宋軍中軍大營已無人指揮調度，各路兵馬失去統領，各自為戰，頓時陷入混亂當中，有的拚命殺出重圍向北走，試圖與幽州城下的宋軍會合，有的向南走，有的不分東南西北，只見哪個方向敵軍稀少，先衝出去再說。

遼軍在這種情況下為了擴大戰果，也只能盡可能地對各路宋軍進行追殺。幽州城下的宋軍得知聖上遇伏生死不明，三軍將士各奔東西，不由得大驚失色。幾員主將匆匆計議一番，情知這種情況下已不可能繼續攻城，一個不慎就會被遼軍反包圍，全殲於幽州城下，當即決定立即退兵，一路向南撤，同時尋找聖上下落。

此時，幽州城內的守軍業已得知消息，立即揮軍出城，與城外援軍裡應外合，宋軍大敗，數十萬大軍落花流水一般洩去，速度較之當初勢若破竹地一路北進不遑多讓。

趙光義躊躇滿志而來，一朝失手，便陷入了全面潰敗的慘況，苦心經營的聲望令譽，就此毀於一旦。

安次城郊高坡上，眺望遠處那支旗幟鮮明的隊伍，見其徹退頗有章法，竟然很難施予突襲，重傷未癒的耶律休哥在馬車上不由吃驚地坐了起來，問道：「這是哪一路人馬？速速報來。」

剛剛追擊失敗，損兵折將而歸的遼國大將劉震慚顏道：「大將軍，這一路人馬是宋軍李繼隆部。」

「李繼隆，李繼隆……」耶律休哥重複了兩遍，輕輕點頭道：「敗而不潰，實在難得。」

耶律休哥自然明白，陷入這樣的大敗之中，士卒驚慌失措，一旦踏上逃亡路，最難的不是將領們是否還能保持清醒，而是他們已無力約束敗兵，能保持這樣嚴整的軍容，在退卻當中使敵無機可趁，不僅需要他在戰場上能保持絕對冷靜，而且他平時號令三軍的威望、指揮調度的能力也必須達到一個相當的高度，得到士卒的絕對擁戴，在此關鍵時刻才能擁有這樣的效果，這樣的對手，絕不易與。

耶律休哥略一思忖，便道：「此背水一戰之士，與之決戰，損失必重，宋軍北來之卒逾三十萬，如今正紛紛逃回宋境，可棄此路兵馬，多造殺傷，傳令，各路追兵向固安方向靠攏，截殺其他宋國兵馬。」

耶律休哥話音剛落，又有人來報：「報，大將軍，宋軍羅克敵部退至固安小清河，突然返向殺來，衛王延嗣急急追趕，正逢半渡，以致大敗，衛王中箭，已急急抬赴固安城救治，如今生死不明。」

「羅克敵！嘿嘿，眼前有個李繼隆，固安又有個羅克敵，宋軍之中不乏名將呀，若不是趙光義自詡高明，喜歡親自指揮作戰，恐怕我們未必會有高粱河大捷呢。」

耶律休哥沉吟片刻，吩咐道：「宋國悍然撕毀條約，入侵我大遼，今逢大敗，太后必有旨意，會令我等興兵南下，命令各部兵馬，勿與羅克敵、李繼隆部糾纏，盡量殺傷宋軍，為我南侵創造機會。」

耶律休哥只恨自己如今身負重傷，行動不便，不能與羅李二人較量一番，他麾下正在急急追趕的各路兵馬無論是治軍或謀略，較之這兩人顯然是差了一籌，讓他們非去啃這兩塊硬骨頭，不如避開他們，予宋軍以重創，再驍勇了得的將領，也得有兵可用才行，這三十萬宋軍都是訓練有素的精兵，多吃掉一塊，必然給下一步行動創造很大的機會。

眼下正在追殺宋軍，耶律休哥已開始著手考慮下一步行動了，眼前這個李繼隆，還有固安那個羅克敵，他相信在接下來的戰鬥中，在宋國領土上的戰鬥中，他們會有機會再度相逢的。這是兩個值得一戰的對手，他要親手打敗他們！

幽州大捷的消息已飛報上京，懸著一顆心的蕭綽聞聽捷報，一顆心頓時放了下來。

整個上京城都沸騰了，人們歡呼雀躍，包括南城漢人區的百姓，這江山是姓趙還是姓耶律，是掛宋旗還是掛遼旗，對他們這些平頭百姓來說全無關係，這是生養孕育他們的土地，他們只希望自己能生活得平安快樂罷了，如今戰火不會延伸到上京來了，每個人都為之歡欣鼓舞，好似過年一般。

一時間，智解幽州之圍、大破三十萬宋軍，殺得宋國皇帝倉皇逃走、生死不明的耶律休哥大將軍，威名如日中天。大街小巷都在訴說他的英雄事蹟，把他描述得英明神武、戰無不勝，簡直是遼國歷史上前無古人、後無來者的第一名將，風頭甚囂塵上。

「那可不，耶律休哥將軍，那可是咱大遼耶律一族如今頭一條好漢。幽州被圍，七路援軍是去一路敗一路，未嘗一勝啊，可是咱耶律休哥大將軍馬到功成。剛剛殺得女真、室韋抱頭鼠竄，馬上又殺得宋人落花流水。」

「這一遭大將軍回來，又得封賞了吧？」

「當然，聽說太后要封耶律休哥將軍為大于越嘛，大于越，那可是咱大遼國皇帝之下第一人了，非有大功者不賞，算算看，這大于越者之職，已經空懸了多少年來了，如今才只有耶律休哥將軍能得此官職。這可是凌駕於文武百官之上的至高職位啊。」

「我記得，咱大遼太祖皇帝當年就因戰功赫赫而拜大于越一職，後來以此職受禪稱帝，這才有了咱大遼國，自此之後數下來，好像還沒有誰當過大于越，你說太后這是什麼意思？會不會是……」

「別瞎說，雖說休哥將軍也是皇族，可太后有子，已然稱帝，怎麼可能呢？」

遼國風氣比宋國還要寬鬆，宋國的士子文人、販夫走卒吃幾杯酒，眼餳耳熱之際，也會把國家大事、官家將相們拉出來嘮叨嘮叨，並不以為奇，在遼國就更加隨便，酒桌上的瘋話，聊聊也就罷了，沒有人會舉報追究。不過揣測太后有禪讓皇位之意，畢竟還是有所顧忌的，旁邊立即有人出聲勸阻。

這位卻實在有些醉意了，不以為然地道：「那又什麼不成的？耶律一族，是咱大遼皇族，當今皇上年幼，能坐得穩這江山，駕馭得了諸部虎狼嗎？也就得耶律休哥大將軍這樣的人物才成。再說，我也沒說太后就有意禪讓啊。」

「那你是說？」

「太后年輕貌美，耶律將軍風華正茂，說不定太后因為耶律將軍的大功，下嫁於他，耶律將軍以亞父身分輔保皇上……」

「喝多了不是，喝多了不是，別看耶律休哥將年輕，輩分可高啊，那可是隋國王耶律釋魯大人之孫，遼太祖族兄、南院夷離堇耶律綰思大人之子啊，論起來，耶律休哥將軍該是當今皇上的曾祖，這麼一算，那是太后娘娘的什麼人吶？你這輩分差得也太遠了。」

「咱大遼哪有那麼多臭規矩啊？子繼父妾，叔聘姪女，古有成俗啊。也就這幾年，學了漢人那些臭毛病。」

這人越說越不像話，卻也不算太荒唐離譜，誰知道太后娘娘是不是真有這意思啊，二十出頭的貌美寡婦，她就是太后，也一樣是女人，就沒有想男人的時候？這人嘮嘮叨叨的，被同行吃酒的友人給勸走了，可這話題一開，各個桌上的三五知交好友們不免紛紛議論起來。

兩個酒人兒搖搖晃晃地出了酒樓，走出不多遠，四下一看，不見有人追蹤，二人脖子一縮，頂著寒風便鑽進了一條小巷子。

一幢大宅，後跨院，一進院門，兩個人臉上的醉意就全消了。待進了房間，喝了兩杯濃茶，二人的眼神就更加清明了。

「二哥，這一招管用嗎？咱們堂堂正正的漢子，刀槍劍戟拚不過他，耍耍嘴皮子，就能報得了咱們白甘部的血海深仇？」

另一個人兩眼一瞇，深沉地抿了口茶，陰陰一笑道：「老七，你還別不服氣，二哥這可是有高人指點過的。」

老七哼了一聲道：「蕭綽對耶律休哥一向信任有加。這一回，又是耶律休哥力挽危局，些許讒言，恐怕動不得他。」

二哥得意地笑道：「你這話又說的差了，漢人有個典故，叫曾母疑子，說的是有個與孔聖人的學生曾參同名的人殺了人，有人去告訴他的母親，說他兒子殺了人。知子莫若母，那曾母當然不信，可是過了一會兒，又有人來告訴她，說她的兒子殺了人。等到第三個人來說的時候，曾母就害怕了，於是跳牆逃走。

「呵呵呵，老七啊，蕭綽再信任耶律休哥，能趕上一個母親信任自己的兒子嗎？一個人說她不信，兩個人說她不信，如果一千人、一萬人都這麼說呢？再者說，現在一個少不更事的小娃娃做皇帝，你當耶律一族的人就都肯服氣嗎？現在耶律休哥的名望無人可及，這風聲一傳出來，自然會有人打起他的主意，他耶律休哥再忠貞，架不住一群心懷不軌的人往他身邊湊啊。蕭綽的耳目不少，一旦讓她聽到些什麼，那時耶律休哥就是黃泥掉進褲襠裡，不是屎也是屎啦。古往今來，多少敵人打不垮的忠臣名將，都毀在這一個『間』字上，耶律休哥就不能栽個大跟頭？」

老七湊到他跟前，低聲道：「你也知道蕭綽耳目眾多？還記得那一年耶律賢兵困上京城嗎？信口胡言者可不管你是有心還是無意，一概都……」

他的手往下重重地一切，二哥又笑了：「老七，我說這手段高明，它就高明在這兒呢。當時傳的是什麼？傳的是先皇已重傷不治而死，她可以辦你一個蠱惑軍心。可這一回呢？咱們哥兒們，只是起了個頭，然後就不露面了，自然有那閒極無聊的人，把這謠言越編越圓滿，越傳越逼真。蕭綽那娘兒們，心裡頭再惱火，她還有氣發不出來，大家傳的是什麼？是耶律休哥功比天高，是我大遼的頭一條好漢，她怎麼殺呀？這邊一殺人，耶律休哥那邊心裡頭就得犯合計，嘿嘿，這個啞巴虧啊，她吃定了。」

二哥把二郎腿一蹺，眯起眼睛，微若一線的眸中閃爍著針一樣的光芒，冷冷說道：「耶律休哥如可用，那就是咱們報仇最鋒利的一口刀。如果耶律休哥不可用，哼哼，等到蕭綽那賤人與耶律休哥君臣反目的那一天，自然也就有捺不住寂寞的人跳出來生事。我白甘部，就葬送在這一對君臣手中，這個血海深仇，我們一定能報！」

* * *

北地朔風正寒的時候，崖州卻仍是草木蔥鬱，一片春光。

「珠崖風景水南村，山下人家林下門。鸚鵡巢時椰結子，鷓鴣啼處竹生孫。魚鹽家給無墟市，禾黍年登有酒糟。遠客仗藜來往熟，卻疑身世在桃源……」

高聳入雲的木棉開著火焰般的花朵，綠樹婆娑，細竹窈窕，花果簇簇，遠河縈繞迴轉，依依不捨地流入大海。海上漁帆如畫，看來真是人間仙境一般。盧多遜臨窗遠眺，信口吟了首詩，嘴角卻露出苦澀的笑容。

這裡真的是桃花源嗎？不，在他心裡絕對不是，這風景再美，看久了，這一成不變的風光也就厭了，倒是那日日擾人的蚊蠅、艱辛困苦的生活，每日都讓人心中增添新的絕望。他是事涉親王謀反而受株連的，奪其官職及三代封贈，全家發配崖州，縱使大赦，也不在量移之內，這就已經宣判了他的「死刑」。

他曾寄望於趙光義會念他侍奉君上的辛勞，能赦免了他，可是上的那封奏疏，始終沒有下文，倒是聞聽朝中人事更迭，早已面目全非，他知道，這一輩子不要說再也踏不上那人臣巔峰，重新體會權力的快樂，而且再也回不得故鄉，他將老死於此，埋骨異地。

盧多遜的一雙老眼不由溼潤了，就在這時，房門一下子打開了，他的孫兒盧又元快步跑了進來：「爺爺，爺爺，有故人來訪。」

「什麼？故人？」盧多遜驚訝不已，什麼人會到這種鳥不拉屎的地方來看他？什麼人現在還記得他？盧多遜一提袍裾，快步向外迎去，到了門口才察覺自己如此忘形，有些失了身分，忙站住腳步，穩定了情緒，緩緩走了出去。

一見來人，盧多遜便是一怔，這人是個黑袍白鬚的老者，看起來精神矍鑠，身板硬朗，不過……以盧多遜識人記人的本事，他相信自己從來也沒有見過這個人。那老者似也知道他一見自己，就會知道自己說謊，微微一笑，也不多言，便從袖中取出一封信來，恭恭敬敬雙手呈上。

盧多遜畢竟做過一朝宰相，是見過世面的大人物，只微微一怔，卻並不露出驚訝神色，他瞟了那黑袍白鬚的老者一眼，不動聲色地接過書信，就在院中啟開。只看一眼，盧多遜就再也控制不住，手指一抖，失聲叫了起來：「岐王？這……這……」

黑袍白鬚老者啟齒一笑，說道：「小人古大，正是奉岐王殿下之命而來。這信末，有岐王殿下印璽為證，以盧相的眼力，當可看得出真假。」

「岐王！」盧多遜自然知道趙德芳受封岐王，就是在那之後，他才受貶發配崖州，永世不得開釋。匆匆一看信末，那岐王的璽印確實不假，盧多遜久理政務，對各種印綬的規制、字體、花紋，還有那些辨偽的暗記十分清楚，當然看得出真假。

他知道岐王被擄並且被歹人害死，可是現在怎麼會有一封岐王的書信送到？

盧多遜心中隱隱地明白了什麼，卻又似乎什麼也沒明白，他做出的唯一反應就是，下意識地把信團起，緊緊攥在手中，藏在袖裡，急急返身走向自己的臥室兼書房，沉聲說道：「你隨我來！」

當盧多遜吩咐孫兒守在門口，自己與「故人」藏入房中，急急看那書信的時候，四川流州彈丸之地，開國宰相趙普正在他簡陋的書房裡沉重地踱步，他已早於盧多遜五天，收到了一封同樣的書信，為此，這幾天他真是食不知味、寢不安席。

這或者是個復出的機會，他的門生故舊遍及天下，一旦成事，可以為岐王殿下做的事很多很多，足以讓他重新站上人臣巔峰，可是……這個險……值得冒嗎？岐王，有那個本事嗎？

趙普心中委實難決，他曾經把黃袍披在一個人身上，從而由一個軍中書記，一躍成為一人之下、萬人之上的大國宰相，奠定了他的一世榮華和青史聲名，臨到老來，卻被那個人的弟弟貶到了這窮山惡水之地，再無出頭之日。他真的很想離開這裡，可他畢竟已經老了，不復年輕時候的血氣之勇。他已有家有業，有子有孫，這個險……值得冒嗎？

掌心裡還攥著那封信，信紙早已被掌心的汗水沁暈得一片模糊，什麼都看不清了，可他仍然緊緊地攥著，似乎想從中汲取什麼力量似的。

難熬啊，從窗口望去，天又黃昏了，大概又是一個難眠之夜了。

「我該怎麼做呢？」趙普沒有想到那些什麼國家大義、社稷江山，心中一直委決不下的，只是出山的回報和風險，此時望著那半隱的夕陽，凝視良久，渾濁的老眼中溢上了一層淚光，自那血色中，他卻似乎依稀看到了趙匡胤，很奇怪，他沒有穿著龍袍，那身打扮，還是大周朝的殿前都點檢。

「他一身戎裝，英氣勃勃，那時……他正年輕，我也很年輕，他是軍中主帥，我是軍中書記，是他父親的義子，他的義兄。他常到我家來吃酒，他叫我夫人為嫂子……」

痴痴地想著，兩行濁淚不知不覺地流下來，濡溼了他的衣衫。

趙匡胤重他敬他，貶他抑他，一生的恩恩怨怨都淡了，他現在心中記得的，只是那個叫他大哥，喚他夫人嫂子，常來家裡蹭飯吃酒的兄弟。

太陽落山了，趙普心裡卻忽然光亮起來。

此時，潘美、曹彬這些大清洗中落馬的前朝老臣，也都不約而同地接到了一封密信，震驚四海的「討趙炅檄」馬上就要昭示天下了。

六百二一　檄討趙炅

關中，地處南北兩大山系之間、由渭河及其支流衝擊而成的地塹——關中平原。平原之南，有東西逶迤四百多公里的秦嶺做為屏障，自西而東分布著高聳入雲、溝壑萬仞的太白山、首陽山、終南山、南五臺、翠華山、驪山以及挺拔而峭峻的華山，東延至豫西的崤山；平原之北，有六盤山的餘脈——隴山，向東有千山、岐山、喬山、梁山、九嵕山、嵯峨山、堯山及黃龍山等，構成逶迤連綿的北山山系。

在平原之西，隴山由西北向東南和秦嶺相接，阻隔關中西緣，僅給渭水留出一條通道。而在關中平原東緣，咆哮於晉陝山間的黃河，自北直下，在韓城衝出龍門山之後，河面寬闊，成為平原東端的天然界溝。由前所述可知，關中平原這四面環山的地形，就構成了做為秦、漢、唐都城所在地的天然防線。

阻山河四塞，地肥饒，可都以霸。東函谷，南武關，西散關，北蕭關，四鑰鎖關，穩若磐石。歷史上，如非關中內亂或內部統治者腐朽不堪，以致怨聲載道、軍心渙散，僅憑外部武力，非數年之功，極難攻破。

不過自唐末以來，關中大地一分二，一半劃入了隴右吐蕃人的統治範圍，關中地盤縮水，這北蕭關便不屬關中所有，所以胡喜遊說趙光美時，把這北蕭關棄掉，用汾陽的金鎖關代之。但是關中山脈環繞，和外界交往的通道處固然有處處險關，像隴關、嶢關（藍田關）、五里關、臨晉關、牧護關、金鎖關、石門關等等，可說是關隘林立。但處於關中向外的大道上，具有「鎖鑰」意義而發揮控制作用，真正是「一夫當關、萬夫莫開」，易守難攻的門戶則只有四個，那就是函谷關、武關、大散關和蕭關。

蕭關被吐蕃人占據多年，今又落入楊浩之手，則關中的北大門實際上已經打開，而吐蕃人連年征戰，狼煙不息，早已被關中守軍所熟悉，楊浩以迅雷不及掩耳之勢大敗尚波千，因為速度太快，關中宋軍對此還一無所知，並不知道西夏軍已氣勢洶洶，揮戈南下。

直至童羽、鐵牛和柯鎮惡的大軍浩浩蕩蕩殺至隴山。隴山險要無比，據此東出，可控扼關中，據此南望，可奪漢中、巴蜀。隴山為六盤山餘脈，綿延橫亙幾百里，乃長安之右輔，其南有寶雞、大散關等關隘險要，扼關中、漢中、巴蜀之咽喉要衝；其山前則有隴關，控制著關中通向隴右的要道。

楊浩給小六、柯鎮惡等人的命令是：要以最快的速度奪取關中；要盡可能減小損失，多用智，少用力，能用平和手段謀之的，就絕不動武。因為永慶公主所扮的「岐王趙德芳」參與其中，注定了對宋之戰是既打又拉，這並不是絕對的征服，過度的殺戮，反而會激起宋軍的仇愾之心，不利大計的施行。

至於具體措施，一概沒有，戰機瞬息萬變，並非楊浩所能掌握，所以已全權交予三位前線指揮，這與趙光義的事必躬親，恨不能直接指揮到一隊一伍的具體行動截然不同。趙光義指揮伐遼一戰，用的就是這個辦法，只不過那時代沒有電話電報，他就是千手千眼觀音附身，也無法對三十萬大軍每一層次的將佐進行指揮，頂多具體到軍、營一級，也正是因為權柄把持太重，所以遼軍突襲入幽州城時，周圍各路宋軍不敢妄動，只能守著本陣，眼睜睜看著敵軍入城，也正是因為如此，趙光義趴在驢車上逃之夭夭，各路大軍才立刻群龍無首，退得毫無章法，從戰無不勝馬上變成了一敗塗地。

楊浩在軍隊建設上十分注重軍權君有，在軍隊的日常建設和訓練上借鑑了宋軍的一部分優點，但是對出征作戰的具體指揮權，卻絕對下放，給予前線指揮人員充分的自主權。

童羽領軍一路南下時，恰好遇上巴薩押解尚波千北返，頓時心生一計，於是命人馳報楊浩，徵得他的同意後，把尚波千帶上，直接衝向隴關。

隴關守將是張泰，尚波千縱橫隴右，是得到了宋廷支持的，童羽在尚波千手下這麼久，自然知道這件事，事實上隴右吐蕃將領大多都知道這件事，有此強援，正是尚波千的本錢，他豈有不說的道理？身為戍關大將，張泰當然也知道這些內情，童羽甚至知道尚波千請張指揮使吃過酒、玩過女人，還送過他珍貴的貂裘袍子。此時正好把尚波千當成敲門磚，以達成楊浩以最小的損失，謀取最大利益的命令。

隴關之戰，勝得乾乾脆脆。這座雄關，因為四面八方皆無強敵，天長日久，守軍早已懈怠，再看到倉皇趕來的清一色吐蕃兵打扮的童羽大軍，見到半死不活還剩下一口氣的尚波千，張指揮使毫無疑慮，立即開關放他們進來。

隴關要塞輕而易舉地便落到了童羽的手中，童羽留下少量軍隊看管繳械的宋軍，馬不停蹄繼續向前奔去，繞過寶雞，直趨大散關。

他知道，在他背後，各路兵馬會源源不斷趕來，他的下一目標是大散關，一旦大散關到手，隴關與大散關之間的寶雞城，不過是汪洋大海中的一葉孤舟，隨時可以傾覆。

童羽從隴關出來，速度比起先前就慢了許多，因為在隴關就地取材製造了許多攻城器械，並且把隴關用以守城的一些床子弩等重型武器也都帶了來。大散關只有兩千多守軍，可是地勢險要，仰攻艱難，童羽開始陷入苦戰。童羽和柯鎮惡的搭配倒真挺合適，童羽擅於山地和平原作戰，雖說在巴蜀的時候他也幹過許多攻城掠寨的生意，其實並沒有什麼拿手的攻防手段，而柯鎮惡則不然，放眼整個河西，除了楊繼業，論起防禦無人比他更在行。

既然精通各種防禦手段，對於城池防禦的弱點自然也心中有數，而大散關雖是關中一道重要關隘，但是守將鎮守關隘的手段較之於他卻還遜色不少，童羽便把主指揮權交給了柯鎮惡，由他全權負責攻克大散關。柯鎮惡抖擻精神，就在大散關下展開了身手。

*　*　*

宋軍編制全亂，敗得落花流水，趙光義中箭，先被內侍親兵給搶了出去落荒而逃，隨即宋軍一哄而散，各自為戰，且戰且退，方向只有一個：南方。

路上，趙光義遇到了一路敗兵，這是一營人馬，只有五百多人，主將楊維，驚見陛下在此，楊維又驚又喜，卻又擔心被追兵追及，自己兵微將寡衛護不周，傷及聖上性命，所以拿出了吃奶的勁，護著趙光義拚命地往南跑，遠遠跑在各路逃兵和追兵前面。

幸好羅克敵和李繼隆兩路敗兵雖敗而不潰，兩路兵馬有意押在後陣，且戰且退，不時設設埋伏，弄個陷阱，逢山毀路，遇水拆橋，給追兵製造種種障礙，而遼兵屢戰屢敗，乍得一勝，還是心有餘悸，一見宋軍旗幟鮮明，隊列整齊，遠遠一見他們追兵趕來，森立如林的長槍大戟便在主將號令下齊刷刷逼來，也不敢逼之過甚，這一來宋國禁軍得到了最大的保全。

昔年前秦苻堅一場潰敗，九十萬大軍毀之一旦，後世土木堡之變，五十萬大軍折損過半，而宋國禁軍幸賴有兩員名將有意墮後押著陣腳，使得遼軍大量殺傷宋國士兵的計畫失敗，三十萬大軍雖扔下無數的糧草箭矢和各色輜重，肥了遼軍，兵力卻得到了最大的保全，二十多萬人成功地逃出了遼人的虎口。

一邊逃，一邊會合，雖然仍是亂哄哄地不分編制、不分統屬，畢竟人馬漸多，趙光義這才心安，趴在驢車上，想著這莫名其妙的一敗，趙光義痛心疾首，心中卻也明白，此番北伐失敗，遼軍必趁勝反攻，進行報復。

於是在車上，他便開始擬定應對策略，頻頻下達詔命，命定國節度使宋偓急赴三交口，總領太行山以西軍務，命李繼隆等分駐鎮關、定關、高陽關等關隘，命殿前都虞候崔翰坐鎮雄州，節制保定、保肅諸軍。當然，這些將領們還沒找到呢，詔令發下去，還得先找到這些人再說。

就在這時，宋國朝廷的奏疏已急急北上送來。

趙光義臀部和大腿各中一箭，一開始沒有及時清理餘毒，創處腫得老高，每日只能趴在車上，接到朝廷急報而來的奏疏，匆匆一覽內容，趙光義不由大叫一聲，又驚又怒、又駭又怕地坐了起來，這一動彈，創口破裂，血流汩汩，他也全無察覺，只是死死瞪著那封奏疏，好像見了鬼一般。

那赫然是一封〈討趙炅檄〉，張洎雖然喜歡報喜不報憂，可是這樣的事情他可不敢隱瞞，隨奏疏把楊浩的〈討趙炅檄〉全文謄抄下來。

討檄中列數趙炅七大罪，一是弒兄篡位，害死先帝；二是陷殺太子趙德昭；三是趕盡殺絕，試圖殺害宋皇后、永慶公主和岐王趙德芳；四是製造江州大屠殺；五是先後鴆殺、火焚降王孟昶、李煜；六是迫反巴蜀；七是背棄先帝承諾，霸占麟、府，圖謀西夏。是而楊浩遵先皇后之血詔，奉先帝子德芳，兵出蕭關，揮師關中，欲除竊位之奸。

這也罷了，更要命的是，後面還有宋皇后號召臣民誅殺謀逆趙炅的血詔原文，而這些雖是從楊浩手中發表的，署印用章卻是岐王趙德芳，趙光義的眼珠子都快突了出來：怎麼可能？怎麼可能？雖說他的屍身被火燒得殘缺不全，但是隱約還可辨識，正是德芳沒錯，他怎麼可能沒死？如果說他是假的，那這璽印是怎麼回事？當初……當初確實沒有找到他的璽印……

趙光義驟逢大敗，又逢大變，一時心亂如麻，腦中亂哄哄的只想到這一篇檄文出來，天下震動，將相仕紳、販夫走卒，人人皆知，縱然自己能打敗楊浩，從文字上抹煞了此事，也難杜悠悠眾人之口。趙光義一心想成就霸業，超越皇兄，成就明君聖帝，一想到這身敗名裂、遺臭萬世的不堪，不由得心如刀絞，猛地裡廝吼一聲，如負傷的猛虎，淒厲慘絕之極。

不遠處，敗兵們正拖著疲憊的身子紮下營盤，雖然仍是疲憊不堪，不過離故土近了，大家的神色比起前些天驚弓之鳥般的神情卻輕鬆了許多。中軍大帳中一聲淒厲的嘶吼，近處的一些兵丁聽見了，只是微微一怔，探頭向那個方向看了幾眼，然後懶洋洋躺著的繼續躺著，正在埋灶煮飯的繼續添柴，遠處正有人挖著壕塹，設著鹿角、拒馬……

有一個一頭亂髮、一隻軍服袖子空空蕩蕩的傷兵，慢悠悠地踱到中軍大帳附近，一屁股坐在地上，從懷裡拿出一個饃，慢吞吞地啃著。幾天的相處，站在那兒的幾個內侍親軍已經認得他了，他姓畢，是定國節度使宋偓大人從麟、府帶過來的兵，本籍廣原，聽他說話的口音，的確是那邊的人。

這人年紀不大，眉清目秀的，要是仔細看看，雖然鬍子拉雜、蓬頭垢面，可是天生一雙桃花眼，比女人還嫵媚些，要是梳洗打扮一番，就是個俊俏之極的後生，也不知道要迷倒多少大姑娘小媳婦，可惜了……

看看他的左臂，已是齊肩而斷，肩頭纏著厚厚的染血的綳帶，這一戰之後，他再也不可能在禁軍裡待著啦，這樣的傷殘兵，朝廷倒不是不管，不過以後只能到廂軍裡去餵馬打雜，當個伙夫一類的人物，再也不可能有出頭之日啦。

「小畢啊，打起點精神來，雖說掉了條胳膊，可是想想慘死在戰場上，連屍首都沒人收拾的兄弟們，咱們算是有福氣的啦。等回去，你再也不用上戰場啦，說門親，討個渾家，生兒育女，安生度日，未必不是福氣呀。」一個老兵拍拍他的肩膀，安慰道。

「謝謝大叔。」那殘了一臂的傷兵輕輕笑道，笑容靦腆，秀氣得像個大姑娘：「像俺這樣的，哪還有人肯嫁呀？不過大叔說的對，比起那已經死了的，咱們算是有福氣的了。」

他輕輕放下乾得掉渣的饅頭，悵望著天空的雲彩，許久許久，才緩緩回頭，目光從趙光義的中軍寶帳處飛快地掠過，莫名其妙地笑了一下：「殘了就殘了，必死之境咱都闖過來了，老天教咱活著，總有它的理由，活著，就有希望！」

六百二二　難破的關

大散關層巒疊嶂，山勢險峻，在關中眾多雄關當中被列為四大鎖鑰之一，當真是一夫當關、萬夫莫開的必爭之地，攻堅，尤其是攻打城隘，並不是童羽的專長，前番智取隴關，童羽已經大大地露了一回臉，幾乎是兵不血刃地奪下了這座雄關，這一回便把權力完全交給了柯鎮惡這員老將。

柯鎮惡得此機會，不由得抖擻精神，對如何攻關作戰，提前做了大量的準備，自隴關俘虜的士兵中有一些原來是駐守大散關的，從他們口中對大散關的地形山勢、兵力配備、軍械弓弩、統軍將領，各個方面，都做了大量的了解，儘管如此，柯鎮惡還是知道，這一戰比不得打隴關，可以來個出其不意、智取險關，一場惡仗是避免不了的。

大散關在大散嶺上，在其外圍，還有許多堡寨，與大散關相互呼應，使得這座雄關極難克服，在其外圍堡寨中，最重要的一座是天橋嶺，天橋嶺在大散關左側，山勢是兩個挨得極近的山嶺，中間有一道極窄的山梁，兩座山嶺上都築有堡寨，柯鎮惡經過充分的了解，把突破口就放在了這裡。

原因很簡單，仰攻大散關，同時處在周邊各處關隘的箭雨襲射之下，就算能攻下這座幾千人的關隘，付出的傷亡至少也要數以萬計，而其左翼這道橫向雙嶺的堡寨，是唯一一處地勢不比大散關低的關隘，如果奪取了它，就可以充分發揮西夏軍一品弓遠超過普通宋弩、宋箭的威力，從高處對大散關進行壓制。一旦能從這裡壓制住大散關上的守軍，那麼天塹險隘也就成了空談。

因此柯鎮惡精心安排，先剪除大散關外圍較小的堡塞，逐步向大散關推進，然後把所有的重型攻城器械在大散關下一字排開，不分晝夜強攻大散關，毀城牆、挖地道、雲梯巢車強攻城頭，種種手段不一而足。同時另遣部分兵馬分駐外圍，防範自寶雞和周邊州縣可能趕來的援軍，擺出一副不惜一切代價也要拿下大散關的姿態。

大散關的援兵並沒有來，楊浩一路兵馬往西去攻打夜落紇，三路兵馬向西南、正南、東南方向齊頭並進，他親率一部分主力就跟在童羽和柯鎮惡的後面，向岐山趕來。此時党項八氏的部族軍業已集結完畢，由小野可兒統領，過蕭關，向環州、慶州、渭州一帶進發，倚險而守，並不進攻，只是防範麟、府方向的宋軍自此抄了楊浩的後路罷了。

楊浩親率主力跟在柯鎮惡和童羽的後面，順道收拾了寶雞外線的府縣，寶雞雖尚未失守，可是在這種形勢下，守軍只能龜縮不出，已經完全對童柯二人的軍隊構不成任何威脅了。

一連打了三天，柯鎮惡窮兇極惡的攻勢、層出不窮的手段，澈底把大散關守將的注意力吸引在正面戰場了，而且西夏軍孤注一擲般針對大散關的猛烈攻勢，也讓守軍產生了一種錯覺，這個錯覺，澈底葬送了大散關。

第四天，柯鎮惡一如既往地對大散關發動了猛攻，而此時，慣於山地作戰的一千名橫山羌兵，已經穿越重重山巒和罕有人至的原始森林，悄然潛伏到了天橋嶺的背後。這個方向，依托險山峻嶺，實際上已在大散關的後方，如果不突破大散關，照理說，這個方向是絕不應該有敵人出現的。

大散關下石彈紛飛，箭矢如雨，人如蟻聚，喊殺震天，頂著不時飛落的檑木、滾石、火球以及箭矢，西夏兵悍不畏死地挺進，試圖攀上那高高的大散關城頭，守軍也是寸土必爭，依托險要堅固的工事，收割著西夏軍士兵的性命。

西夏軍用血肉鋪出了一條通向大散關城頭的路，但是直至天黑，他們仍然未能破關，關城下血積屍累，滾石上沾著碎肉，檑木上染著鮮血，橫七豎八地堆砌在一起，城牆上，密密麻麻地插著箭矢，一天的戰鬥又結束了。

太陽一寸一寸地移向山下，當它最後沉落山峰下時，天地都黯淡下來了。

深夜降臨，從關城上望去，遠處西夏軍營中燃起了堆堆篝火，隱約還能看見巡邏的士兵，和圍著篝火團團而坐的戰士，一切和昨日、前日沒有任何不同。

突然，大散關左側的天橋嶺上殺聲震天，火光處處，大散關中的守軍都被驚動了，紛紛聚攏在城頭，向天橋嶺上眺望。雖然天橋嶺近在咫尺，可要攀上天橋嶺，就得先開關，再攀山，山中夜色茫茫，黑漆漆的五指難辨，既然天橋嶺遭襲，誰知道關下有沒有伏兵，引蛇出洞，調虎離山，這是兩軍對峙時常用的手段，正如當初宋軍兵困晉陽城時，楊繼業施以夜襲，想誘圍城兵馬自亂陣腳，程世雄按兵不動，大散關守將邊胤迅速做出的判斷也是一樣：按兵不動。

對天橋嶺，他還是比較有信心的，天橋嶺雖只有五百守軍，但是那山嶺陡峭，並不易攻，也擺不下太多人馬，而且這五百兵分作兩營，駐於相鄰的兩道山嶺上，相互照應，恰可封鎖對方的死角，而且這些守軍都慣於叢林山地作戰，因為這支兵馬是廂兵，而且是招募的本地山民，其中許多將士的家，就在由此再往東去三十餘里山路一處叫金雞谷的山坳裡。

他們生於斯、長於斯，熟悉這裡的一草一木，這樣的夜戰，又是在他們熟悉的環境中，還占據了地利，西夏人慣於馬上作戰，奔襲馳騁，豈能偷襲成功？

可是結果出乎他的預料，僅僅半個時辰，天橋嶺右側堡寨便失守了。原因很簡單，兩處堡寨白天有旗號，夜晚有燈號，那裡的戰況隨時會用燈號向大散關主將邊指揮報告，可是遇襲半個時辰之後，天橋嶺右側堡寨的燈號便完全消失了。

兩寨相連，中間有一道山脊，一側失守，另一側便也不可峙了，邊胤還未狠下決心冒險出關援救，左側堡寨也告失守。

天橋嶺的失守，意味著大散關的優勢不再，次日一早，西夏軍再度攻城，密密匝匝的箭矢像瓢潑大雨一般從天橋嶺上向大散關城頭傾瀉，壓制得宋軍根本抬不起頭來，邊胤雖持劍硬逼，也不過是讓士兵衝上城頭送死罷了。大散關雖是極重要的關隘，可是山險關險，駐地有限，兵力卻只有兩千餘，這三天的苦戰已折損了五分之一，援軍未到，天橋嶺一失，地理優勢也失去了，如何與西夏軍相抗？結果只相持了半日，西夏軍便攀援而上，登上了大散關城頭。

城上城下，到處都是死屍，城頭的運兵道上，倒斃的屍體一個個身上插著密集的箭矢，彷彿一個個刺蝟，而關下，西夏軍的死狀也是慘不忍睹，有的被檑木滾石砸得不成人形，有的被火油燒得一團焦黑，還有那身首異處的、怒目如生的，令人怵目驚心。

邊胤披頭散髮地被綁在大散關的旗桿上，西夏兵恨極了因為他的指揮，死傷了那麼多的袍澤，自然不會予他好顏色，雖然沒有主帥命令，未敢取他性命，這苦頭卻著實吃了不少，鼻青臉腫，不成樣子。

又一個人被押來了，衣著光鮮，看起來不像是參加過戰鬥，一副垂頭喪氣的樣子。

邊胤一見此人，頓時怒不可遏，他瞪大了腫脹的雙眼，厲聲喝道：「王科！你個狗娘養的，你怎麼守的天橋嶺？區區半個時辰，你就把天橋嶺給老子丟了，你……你……身上無傷，衣著整齊，莫非臨陣怯戰，當了他娘的逃兵？」

那人被他一聲吼，先是嚇得一哆嗦，然後才既懊悔又委屈地道：「邊指揮，卑職……卑職也是一條響噹噹的漢子，怎麼會做逃兵？」

邊胤額頭青筋暴起，脖子脹粗起來，拚命掙著繩索，綳得繩索深陷入肉，嘶聲叫道：「你不做逃兵，怎麼是這般模樣？你不畏戰，為何半個時辰就丟了天橋嶺？天橋嶺易守難攻，比大散關還要險要，要不是它不在路上，此處就該叫天橋關，而不是大散關了，你為什麼把它給老子丟了，你說！你說！」

王科哭喪著臉道：「邊指揮，卑職……卑職昨夜不在天橋嶺，我是今早匆匆返回，哪知道天橋嶺已經易主，結果……結果莫名其妙就被人捉了。」

邊胤一呆，不敢置信地道：「你昨夜不在天橋嶺？你不在天橋嶺？」他突然爆發式地大喊起來：「你不在天橋嶺，你個狗娘養的去了哪兒？」

王科忽然也跳著腳地叫起來，兩個押解他的兵幾乎按不住他：「誰知道一連幾天都沒事情，偏偏昨夜嶺上出事？我只想離開半夜，去去就回的，我哪曉得就出了事情？我那不知廉恥的婆娘，偷姦養漢，與人勾搭，我也是昨晚聽手下兵丁向別人說起，才逼問出來的，他娘的！整個天橋嶺人人都知道，就瞞著我一個，我的腦袋比天橋嶺上的青松還綠，我居然不知道。我就是想回去宰了那姦夫淫婦……」

邊胤的嗓門比他還大：「早不去晚不去，大敵當前，你捨了軍營去清理自家門戶？要換了老子我，就算渾家在外面勾三搭四，找上七、八十個相好的，如此關頭，我也不去管！」

「好大的氣量，那你不成了龜仙人嗎？」

旁邊一個慢悠悠的聲音揶揄道，邊胤霍地扭頭，就見兩位頂盔掛甲的將領分站左右，一個年約四旬，粗眉凸目，另一個精精瘦瘦，滿臉麻子，一雙眼睛倒是炯炯有神，在他們中間站著兩人，一個身材修長，淡青色方領長袍，微鬚炯目，不怒自威，肋下佩著一口寶劍。另一個比他矮了一頭，身穿月白色圓領窄袖長袍，頭戴公子巾，年紀看來還不到二十歲，眉清目秀，眸若點漆。

方才說話的正是個子高些、肋下佩劍的男子，此時臉上還帶著似笑非笑的神情，在虎狼一般的西夏軍中竟有這樣兩個人物，邊胤不由看得呆了，忍不住問道：「你們是誰？」

那麻臉的精瘦將領踏前一步，大聲說道：「睜大你的狗眼看仔細了，這一位，就是我西夏國主，旁邊這一位，就是你宋國的岐王殿下！」

邊胤的嘴巴張得大大的，足以塞得下一顆駝鳥蛋，卻已一句話也說不出來了……

夜深沉，宋軍大營裡靜悄悄的。

外線，巡弋的兵丁一隊緊似一隊，遊哨探馬遠出數十里地，唯恐遼軍追來，殺一個措手不及。但是中軍營內，急急南返、飢一頓飽一頓、精疲力盡的士卒們卻大多已經進入了夢鄉。

就算是趙光義帳外的上軍禁衛，白天時一個個還強打精神，站得槍桿一般筆直，在這樣寂寥寒冷的夜晚，也都沒了精神，有人拄著槍桿打盹，有人縮在背風處歇息。

這時有一個似虛還幻的影子，正像尺蠖一般一點點地向御帳移動。

那影子和地面枯黃的雜草似乎是一色的，如果伏在那兒，根本就無法發現它，即便它在移動，也只有打起十二分精神的人看到它時，才會隱約覺得它和周圍的雜草地面似乎有些許不同。但是在自己的地盤上，在衛護最嚴密的中軍，誰會如此警惕地盯著地皮看呢？

那個影子似乎很有耐心，它用了很久很久的時間，才慢慢蠕動過了上軍禁衛設立警戒的安全線，在帳邊悄悄停下來。

* * *

夜深了，但趙光義還沒有睡。

他趴在榻上，心潮起伏，翻來覆去，難以安枕。

原本躊躇滿志，想要收復燕雲，立奪天之功，創萬世威名，可是這一敗……這一敗落花流水，也許千百年後都要成為別人的笑柄。身後之名，且不去想它，那麼眼下之名呢？德芳竟然沒有死，他手中居然還有皇嫂的血書，馬上就要回國了，一旦回國，如何面對自己的臣民？如何解釋高粱河之敗？如何對待皇姪的譴責？

趙光義越想越是心寒，忍不住喃喃地道：「伐遼不成，反引虎狼南下，禍亂中原，殃及萬民，朕該如何應對？西夏出兵，既奪隴右，必取關中，朕該如何應對？皇嫂血詔，德芳攻訐，這弒君殺嫂、誅戮親姪之罪，朕該如何應對？人心浮動，朝野譁然，如此局面，如此不堪，朕該如何應對？朕……該如何是好啊！」

「你處心積慮要做這皇帝，可是做了皇帝，卻並不快活嗎？」

耳邊極近處，忽然響起了一個陰惻惻的聲音，好像一縷幽魂，陡聽這聲音，趙光義倏地一驚，渾身的汗毛都立了起來！

六百二三　長安

趙光義駭然扭頭，一句「什麼人」還沒有喝出口，一柄鋒利的牛耳尖刀便「噗」的一聲刺入了他的咽喉，直貫至柄。

「修羅血獄，江州十萬冤魂，在等你！」

趙光義也不知什麼時候自己身邊冒出了一個人，那人離得極近，根本無法看清他的容貌，只有一雙眼睛，一雙天生嫵媚的桃花眼，帶著凌厲的殺氣，冷冷地盯著他。

趙光義全身僵住，喉中嘶嘶地出氣，已是一個字也吐不出來了。他想說什麼，沒有人知道；他在想什麼，同樣沒有人知道，兩雙眼睛就這樣對視著，直到他一雙眸子漸漸失去神采，完全變成了黯淡的灰色。

天亮了，中軍大帳裡發出一聲驚呼，一個面無人色的禁軍侍衛跌跌撞撞地跑出來，片刻之後，各路將領一個個像火燒眉毛似地向中軍衝去。

夜晚期間，御帳周圍除了御林軍，絕對不許其他人靠近的，所以騷動只影響了很小的範圍，晨起的士卒們雖然看到本部將領面色凝重，匆匆向御帳行去，也不會多想。覲見天子的時候，平時與此也大概相仿，雖說今日面色沉重了些，腳步倉卒了些，誰又會想到皇帝在千軍萬馬中會被人取去首級？

「怎生是好？怎生是好？」眾將一個個面無人色，相顧惶然。面對此情此景，誰也不知道該怎麼辦才好了。就連李繼隆也是心亂如麻。

「不能聲張，在此關頭，絕不能聲張！」羅克敵沉聲說道，儘管他對趙光義一直談不上什麼忠心，他取信於趙光義，不斷攀登高位，掌握軍權，最初的目的是想做一個大宋朝的周勃，可是趙光義是趙光義，大宋國是大宋國，眼下北伐失敗，追兵如狼群，一直在後面苦苦追逐，可以想見，遼人很快就會發起報復性的反攻，一旦這時皇帝離奇暴斃的消息傳開，宋國將不攻自潰。

「不錯，不能聲張。」得到羅克敵提醒，國舅李繼隆也清醒過來：「祕不發喪，照常退兵。以聖上名義，繼續部署邊關防務。」

一位將軍壯起膽子道：「李將軍，這弒君的兇手，我們……我們不再追查了嗎？」

「胡鬧！」李繼隆鐵青著臉色道：「如何追查？一旦緝兇，此事就要鬧到無人不知，難道說聖上遇刺，有驚無險？聖上卻就此不再露面，你當數十萬將士都是白痴？」

那位將軍品階不在李繼隆之下，卻被李繼隆一頓搶白，弄得面紅耳赤，羅克敵忙打圓場道：「袁將軍，非是我等不肯追查兇手，只是此時緝兇事小，江山社稷重大。況且，那刺客既然神不知鬼不覺地潛進中軍大帳，殺死聖上，取走首級，此刻必然早已逃之夭夭，就算仍在，數十萬將士中找一刺客，不啻於大海撈針，如何找起？再者，最可慮者，刺客如果是遼人，遼軍得知聖上已死，必不惜一切，立即追來，到那時不要說查找兇手，我們全都要留在這兒了。」

羅克敵這樣一說，那位裘將軍也不由得面色一變，暗自後怕。

羅克敵又轉向李繼隆道：「李將軍，當務之急，有兩件大事要做。第一，祕不發喪，穩住軍心，把人馬安全帶回國去，依照聖上駕崩之前所定策略，部署邊關防務，防止遼人反撲。第二件事，護侍聖上遺骸，悄然返回東京，立即議立新帝，以便穩定朝綱。兩件事必須同步進行，任其一出了差池，我宋國都將陷入萬劫不復之地。」

李繼隆聞言，不禁連連點頭：「羅將軍說的是，末將方寸已亂，想得不夠周全，險些誤了大事。」

羅克敵無暇與他客氣，沉聲又道：「這兩件事，任其一，都得有一員大將來主持其事。羅克敵主持樞密院，當仁不讓，願承擔一事。另一件事，就需李將軍來承擔了。」

李繼隆一聽就欲推辭，羅克敵伸手一按，說道：「殿前都虞候崔將軍此刻還未趕回，軍中以你我軍階最高，況且此番兵敗高粱河，大軍回返，一路上李將軍指揮若定，使得遼人無機可乘，將我們的損失減到了最小，不管是論官階還是論能力，足堪此任。你就不要推辭了。只是……扶柩還京、議立新主，和接掌兵權、鎮守邊關，兩件事，還請李將軍擇選其一。」

「這個……」

對於這兩個人的能力，其他眾將都是心悅誠服的，他們也知道，這一回兵敗高粱河，若不是羅克敵、李繼隆二人押住了陣腳，現在得以南返的軍隊恐怕連現在的一半都沒有，因此對羅克敵的提議毫無異議，紛紛催促道：「李將軍，還請不要猶豫了，事態緊急，速作決定啊。」

李繼隆眉頭緊鎖，沉吟有頃，重重地一跺腳道：「成，那李某便不再推辭了。繼隆願領三軍，安然南返，主持邊關防務。扶柩回京，議立新君的大事，就有勞羅將軍了。」

羅克敵微微一怔，旋即點頭道：「好，事不宜遲，我們馬上開始行動。」

羅克敵本以為李繼隆會選擇扶柩回京，要知道眼下尚未完全脫離險境，而且就算回到了宋國境內，也不是就可以卸下重任的，馬上面臨的就將是遼軍的反撲，責任重大。而回京議立新君，卻是一件優差，新君登基，那就是從龍之功。換一個人來會如何選擇，可想而知。

李繼隆這麼做，也是因為這一路南返，諸將之中，唯有羅克敵用兵調度最得章法，與他有些惺惺相惜，有意送他一個更加輝煌的前程。當然，羅克敵官職比他高，而且他是國舅，如果此時回京，雖說一切為公，到頭來難免會給人一個外戚干政的把柄，反正已是當今皇后、馬上就要成為太后的李娘娘的兄弟，再如何榮光也不過就是錦上添花，犯不著落下一個這樣的名聲。

此外，留下固然凶險，卻也等於把最精銳的禁軍和邊關大軍的指揮權都掌握在了手裡，他剛剛被趙光義提拔起來，經此一事，對他在軍中樹立威望大有裨益，他領大軍在外，不管朝中那邊有什麼風吹草動，他在這兒同樣舉足輕重。

片刻之間，思慮如此周詳，李繼隆的心思轉得也是相當快了。

當下，二人傳下軍令，勒令現在帳中所有將領、侍衛，務必保守聖上遇刺的祕密，然後馬上安排拔營南返和事宜。

完全不知內情的大軍迅速拔營起寨，浩浩蕩蕩地繼續出發了，中途總有人臨時方便，會脫離大隊到那河溝樹林裡面去，由於各營兵馬編制混亂，將領們暗懷心事，士卒們精疲力盡，偶然有一兩個人沒有及時歸隊，誰又會注意到呢？

壁宿借尿遁離開隊伍，又悄然返回了紮營的地方，割了仇人頭之後，他沒有隨身攜帶，而是挖了個坑，把頭顱埋在了裡面，他要帶著這顆頭顱去水月的墳前祭拜。數十萬大軍駐紮的地方，又是紮營埋灶，又是掘溝布防，他又小心掩飾過，誰會注意一塊鬆動的草皮。

遼軍還沒有追上來，看樣子離宋國邊境越來越近了，宋軍也會合得越來越多，遼軍已漸漸打消了趁其敗退消滅其實力的想法，他們收縮兵力，必然是在等候上京進一步的消息，籌備一場大反攻。

回到昨日宿營的地方，只見遍地狼藉，行過處驚起群群覓食的飛鳥，偶爾還有幾條野狗夾著尾巴在一堆堆宋軍遺棄的垃圾中徘徊。壁宿找到他掩埋頭顱的地方，只見那裡已經被人掘開，不由得心中一動，急忙拔刀四下觀看，茫茫平原，並無半個人影。

他在坑中掘了掘，沒有找到頭顱，好半天才在附近找到那顆面目全非的頭顱，想是被野狗刨出來啃過了，鮮血淋漓，幾不可辨，壁宿在地上找到一片破碎的蓬布，將那頭顱包起來背在身上，仰天大笑三聲，怔立良久，突然又放聲大哭，天高雲淡，四野茫茫，空曠的大地上，唯有深秋的風把他哭聲嗚嗚咽咽地傳得好遠……

* * *

天色晚了，風中的寒意更重了幾分，長安副都指揮使林岳煥策馬回了自己的府邸。

廂軍的高級將領，只有極少部分是靠累功陞遷上來的，大部分高級將領是由禁軍中的軍官空降擔任的，他是比較幸運的那一個，不過廂軍的薪水只有禁軍的一半，不只是尋常時期，就算是戰時執行同等任務，廂軍的薪水也是禁軍的一半，禁軍的其他一些待遇，廂軍更是全然沒有，所以他的日子並不像其他的宋軍高級將領過得那麼好，他是土生土長的關中人，有一大家子人要養，負擔很重。

眼下長安城下還沒有西夏兵的影子，但是西夏軍破蕭關，殺尚波千，兵出岐山的消息已經傳來，或許明天一早，西夏兵就會出現在長安城下，他身為長安副都指揮使，頂頭上司陶軒轅又是在趙光美伏誅之後才從汴梁派來的官員，對這裡還談不上十分熟悉，防務可以說有八成要著落在他的頭上，他豈能不覺沉重？

隴關、大散關相繼失守，寶雞怕是也保不住了，關中西部屏障已盡在西夏王楊浩的掌握之中，党項八氏的部族軍占領了平涼、涇川，秦州現在情況不明，西夏大軍既破大散關，下一目標必然是京兆府，兩大雄關旦夕即破，我這長安，守得住嗎？

尤其是岐王殿下那紙繳文，如今已轟動天下，不要說縉紳士子，就是販夫走卒都在議論，那上面列舉的一樁樁、一件件，都是驚天動地的大事，嚴重損害了聖上的威信，廂軍多是當地招募的士卒，與當地百姓有著千絲萬縷的關係，雖然他們都被約束在軍營裡，卻也透過種種管道知道了這些事情。

一個弒君篡位、皇位得之不正的天子，又幹下殺嫂害姪如此喪盡天良之舉，士氣一時低迷到了極點，就算西夏兵沒有那麼驍勇，這仗也不好打呀……

林岳煥緊鎖眉頭，憂心忡忡地邁步進府，夫人聞訊喜氣洋洋地迎了出來：「老爺，怎麼這麼晚了才回來呀？家裡有客人，等了你很久呢。」

林岳煥一怔：「客人？什麼客人？」

林夫人眉開眼笑地道：「聽說他是以前常來咱家的那位胡姓商人的老叔。老爺，那位胡姓商人可有……將近一年沒有登門了吧？這回呀，他老叔給咱家帶來好多貴重禮物呢，還有一件灰貂皮的裘袍，嘖嘖嘖，那叫一個漂亮，也不知有什麼事要求老爺幫忙呢。」

「胡姓商人？」

林岳煥的臉色登時一變，不由心慌起來。

這是壓在他心底裡的一個祕密，誰也不知道。那胡姓商人不是別人，正是胡喜，而這林岳煥，也是被他爭取過來的關中地方軍的高級將領，趙光美伏誅，趙光義在朝野掀起了一場大清洗，許多有罪的、無辜的官員紛紛落馬，可是他卻有驚無險地避過了一劫。

因為胡喜拉攏他們其實是為皇子趙德芳準備的，不想趙光義先下手為強，順勢利用刺客事件逼死了趙光美，趙德芳也死在途中，此事就不了了之了。事情尚未爆發，而他做事又一向謹慎，竟然沒有引起任何人的警覺，可是想不到事過一年，那個早已下落不明的胡喜居然又派人找上門來，他要幹什麼？

林夫人仍在絮絮叨叨：「雖說你做了大官，可咱家人口多，旁的官員家眷都是錦衣玉食的，奴家卻連一件拿得出手的衣服都沒有呢。光這一件貂皮袍子，可不就價值千金？眼瞅著這天就冷了，呵呵，今年冬天呀，奴家也能風風光光出門啦，哎，這雪怎麼還不下呀……」

「我說妳能不能少說兩句！」林岳煥心煩意亂，突然怒而止步，向夫人吼道。

「這是怎麼啦？無緣無故地就向人發脾氣。」林夫人一愣，委屈地道。

「去去去，關緊了大門，回後宅待著去，別來煩我。」

林岳煥又向夫人吼了一聲，然後掉頭就走，到了待客的小書房外面，林岳煥突然站住，臉上陰晴不定地沉吟半晌，方始掀簾而入。

書房內，席初雲正蹺著二郎腿，微閉雙目，很悠閒地品著茶水。

當初，宋國攻打漢國，趙匡胤接納了楊浩的意見，對漢國來了招釜底抽薪，遷漢國百姓離開故土，林朋羽、秦江、盧雨軒、席初雲四位漢國名宿也被大兵一窩蜂地趕了出來，到後來楊浩遷至蘆嶺州就地取士，選拔人才，這四位是最早成為他的幕僚的人。

如今四人中只有林朋羽最是風光，其他三人雖也擔當了相當重要的職務，與他相比卻不免大為遜色，可是官位一共只有那麼多，他們的才幹能力又不是特別突出，雖然眼熱，卻也沒有辦法。這一次需要一人往長安做說客，席初雲覺得自己的機會終於來了，於是主動請纓，先行一步進了長安。

這一次，依照大都督府和兵部尚書府擬定的軍事計畫，隴右是志在必得的，而關中則要看隴右的進展形勢，如果一切順利，方可圖謀關中，否則寧可求穩，先固隴右。而一旦決定進取關中，方才可以公布討趙炅檄，否則就不可以施行這一步。

發布〈討趙炅檄〉是一柄雙刃劍，可以最大限度地削弱趙光義的統治基礎，打擊他的威望，爭取天下人心，但是一旦公布這篇檄文，和趙光義也就成了不死不休的局面，所以發表它的機會定在兵出岐山，進占關中的時候，一旦走到這一步，也就沒有半點退路了。

在計畫中，穩妥之見是圍長安而不打，先取其外圍州縣，必奪潼關，以塞中原援軍。

關中四鑰，東大門就是函谷關，函谷關位在峽谷，深險如函。其中道路長十五里，絕岸壁立，崖上柏林蔭谷，行於其中，殆不見日。西接衡嶺，東臨絕澗，北瀕黃河，南依秦嶺，號稱「一夫當關、萬夫莫開」的天險。是東去洛陽，西達長安的咽喉要道。

不過現在雖然民間一提起關中四鑰仍提函谷關，其實真正指的就是潼關了。潼關是東漢末年曹操興建的，潼關建成後，函谷關已然廢棄。潼關雄踞秦、晉、豫三省要衝，北帶渭、洛之水，匯黃河抱關而下；南依秦嶺，有潼關十二連城；東、南山峰連接，谷深崖絕；中通羊腸小道，險扼峻極。

奪了潼關，則蕭關、大散關、武關、函谷關四關到手。蕭關可以保障糧草軍械、援軍往來絕無阻礙，大散關和武關則可以切斷宋軍從巴蜀方向進攻關中的可能，因此只要拿下潼關，長安城不過是甕中之鱉，手到擒來。

不過楊浩已經知道趙光義兵敗幽州了，這麼多年來，葉大少苦心鋪設的飛羽傳訊通道，比快馬加急還要迅捷百倍，巨大的人力財力之付出，換來的就是他比汴梁還早了幾日掌握了幽州城下的最新戰報。一俟得知消息，楊浩就知道趙光義必然馬上回師，一旦他回到宋國，天知道他會先攘外還是先安內？自己最初的打算可是只謀隴右，並不想進奪關中，更不想發布什麼〈討趙炅檄〉呀。

兵貴神速，於是楊浩決定兵分兩路，一路由楊繼業親自率領，奪取潼關，另一路由自己親自率領，直接攻打長安，不然一旦趙光義發了瘋，捨遼人不顧而進攻關中，長安守軍自內全力接應，終究是一樁大麻煩。迅速得關中，居長安，不止可以進一步打擊趙光義的威信，對爭取搖擺不定的趙普、盧多遜、潘美、曹彬等這些前朝老臣也是意義重大。

令楊浩沒有想到的是，於軍事一竅不通，只是囿於身分旁聽作戰計劃的永慶公主，先是很天真地問了句：「長安和潼關好不好打？」在得到了否定的回答之後，便說出了幾個名字，這幾個名字都是鄭家當初為了取信永慶，讓她說服岐王趙德芳逃往關中而透露給她的，被鄭家收買的幾個關中駐軍主要將領的名字，其中就有長安副都指揮使林岳煥。

於是，席初雲來了。

六百二四　如何是好

趙光義死了，趙光義竟然死了，消息傳來，剛剛陳兵長安城下的楊浩不禁驚呆了。

他知道趙光義北伐必然失敗，但並不是從歷史上發生過同樣的事件而推測出來的，而是權衡了兩國實力之後做出的結論。他對遼國軍事實力的了解、對蕭綽的意志和手腕的了解，遠比宋國派到北國去的探子們要深刻，而宋國方面，老將幾乎清洗一空，新晉將領們的銳氣固然比老帥們要強，可是臨陣經驗磨鍊的還遠遠不夠，而最重要的就是趙光義這個人沒有變，還是一樣心狠手辣，還是一樣目空一切，還是一樣喜歡親自掌兵。

可是他絕對沒有想到趙光義會死，三十萬大軍拱衛之下，禁兵經過趙匡胤十年調教，又是最為強盛的時候，就算是兵敗南返，也輪不到他堂堂皇帝去挨刀挨箭，要在什麼樣的情況下，他才會死？

送來的密報說得很詳細，宋廷之中本來就有他的細作，一直都有，何況現在是當面鑼、對面鼓真正地幹上了。

密報中說，趙光義是在南返大營中被人刺殺的，人頭被人割去，直至天明才被親兵發現。軍中曾揣測是遼人暗派刺客，因此祕不發喪，急速南返，但是從遼人繼續不緊不慢地跟著，始終沒有全力反撲來看，刺客當非遼人，遼人也不知趙光義已然暴斃。

兇手是誰，現在宋廷還顧不上緝兇，而楊浩對此也不感興趣，他考慮的是：現在該怎麼辦？

西夏大軍轟轟烈烈地闖關南下，從蕭關直到長安，殺尚波千、驅夜落紇，數路兵馬齊頭並進，關中八百里秦川眼看到手，這時他們揮義旗、發檄文，信誓旦旦要征討的那個弒君篡位、殺嫂害姪的人居然死了，他們該何去何從？

永慶公主坐在楊浩對面，同樣在發呆。

她恨二叔，恨極了二叔，為此不惜借助西夏楊浩的力量，只求能殺死害死爹娘和兄弟的大仇人，可是現在他竟然死在了北國，永慶心中頓時一片茫然，那支撐她意志的仇恨一下子找不到發洩對象了，頓時空空落落，有些不知所措。

「大王……」永慶遲疑著抬起頭來。

楊浩緩慢而堅決地打斷了她的話：「箭已離弦，無法回頭。」

永慶默然，她已經不是少不更事的深宮少女了，她明白，就算楊浩本來無意於中原，此刻確也無法回頭了。軍國大事，豈能等同兒戲？事情到了今天這一步，因為趙光義死了，就讓傾國出兵的西夏偃旗息鼓，撤回河西，那是絕不可能的事，除非……楊浩這時也死了。

「殿下，我別無選擇，妳也同樣別無選擇。仍按原計畫，謀潼關，奪長安，占據關中，觀望中原。」

楊浩按劍而起，頓了一頓，才道：「妳不想山河殘破，百姓受苦，那麼現在唯一能做的，就是依照前計，盡可能地揭發趙光義的罪行，讓全天下都知道他得位不正，竭力爭取民心、爭取軍心、爭取士子之心，唯有這樣才有可能少些干戈。」

「我明白了。」永慶公主也站了起來，臉上帶著與她的年紀不相稱的成熟，她仍穿著世子男裝，這時向楊浩深深一揖，沉聲道：「一切盡依大王，永慶……現在仍是岐王！」

楊浩微笑點頭，這時穆羽急匆匆地走了進來，穆羽此時已是楊浩麾下一員大將，他年紀雖還不大，剛及弱冠，卻是自幼歷練無數，隨著楊浩見識廣泛，此時做一個宮衛軍將領，倒也十分稱職。他和姆依可已經成婚，夫妻二人相敬如賓，感情極好。楊浩一直有點惡趣味地等著，想看看他將來會不會生個女兒，取名叫做桂英。

「什麼事？」楊浩扭頭問道，跟了他這麼久，穆羽已經很有眼色了，他和永慶公主在帳中議事，除非是大事，穆羽不會來打擾。穆羽急急上前，附耳對他輕語幾句，楊浩的眼睛驀地睜大了。

永慶公主一雙秋水般的眸子一直凝注在楊浩身上，因為穆羽說第一句話時，楊浩的目光忽然一亮，然後飛快地向她瞟了一眼，女人的直覺很厲害，她感覺得到，楊浩得到的消息，應該與她有關，或者……是與她現在所扮演的身分有關，她正在等著楊浩揭示謎底。

楊浩聽罷穆羽的稟報，輕輕揮了揮手，穆羽便悄無聲息地退了出去，楊浩輕輕呼出一口氣，說道：「有人來了，是來投奔妳的。此人一到……相信不久之後，反戈相向、投向我們的人會越來越多。但是此人來了，未必就肯幫我們的忙，要說服他，唯有公主。公主，元兇已死，但這件事，本就不僅僅是一件家事，所以……」

「我明白！」永慶公主打斷他的話，輕輕一笑，不乏勇毅果決之氣：「我已經想通了，事情到了這一步，已經沒有挽回的餘地。如果我此時再改變主意，我一人生死事小，可宋與西夏之間終是不能善了，大戰一起，不知死傷還會有多少，大王是應我所請方才發兵，那時我不但害了你，還會害了許許多多忠於我爹爹的老臣子，不管趙光義是生是死，我只能走下去，不會再猶豫不決了。」

楊浩看得出她話中的誠意，輕輕點了點頭。

永慶公主道：「那麼，現在大王可以告訴我，誰來了嗎？」

楊浩道：「趙則平，舉家來投！」

永慶公主柳眉一揚，驚道：「趙丞相？」

* * *

「老狗哥，上面說些什麼呀？我不識字。」

「這上面說，要我們盡快開城投降，說潼關已然陷落，還說如果我們負隅頑抗，一旦城破，玉石俱焚，絕不寬待，落款是岐王殿下，還有西夏王楊浩。」

「唉，老狗哥，你說咱們這長安城還能守得住嗎？聽說那楊浩攻關可有一手，當初西征玉門關，一路上斬將搴旗，攻無不克。什麼吐蕃人、回紇人，還有金山國歸義軍，都是不堪一擊。那些是傳言，真真假假咱們不知道，可尚波千縱橫隴右，兵強馬壯，那可就是眼皮子底下的一代梟雄，結果怎麼著？二十萬大軍一戰即潰啊。」

「茸子，這話就咱們倆說，可別張揚出去，要不必然惹出禍事來。依我看吶，這城……恐怕守不住啊。那〈討……檄〉上可是列了當今聖上的七宗罪，一條條、一件件說得清楚明白，前朝的文武大臣們看了，都心向岐王；這善惡是非誰看不明白？天下的仕紳百姓，也都同情岐王；而且七宗罪上，還痛斥聖上殺李煜、殺孟昶，屠江州、毀晉陽，要為枉死的兩位降王和那些百姓們討還公道，就這一下子，江南、巴蜀，乃至原來漢國的百姓，這心就都跑到岐王那兒去了。再往南去，原來閩國、南漢國的地方，才剛剛歸附沒兩年，更談不上忠心了，仔細這麼一算，聖上是眾叛親離啊……」

兩個兵正在那兒嘀嘀咕咕的，廂軍副都指揮使林岳煥沉著臉色出現在背後：「你們在說什麼？」

兩個兵嚇了一跳，猛一回頭，見是副都指揮領著幾名扈兵殺氣騰騰地站在那兒，嚇得雙膝一軟，一下子跪在地上，綽號「老狗」的兵油子忙不迭道：「回指揮大人話，小的……小的沒幹什麼，就是聊聊家常。」

「聊家常？」林岳煥雙眼微微一瞇，沉聲問道：「你們手裡是什麼東西？」

兩個人這才驚覺手裡還攥著城下西夏兵射上來的宣傳揭貼，忙不迭要往身後藏去，林岳煥哼了一聲，立即有兩個扈兵衝上來，劈手從他們手中將那揭貼搶了過去，轉身呈給林指揮使。

兩個人嚇得魂飛魄散，連連叩頭請罪，老狗道：「小的知罪，小的知罪，小的只是隨便看看。」

茸子道：「呃……小的不認識字……俺是聽劉頭兒說話……」

林岳煥展開揭貼看了看，輕輕哼了一聲，轉身揚長而去，兩個士兵呆若木雞，直勾勾地盯著林指揮使背在身上的雙手，那手上就捏著他們剛剛閱讀的那封揭貼。

兩個人面面相覷，茸子壯起膽子道：「老狗哥，指揮使大人……怎麼沒發落咱們吶？」

老狗道：「我也奇怪……對了！你剛剛說什麼來著？你不識字？你聽我說？奶奶

的，這揭貼是你撿來的好不好？」

茸子道：「我……我……我是見了指揮大人，一時心慌意亂，老狗哥你別計較。」

「我呸你一臉狗屎，你心慌意亂？你心慌意亂可沒忘了撇清自己，往老子身上扣屎盆子。你個狗日的！」

「嗳嗳，老狗哥，你別動手啊，我……我……我日，老狗，你再打，老子翻臉啦！」

且不提兩個兵丁在後面大打出手，手裡拈著那張揭貼，林岳煥卻是心潮起伏：「他娘的，老子辛苦半生，熬練打拚，好不容易才爬到今天這個位子上，官大了，膽子卻小了，怎麼還不如兩個大頭兵看得透澈呢，岐王殿下天下歸心，真要被他占了關中，又有西夏楊王相助，這天下歸誰還說不定呢，我怕什麼？更何況，把柄捏在人家手裡，我真要不從，聖上就能饒了我？」

「林將軍，從，則前途似錦，若是不從，黃泉路近，何去何從，還需要選擇嗎？」

「我若投靠殿下，殿下何以報我？」

「開國功臣，就這一點，還不夠嗎？」

想起與岐王說客席初雲的一番對話，林岳煥心頭忽然一熱：「幹了！」

林岳煥猛地止步，對幾個親信扈兵道：「忽想起有點事還要對家裡吩咐一下，走，回去一趟。」

林府裡，席初雲像二老爺似的，就著一盤削得雪片般精薄的羊頭臉肉，熱著一壺老酒，吃一口酒，拈一片肉，正自悠閒自在，林岳煥一身甲冑地闖了進來，席初雲斜眼睨了他一下，笑吟吟地道：「林大人，可有了主張嗎？」

林岳煥臉色發青，深深地呼吸了幾口，沉聲道：「請回覆殿下，今夜三更，林某開北城接應！」

*　　　*　　　*

趙普貶謫地方，當地的里正鄉長都負有看管責任，莫小看了他們，在這窮鄉僻壤，他們既是鄉官，又是當地大姓家長，那是土皇上一般的存在，說一不二，極有權力，各家各戶也都聽從調動，要看管一個失了勢的文人，實是易如反掌。

不過這只是在正常情況下，如果有外人接應，而且精擅技擊之術，可不是幾個悍勇的鄉民能對付得了的，趙普決心一下，楊浩派來的人立即帶其全家上路，又有誰能攔得住他們這些職業殺手？

可是趙普萬萬沒有想到，當他興沖沖地趕到楊浩軍營的時候，當頭一瓢冷水，那所謂的岐王殿下竟是永慶公主，真正的岐王竟然真的死了。

趙普一時手腳冰涼，要他反趙光義容易，一方面，他是自覺再無出頭之日，與其和草木同朽，不如再搏他一回，另一方面，雖然臨到老來，受趙匡胤打壓，不過趙匡胤把他調出中樞，雖是忌他權柄太重，可他確也有諸多把柄落在人家手裡，比如私運秦嶺大木，比如侵占皇家園林，趙匡胤對他還是不錯的，只削了他的權，仍然保留宰相的職位和待遇，當年他拜趙匡胤的父親為義父，這麼多年來，趙匡胤敬他用他，兩人既是君臣也是兄弟，這感情可不會因為這件事就一筆勾消，他的心裡也存了報效的念頭。

可是萬萬沒有想到，這個岐王竟是永慶公主，一個女子，哪能承繼大統？就算她能瞞住天下，有朝一日真的成就大事，可先帝子嗣已然亡了，這江山誰屬？他一輩子保的是趙家，難道臨到老來，反要落得個叛臣之名，變節扶保楊浩？

「老丞相，爹爹一向敬你如兄，今蒙不棄，如此高義，永慶感激不盡。永慶遭趙光義殺父害母，弒兄殘弟，如今我家，只餘弱女一人，如此深仇大恨，焉能不報？老丞相名聞天下，門生故舊遍及四海，若有丞相相助，永慶這血海深仇，便有希望了……」

趙普滿臉苦笑，搖頭道：「殿下異想天開，怎麼會想出這麼一個荒唐主意？若知是公主在此，老夫怎麼也不會……唉，公主啊，妳這是與虎謀皮啊，就算妳報得了大仇，到那時又該如何是好？這大宋江山社稷，妳父皇一手打造的江山，難道……難道真要拱手讓人嗎？」

永慶道：「老丞相以為，趙光義他殺我父母兄弟，竊據大位，這趙氏江山，與我何干？人家奪我父皇之位，害我滿門老幼，我還要替他記掛著這江山社稷的歸屬，維護他的皇權，豈不可笑？」

「這個……」趙普雖無言以對，卻只拈鬚搖頭，顯然對永慶的說法仍有些不以為然。

永慶又道：「何況，永慶並非為了借兵而棄家國不顧，趙光義所作所為，早已割絕我們的血脈親情。永慶棄家，而未棄國！」

「此話怎講？」

永慶道：「老丞相以為，繼嗣與繼統，何者為重？」

趙普眼中微現訝色，似乎覺察了什麼，卻又無法確定。

永慶追問道：「老丞相何以教我？」

趙普略一遲疑，沉聲答道：「對一家來說，繼嗣為重。對一國來說，繼統為重。」

永慶又道：「若家國一體，而兩者不得兼得，當如何取捨？」

「自然當以體統傳承為重。」

永慶微微點頭：「老丞相所言甚是，永慶正是這麼做的。」

趙普道：「殿下是說？」

永慶緩緩講出一番話來，趙普聽罷，目瞪口呆，怔了半晌，才道：「若大事可成，還有誰能約束得他？毀諾背信，那時對他來說，不過舉手之勞。」

永慶閉了閉眼睛，說道：「我別無選擇，只能信他。丞相，如今還有選擇嗎？」還有選擇嗎？從反出村莊，殺了那里正之日起，他趙普就已是不折不扣的反賊了，就算他不懼一死，可他還有兒子、孫子，對一個家族來說，什麼最重？他又能如何取捨？他還有得選擇嗎？

＊　　＊　　＊

垂拱殿內，身穿龍袍、腰繫孝帶的趙元佐呆呆地坐在御案後面，耳聽得臣子在下面似乎正說些什麼，可那聲音只在耳邊縈繞，卻一句也沒有聽進心裡去。

羅將軍說那兇手應該不是遼國所遣，當大軍急行兩日，本是遼軍全力撲擊的時候，遼國的嫌疑就已排除了，那麼兇手是誰？

趙元佐不期然地想起了那個在天牢重獄裡挾持了他，以他母后為人質脫出生天，逃向北方的獨臂刺客。

「但有一口氣在，我必殺趙炅！」

兇手是他嗎？如果是他，那我豈不就是殺父的元兇？趙元佐激靈靈打了一個冷顫。

「如今，剛逢大敗，先帝又遇刺駕崩，民間又有種種謠言，以致民心不穩，士氣不振，軍心散亂，眼下，須防北國傾力南下，雖有國舅統率大軍，坐鎮三關，仍不可等閒視之。而西夏楊浩，一戰而擒尚波千，旬日而下關中，虎視眈眈，也是十分危險……」

張洎說到一半，只見這位迅速被扶立登基的天子兩眼出神，好像根本沒有聽到他說話，不禁喚道：「陛下……」

「打！那就打！我宋國兵強馬壯，坐擁萬里錦繡山河，怕得誰來！李繼隆坐鎮三關，朕很放心，很放心。羅將軍，朕許你一支人馬，給朕奪回關中，把楊浩打回西夏去。

「不對，不對，關中有岐王在，有德芳在，不管怎麼說，總是自家兄弟，國難當頭，他一定不會與朕為難。派人去，派人去告訴他，告訴他父皇駕崩了，遼人入侵，他會顧全大局的。」

趙元佐的眼神有點怪異，說到這兒便戛然而止，眼神直勾勾地盯著大殿一角，偏偏那兒什麼都沒有，眾文武臣工都看得有點發毛，趙元佐看了半晌，突然像才睡醒似的，霍地抬起頭來，喝道：「大理寺，御史臺，刑部。」

被他喚到的衙門主官連忙出班，躬身奏道：「臣在。」

趙元佐一拍額頭，又揮了揮手，把他們趕了回去，三衙主官莫名其妙地歸了班，趙元佐突然一拍御案，怒道：「皇城司何在？先皇遇刺一案，可曾查出些端倪？」

皇城司主官甄楚戈根本就不夠資格上殿參政，一時間哪裡有人答他，羅克敵和張洎對視了一眼，從對方眼中都看到了深深的憂慮，內憂外患，大廈將傾，可聖上他……似乎受了嚴重的刺激，精神有點不太好，這可如何是好？

＊　＊　＊

當此時也，小野可兒揮軍攻克延州，隨即親率騎兵七千，一人雙馬，急行軍一晝兩夜，奇襲寬州，並在此築壘構牆，起營建寨，右固延安，左瞰河東，北與銀、夏兩州連成一線。

楊延朗入涇州，奪長武，在妙水河畔谷口設伏，先出一軍故意大敗而歸，引宋軍來攻，趁機掩殺，鐵騎輪番突陣，衝蕩多時，把宋軍步兵大陣衝亂。宋軍將領各自指揮部眾分頭突圍，此時伏兵盡出，憑高而下，又有數千精兵斷敵退路，形成合圍。

宋將海淳身中十餘箭，仍揮鐵鐧挺身力戰，其屬下小校勸他乘間突圍，海淳言道：「我為大將，既然兵敗，唯以死報國耳！」

遂再入陣中，鐵鐧揮舞，殺百十人，虎口迸裂，鮮血淋漓，期間三次換馬，反覆突入敵軍。楊延朗愛其忠烈，喝令三軍務必生擒，奈何海將軍戰至最後精疲力竭，生恐被擒，竟爾棄鐧望東三拜，然後拔劍自刎。副將盛龍率軍東突西衝，終不能衝出楊延朗的十面埋伏，被迫率眾投降。

長安副都指揮林岳煥三更開城，引西夏軍入城，勒令所部不得抵抗，楊浩生擒禁軍主將陶軒轅，兵不血刃奪取長安，隨即以陶軒轅印信關防為證，遣「飛羽」死士百人詐開潼關。

與此同時，張崇巍攻克秦州，寶雞孤立無援，知府邵望心接到趙普書信一封，便開城降了岐王。至此，河西、隴右、關中一線相連，西北半壁盡入楊浩之手。

此時，蟄伏已久的義軍首領王小波突然再出蜀山，打出了迎岐王的旗號，這一招頗具蠱惑力，一時巴蜀大地再起風雲，而江南一直不成氣候，卻也一直不曾受過重大打擊的小股義軍也開始頻繁行動，並開始向荊襄一帶移動，似有與巴蜀連成一氣的打算。

各地戰報雪片一般飛往東京，一時京畿震動。此時，盧多遜從海南千里迢迢也趕到了關中，就如趙普一般，上了楊浩這條賊船，他想下也下不去了，兩位相國聯名通告天下，扶保岐王，並向各自的舊部門生們頻頻暗送秋波，這兩位相爺的影響力可是非同小可，各地文武官員本來就因為那篇檄文的原因，對趙光義失了恭敬之意，再有趙普、盧多遜這兩位大老表態，一時間態度都有些曖昧起來。

就在這時，遼國蕭太后大賞群臣，然後以耶律休哥為都統，皮室詳穩蕭排押、駙馬都尉蕭勤德、蕭繼遠、林牙謀魯姑、太尉林八等率軍跟隨，自率主力坐鎮南京幽州，開始浩浩蕩蕩向宋國開拔，一路攻雁門關，一路攻瓦橋關，大舉揮師南下。

且不說大宋朝廷得知這個消息是如何打算，剛剛穩定了關中全境的楊浩得知消息後，卻再度陷入了兩難之境，雖說萬事俱備，可一旦關中興兵，大宋禁軍兩面受敵，必難抵擋挾銳而來的遼軍，兄弟鬩於牆，契丹必大獲其利，他該如何取捨？

六百二五　最後關頭

天下人心浮動，坊間紛紛傳言，恐怕這大宋朝就要到此為止了。

百姓們這樣想也很正常，自唐末以來，諸侯林立，你方唱罷我登場，國號是走馬燈一般地換，現在已經亡國的蜀、唐、漢這些國家，哪個不是傳了二世、三世，達四、五十年，宋國雖然統一了中原，可是真論起來，國祚也不過才十幾年的光景，還遠未達到天下歸心的地步。

結果先是幽州大敗，三十萬大軍落花流水，緊接著西夏發〈討趙炅檄〉，岐王趙德芳就是苦主，趙光義的所作所為一旦大白於天下，豈有不失人心的道理？趙光義還沒想好如何應對這場危機，就在十萬大軍的營盤之中被人摘了腦袋，太子匆忙繼位。

趙元佐朝令夕改、優柔寡斷，似乎因為父皇暴斃被刺激得有些不正常的消息，業已在汴梁城傳開了。別看深宮九重天，其實皇宮大內那點事，很少有不透風的牆，大宋皇室一向比較親民，宮禁也不及其他王朝森嚴，這點事就更加瞞不住京城百姓了。

遇上這麼一個官家，大遼虎狼頃刻南下，隴右、關中盡入西夏之手，巴蜀義軍又起，江南騷動不止，不要說尋常百姓，就算是滿朝公卿也是人心惶惶。

蕭綽在宋國退兵的同時，就迅速擬定了反擊計畫，仗著士氣正銳，就地整合救援南京的各路兵馬，反守為攻了。如今風雨飄零的大宋國，面臨的就是國內不穩、人心思變，兩面用兵、皆為強敵的局面。

對於軍國大事，趙光義算是個軍事理論家，遠不及其兄多矣，不過真要與他論起軍事來，他也能說得頭頭是道，而太子元佐則於軍事一竅不通，三綱五常、孝悌仁義那一套，總不能拿來打仗吧？幸好他雖能力不足，精神狀態也極不穩定，但是朝中文有張洎、武有羅克敵，趙元佐是個沒有主意的人，一切依從二人主意，倒也暫時擺布得開。

張洎和羅克敵這兩個人，一個不修私德，刻薄寡恩，一個心懷不軌，早有反了他老子的心思，就這麼兩個人，就是他老爹留給他的文武班底。不過論才幹，這兩個人確實沒話說，眼下這場面，不管他們私心裡怎麼想，都得打起精神先禦外虜，真讓契丹人放馬中原，那可不是鬧著玩的。

有鑑於此，張、羅二人精誠合作，經過一番討論，上奏皇帝允准，分別以李繼隆、劉廷讓、田重進為滄州、瀛州、定州都部署，防禦三關。本來在此之前，李繼隆臨危受命，獨領邊軍，不過這一遭不比出征，而是防禦，這樣的話，各主要關隘必須得有自己的主將，能隨時根據敵我情形做出決定，讓李繼隆總攬軍權是會誤事的，倒不是有心分他的兵權。

初期交戰，雙方各有勝負，宋軍雖士氣不高，畢竟倚仗地利，所以遼軍沒有占到太多便宜，戰報軍情傳至東京，邸報行發天下，百姓漸漸安心，覺得雖然宋軍吃了敗仗，但是遼人似乎也沒有想像中的那般可怕。

但是遼軍的總指揮耶律休哥是一個真正的統帥，而眼下還沒有人能認識到他的不俗，宋國自我檢討此番北伐失敗的原因，雖然明面上不說，但是暗地裡都傾向於認為先帝用兵失誤，以致鑄成大敗，耶律休哥此勝還是運氣的成分大一些。

其實眼下這種僵持局面根本就是出自耶律休哥的安排，他根本不在乎這些小勝小敗，他的目標是宋軍主力，他想要的是破關挺進中原，而這並不是一蹴可就的事，他在等待機會，也在創造機會。這個機會，終於被他等到了。

雙方僵持不幾日後，田重進站穩了腳跟，便開始試探性地展開反擊，田重進兵出岐溝關，連敗幾路遼軍，甚至一度收復了涿州。田重進並非冒進，主動出擊是朝廷的意思，官面上的說法是要禦敵於國門之外，真正原因卻是因為眼下軍心、民心皆不可用，宋國急需一場大勝來挽回這一切。

田重進的勝利傳回開封，整個開封城就像過年一般，惶亂許久的人心終於有些安定下來。趙元佐喜出望外，馬上下旨，令劉廷讓、李繼隆，三軍盡出，收復失地。張洎、羅克敵聞言急急勸阻，認為應穩中求勝，積小勝為大勝，趙元佐卻是迫不及待，他做事雖然優柔寡斷，可是一旦認準了一個道理的時候，卻又偏執之極，九牛也拉不得他回頭。

聖旨頒下，勒令一直按兵不動、固守阻敵的劉廷讓和李繼隆立即發兵，擴大戰果，務必一戰奪回此次因北伐失敗而丟棄的領土。劉廷讓和李繼隆接了聖旨，只得依命從事，不過二人都是老成持重的將領，一番計議下，決定盡量穩妥行事，以劉廷讓部為先鋒，李繼隆部為後軍，前後照應，進行反撲。

其實依著李繼隆的意思，眼下還是求穩最為妥當，可是眼下宋國的困難不僅僅是北國一面，承受的壓力也不僅僅是軍事方面，一場大勝，尤其是收復因北伐敗退而淪落為北國領土的大勝，對宋國來說實在是太重要了，其意義絕不僅僅是一場戰爭上的勝利。而且聖上如此急促，心底裡未必就沒有想為先帝挽回顏面的意思。他是一個食君之祿的將領，又是當今聖上的舅舅，於公於私，都沒有唱反調的道理，所以也只能全力配合。

耶律休哥一直把主力埋伏起來，不與宋軍做任何接觸，他們都是騎兵，來去如飛，機動力強，宋軍的斥候很難接觸到他們，從而打探到有用的情報，而且遼軍旗幟番號又比較混亂，遠看目測更難察其詳情，所以始終不知道遼軍隱藏了一支絕對的主力。

劉廷讓部先行北進，其先鋒是平州團練使賀令圖，這位將軍是將門世家，蔭補為官，並沒有什麼作戰經驗，他從未和遼人打過仗，倒有一種初生之犢不畏虎的氣概，率本部兵馬攻至河北河間的君子館，恰恰遭遇了耶律休哥的本部兵馬，甫一交戰，遼軍便不支而退。緊接著，耶律休哥遣使來說，畏於宋軍強大，有意投降。

耶律休哥隨便派了個人去，只是調侃賀令圖罷了，他也知道宋軍不可能上當，只不過能拖一時是一時，哪怕讓宋軍將領犯一犯合計也好。他的真正目的是誘引劉廷讓的主力部隊進入他的包圍圈，眼前這支人馬對他來說實在是太瘦了，這隻小綿羊還不夠他塞牙縫的。

然而令人不敢置信的一幕出現了，賀令圖居然信以為真，不但信以為真，而且還興致勃勃，只帶了幾十個親兵就跑到耶律休哥的大營來受降了。高粱河一戰殺退宋國三十萬大軍，趕得趙光義逃之夭夭的遼國大于越耶律休哥隨口這麼一說，他居然就真的相信人家畏了他的兵威了。

耶律休哥正在中軍大帳與麾下諸將策劃圍殲宋軍的計畫，聽到親兵傳報之後把他嚇了一跳，他沒想到，宋國的一個將軍，居然……竟然……怎麼可能就這麼傻？

耶律休哥直到這時還不相信親兵的傳報，他親自跑出大帳，看到騎在馬上、得意洋洋的賀令圖，再聽他親口報出了自己的身分，耶律休哥才知道不是那親兵吃飽了撐著，跟他這位大于越開玩笑，耶律休哥哭笑不得，馬上叫人把這位天真兒童給吊起來，瞧著他那副德性，耶律休哥又好氣又好笑，倒是沒叫人揍他一頓。

不過這位先鋒官既然自己送上門來，耶律休哥便也不跟他客氣了，直接令人包圍賀令圖的先鋒部隊，把他們一口吃掉，耶律休哥本來是想用這支宋軍做誘餌的，這一動手，主將賀令圖不在，上下無人指揮，一個也沒跑掉，結果先鋒的作用全失，自率大隊人馬行於其後的劉廷讓對此全然不知。

結果劉廷讓一頭鑽進了耶律休哥的包圍圈，十餘萬大軍把劉廷讓的三萬人馬圍得水洩不通。劉廷讓布環形陣拚死抵抗，宋軍步兵天下無敵，正面交鋒打陣地戰，威風八面，竟然始終不曾突破劉廷讓的防禦陣線。

劉廷讓又使人突圍，急報李繼隆，自後趕來的李繼隆得知消息，不禁大吃一驚，那報信的副將桑敬渾身浴血，讓人扶著，沙啞著嗓子道：「大人，劉將軍正率軍苦戰，耽擱久了，恐怕就要全軍覆沒，還請速發援軍啊！」

李繼隆麾下眾將紅了眼睛，紛紛摩拳擦掌地請戰，李繼隆徐徐踱步，良久良久，扭頭問道：「遼軍有多少人？」

桑敬道：「以末將看來，至少不下十萬人，劉將軍已苦撐一晝夜，再也耽擱不得了。」

李繼隆雙眼微微瞇起，緩緩搖頭道：「你既看到了十萬人，那麼他手中就絕不止十萬人。十萬鐵騎，在一馬平川的土地上，攻打倉卒趕至、無險可守的三萬步卒，居然堅持了一晝夜而不敗？不……不……」

桑戰急了，雙目盡赤，怒吼道：「李繼隆，你是什麼意思？莫非膽怯畏戰嗎？」

李繼隆麾下親兵按刀逼近，喝道：「大膽，你說什麼？」

李繼隆一擺手，制止了手下的妄動，仰首長嘆道：「我們中計了，往赴救援，不過是飛蛾撲火，去多少，就會扔進去多少，我們本應該據關死守的，根本就不該主動出兵，根本就不該主動出兵啊……」

他霍地回身，厲聲喝道：「傳令三軍，後陣變前陣，立即退兵！」

「不能啊！李將軍，不能啊！」桑戰聲淚俱下：「劉大人身陷重圍，苦苦支撐，三萬兄弟正翹首盼著咱們去救命吶，李將軍，不能撤啊！」

李繼隆臉色鐵青，頰肉猛地抽搐了幾下，眼見友軍被圍，卻要棄之而逃，他也一樣心如刀割，可是他知道，這時候絕不能感情用事，他大聲喝道：「沒有聽到本帥的將令嗎？立即撤退！」

他大步騰騰走出幾步，沉聲喝道：「此時撤兵，恐也已遲了，不能沿原路返回，就近撤往樂壽，或可據城池之險，保全我們這支軍隊！」

他沉痛地道：「我們……我們再也經不起又一次失敗了。」

* * *

「李繼隆退兵了？」

正躊躇滿志地等著李繼隆自投羅網的耶律休哥，聞訊怔了半天才猛地反應過來：「蕭撻凜、耶律擅，立即率你們的伏兵追擊李繼隆，務必要把他絆住，待本于越解決了劉廷讓，馬上揮師掩殺過去。」

他急急走向地圖，問道：「李繼隆向什麼方向退卻？」

那探馬稟道：「看其方向，該是退往宋軍掌握著的樂壽。」

耶律休哥一怔，臉上激動的神色漸漸平靜下來，他的手指在地圖上反覆地捺了幾下，似乎要把標註著樂壽位置的部分戳出一個窟窿。

蕭撻凜迫不及待地道：「大于越，我們是否立即上路？」

耶律休哥苦笑一聲，搖了搖頭：「不用追了，追不上了。李繼隆，好一個李繼隆！」

他的目光轉向丘陵下仍布陣死守的劉廷讓部，目光又漸轉冷酷：「這個餌，已經沒什麼用了，吃掉它！」

君子館一戰，劉廷讓在部將拚死護衛下殺出重圍，只率數十輕騎逃回宋境，數萬大軍盡歿於此，消息傳回東京汴梁，趙元佐如五雷轟頂，呆呆地坐在御座上，任臣子們說些什麼，只是一言不發。到後來卻突然跳起，下詔不惜一切代價，全面發動反攻，被張洎和羅克敵等人勸止。

此後，耶律休哥趁大勝再度包圍涿州，苦戰幾晝夜，涿州城破，城中宋軍被迫歸降，被耶律休哥收編整合為七營兵馬，分散編入遼軍隊伍，一同南向，一路攻克祁州、新安、小狼山砦，又占了易州。消息傳到汴梁，趙元佐大駭，又要下詔命令各關隘守軍堅壁清野，不許出戰。

羅克敵以為，敵勢強大，不與硬戰是應該的，但是具體情形還須依據前敵情形，由邊關主帥自行決斷，朝廷通令各戰區不分敵情強弱一概不得出戰，與先前要求他們務須全體主動出戰是一樣不合時宜的，惹得趙元佐大發雷霆，好在程羽、賈琰、宋琪等趙光義寵信的老臣子們也覺得羅克敵所言有理，紛紛出言應和，這才沒有治他的罪，不過還是依著他的意思，向邊關眾將下達了詔書。

出了午門，自有小校牽來戰馬，羅克敵翻身上馬，卻是仰天長嘆，宋國到了眼下這種局面，他覺得也未嘗就不可收拾，可是這個皇帝……朝令夕改，喜怒無常，情緒多變的就像小娃兒的臉，說哭就哭，說笑就笑，明明不懂軍事，偏偏喜歡插上一手，而且固執起來根本不聽任何人的意見，皇帝是一國首腦，行事豈能如此輕率任性？

前後兩道詔書，僅隔數日，居然判若兩人，單此一點，就足以消磨了邊關將士的勇氣，他羅克敵又有何力量可以回天？趙光義他本就不想保，趙光義得位不正，他的兒子繼承大統的合法性自然也大成問題，可是眼下這宋國江山就掌握在這個神智已經有些不清醒的年輕天子手中，他可以不在乎趙光義父子兩代君王，可這漢人江山豈容契丹蠻夷之人荼毒踐踏，身為樞密院事，如今大宋軍隊的主事人，他該如何是好？

「羅大人……」

後邊又有一馬輕馳而來，看馬上人的冠帶也是一員武將，一見羅克敵佇馬發怔，那人勒馬見禮。

羅克敵一扭頭，認得是殿前司都虞候翟沐絲，便怏怏地還了一禮：「翟大人。」

這翟沐絲四旬上下，原是禁軍中一個中級將領，以前與晉王趙光義的關係不遠不近，比起當時許多不與親王往來的高級將領，總是要近得多。趙光義將老臣清洗一空，他也是從中得益，陞遷上來的將領，此人平時話語不多，穩重老成，羅克敵對他也算比較敬重。

「大人可是為邊關戰事發愁？」

羅克敵澀然一笑：「何止邊關？關中那邊，如今陳兵潼關，不進不退，不知是何意圖？巴蜀反旗高熾，江南蠢蠢欲動，京城人心不安，唉！如此情形，羅某有心無力啊。」

翟沐絲微笑道：「大人武勇，下官是曉得的，不過這軍國大事，竟是我朝立國以來從未有過的嚴峻，也真難為了大人，其實……大人在這廂獨自發愁又有何用，何不向人討教一番呢？」

羅克敵道：「討教，本官能向何人討教呢？」

翟沐絲掩脣輕咳一聲，說道：「大人如今執掌國家兵事，但是論官職，還只是樞密院事，上邊還有樞密使、樞密副使，兩位大人因病請旨在家歇養，照理說呢，是不該去打擾的，可是值此國家危難時刻，我們這些做臣子的，哪還能只顧一己安危？曹、潘兩位大人一生身經百戰，歷練經驗總是有的，或許……能給大人您出出主意？」

「哦？」羅克敵目光微微一閃，露出沉思之色。

翟虞候微微一笑，拱手道：「下官告辭……」

「求教於曹彬、潘美？恐怕是曹潘見召，著他傳話吧……這兩位早已辭了朝堂、在家賦閒的老將軍要我前去，到底想幹什麼呢？」

羅克敵沉思有頃，本想回家向自己老子討教一番的，這時想來倒是真的有些意動了，自己老爹看人望政，那都是準的，可軍事上……他畢竟是一介文人，或許曹彬、潘美這兩位開國名將真的有回天妙計？

羅克敵驅馬向前走了幾步，忽又勒住韁繩，猛地一撥馬頭，向扈兵喝道：「走，去曹樞密府上！」

六百二六　歸心

「老爺就在裡面，羅大人請進。」老家人把羅克敵引到了暖棚前面，止步說道。

前面是個暖棚，斜簷的一溜棚子，黃泥糊的牆，頂上鋪著厚厚的稻草，在房頂上開了幾扇小窗，既為透氣，也為了陽光照入。這實際上是個花房，大戶人家蒔花弄草的地方，北方秋冬寒冷，大戶人家都建有這樣的暖房。

在這種地方見客，本來是不大合適的，不過曹彬名義上還是羅克敵的上官，而且資歷、威望遠在其上，在這個地方接見晚輩和下屬也沒什麼不妥當的。

暖棚中有一股泥土和腐草的氣息，一溜的長棚，中間還是隔開了的，或許後面幾間暖棚還種著些新鮮的菜蔬。羅克敵輕輕步入花房，就見一個身穿短褂、頭繫方巾的老者，正俯身在花叢中擺弄著一盆盆綻放的鮮花。棚中的花草以菊花居多，倒也正是應季的時候，菊花的品種很多，這一叢白如沃雪，那一叢燦若黃金，有的攢密如天上繁星，有的花綻如絲，隱隱地，便有一股幽香撲來。

羅克敵站住，看著那位正侍弄著一叢「江東二喬」的曹大將軍，眼下任誰看見了他，就是一個普普通通的老漢，如果不識得他的人，或許會把他當成了曹府的花農，哪裡還有一點手握千軍萬軍、睥睨天下征戰四方的將軍氣概？他的神情恬淡，頗有點「採菊東籬下，悠然見南山」的意境。

可是，國家危難，社稷江山危在旦夕，曹彬雖已不再視事，羅克敵卻不相信他對天下形勢一無所知，他真的做得到如此淡然？

「卑職羅克敵，參見樞密大人。」羅克敵深吸一口氣，上前叉手施禮。

那一身布袍、神態悠然的老者扭頭看了他一眼，仍然侍弄著花草，呵呵笑道：「原來是羅院事，老朽賦閒在家久矣，諸多友好同僚都很少走動了，今日羅大人怎麼有暇登門啊？」

羅克敵俊臉一熱，趙光義清洗前朝老臣的心意十分明顯，曹彬失勢，文武百官自然避之大吉，羅克敵與他一向沒有什麼交情，這時候自然也沒有犯險親近的可能，說起來，這位直屬上司的府門，他還真是頭一回來。

眼下羅克敵也顧不及那麼多了，開門見山地道：「樞密大人，國家危難，已至旦夕傾覆的險境，樞密大人乃國之重臣，豈可置身事外？若果國家有難，玉石俱焚，何止天下黎民百姓受苦，恐怕大人您也……卑職此來，是想求教於大人，如今情勢，該當如何是好？還請樞密大人指點。」

曹彬手上頓了一頓，輕輕嘆了口氣，頭不抬眼不睜地道：「羅院事，如今岐王發難於關中，朝廷地方，各懷異心，士子庶民惶惶不可終日，又有幾大商賈鬥法，弄得國家元氣大傷，這還罷了，如今西夏陳兵潼關，北遼虎視三關，而今上的情形……你該比老夫更清楚，試問如此情形，漫說老夫一介武夫，就算是周公伊尹、管仲蕭何，乃至諸葛武侯復生，這樣破爛不堪的局面，又如何收拾？」

羅克敵道：「難道如今，唯有坐以待斃了嗎？」

曹彬慢吞吞地道：「除非……速平內亂，重整人心，才能北拒強敵於外，重安中原天下。」

羅克敵笑得有點發苦：「樞密大人，平息內亂談何容易？眼前之亂，可不僅僅是關中興兵，就單是一個關中興兵，也非旦夕可平。何況，北朝陳兵三關，咄咄逼人，又豈容我們從容收拾山河？」

曹彬嘿了一聲道：「武夫就是武夫，難道只能用打的嗎？」

羅克敵神色一動，急忙問道：「樞密大人有何高見？」

曹彬閉口不言，羅克敵忙道：「此事但出得大人之口，入得卑職之耳，卑職與大人只是私下參詳，離開這間花房，便全作不得數了，大人有話，但說無妨。」

曹彬慢吞吞地道：「當今之計，唯有……迎岐王，廢今上，方能重整人心，收拾山河。」

羅克敵臉色大變：「今上無逆天之過，臣下豈能輕言廢黜，這與叛逆何異？」

曹彬冷冷地掃了他一眼道：「岐王的〈討趙炅檄〉所言七大罪，第一條就是弒君，又有先皇后血書為證，你信是不信？」

羅克敵默然不語，顯然是相信了的。

曹彬又道：「既然如此，今上便是得位不正，還國予岐王，難道不合大義嗎？」

羅克敵沉聲道：「朝中有張洎、宋琪、程羽、賈琰等把持朝政，皆先帝心腹之臣，君王廢立，豈是等閒之事，一個不慎，這江山頃刻大亂，北朝趁勢南下，整個中原將盡落胡虜之手。」

曹彬緩緩抬起頭來，輕蔑地一笑：「可軍權不在他們手中。」

「邊關大將李繼隆，手握重兵，鎮守邊關，他乃當今國舅。」

「不過當今聖上卻不是他的親外甥，何況大義當前，何去何從，他若不蠢，也當有所選擇。廢立之舉，老夫也知道何等重大，可是眼下形勢，已非今上可以收拾，不行廢立，內亂不息，不還國予先帝之子，民心士氣難復，這樣的局面，根本沒得收拾。李繼隆若識大體、知大義，則可共襄義舉，否則……」

曹彬輕輕一抬手，從花盆中拔去一株小草，淡淡地道：「他雖手握重兵，坐鎮三關，如要殺之，也不過如拔草芥！」

羅克敵臉色微微一變，李繼隆剛剛被提拔起來不久，在軍中還缺少自己的心腹知己，從曹彬話中來看，這頭老虎雖已賦閒在家，可是時日不久，爪牙仍然鋒利，李繼隆麾下將領之中必有他的心腹，必要關頭，他就可以動用這些人把李繼隆除掉。任你天大的本事，躲得過明槍也躲不過暗箭，從這一點上來說，帝王將相、販夫走卒都是一樣的，生命同樣脆弱。

而且曹彬話中顯然還透出了另一層意思，他這已經不再是給羅克敵出謀劃策了，而是有意參與其中，更準確地說，這位大將軍哪裡是死了心在家裡擺弄花花草草，天下時局早已盡落他的眼中，恐怕這位大將軍已經在開始籌劃廢立了。

如此說來，殿前司都虞候翟沐絲已經是他的同謀，今日指點自己來向曹彬討教，根本就是拉他入夥，如果不答應，今天是否還能出得了這個門呢？

一念至此，羅克敵不由怵然心驚。

果然，曹彬目視著他，正色說道：「家國、家國，家既不保，何來其國？今上得位不正，已致四海失心，又因輕佻浮脫，朝令夕改，以致威信盡喪。北朝肆虐，國家危在旦夕，岐王興兵於關中，天下已有改卜之兆。羅將軍不於此時立功名、取富貴，提三尺之劍，立不世之功，以陞天子之階，難道你要做國之罪人嗎？」

羅克敵身子一震，猶豫道：「樞密所言，或可為之。然茲事體大，卑職還須……」

曹彬截斷他的話，厲聲道：「既可為之，當速決斷，遲則生變，我大宋已拖不起了。」

羅克敵原本對趙光義父子就談不上什麼忠心，只不過一來他不忠此君卻忠此國，如何行止，總要考慮到是否對他扶保的大宋國有利；再者，今上即便得位不正，可現在畢竟已登上丹墀，坐了龍床，真要反了他，還是有點心理障礙，這時被曹彬一喝，才終於下定了決心，遂深深一揖道：「羅克敵願從樞密大人，共赴大舉！」

掌握著禁軍精銳的羅克敵，和在軍中仍然擁有極大潛勢力的曹彬一番長談之後，議定了詳細的行動計畫，羅克敵這才向他告辭，曹彬卻也不送，目送他離開暖房，輕輕拍拍手上的泥土，微微地一笑。

那隔斷的暖棚就在這時吱呀一聲開了一道門戶，一前一後走出兩個人來，前邊一個五旬上下，國字臉，濃眉闊口，脣邊幾道紋絡如同刀刻，顯得不怒自威，顯然也是久居上位的人物，正是當年陳橋兵變出力甚巨，開國之後征南闖北，連滅數國，風頭猶在曹彬之上的大帥潘美。

後邊一位年紀更大一些，便袍布巾，面容清臞，三綹花白的髫鬚，一張端正的面龐，兩眼溫潤有神，那一臉方正之氣，令人望而生敬。只有知道他身分的人，才知道人不可貌相，誰若以貌取人，把這老頭當了方正君子，準得被他賣了還得開心地幫他數銀子呢。這正是連事五朝屹立不倒的官場長青樹，政壇不老松，羅公明羅老爺子。

「羅老，你這兒子，由你訓導豈不是好？何必著人點撥，讓他來找我呢？曹某方才可是捏著一把冷汗吶，如果你這兒子堅辭不允，說不得，也只好先把他扣起來，一番打鬥，豈不傷了我這棚中的花花草草？」大計已售，曹彬心情放鬆了許多，一見他們出來，便向羅公明打趣地笑道。

兩個人一文一武，曹彬和這老滑頭本來沒有多少交集，不過眼下共赴大事，還是羅公明牽的頭，兩個人的感情便迅速升溫，成了一對知交好友了。

羅公明拈鬚微微一笑，說道：「我這兒子喜歡鑽牛角尖，當父親的苦口婆心，終不及曹大將軍當頭棒喝呀。」

「哈哈哈……」三個老者一齊大笑。

這天下局面，不易真主，真的是不可收拾了，而羅克敵本與楊浩有過命的交情，他的堂妹又是楊浩的王妃，將來一旦成就大業，這正宮皇后也是跑不了的，而且他深愛丁玉落，一旦投奔過去，彼此之間便再無阻隔，必可抱得美人歸。

就是在這樣的情況下，羅克敵考慮如何抉擇時，唯一的標準就是對宋國江山社稷、對天下黎民百姓是否有利，根本就沒有想過以他具備的這些有利條件，一旦附和曹彬，共行廢立之舉，對他個人前途是何等有利。

這樣方正的一個兒子，羅公明若以父親身分，要他從家庭和個人前程的角度去考慮，說不定反而壞事。唯有讓曹彬這個外人，用家國天下的大義理由去說服他，眼見兢兢業業扶保著大宋直至今日的曹國華也有心行廢立之舉，他才能很順利地拐過心裡這個彎來，這老爹也算是用心良苦了。

不過天下父母心都是一樣的，正如趙光義陰險狠辣，雖覺自己兒子過於正直迂腐，其實還是非常喜歡這個兒子一樣。老羅一輩子油滑狡詐，兒子的性格雖然不像他，他也一樣為兒子高興。自己可以不做正人君子，可當爹的，誰不希望自己的兒子是個品行高潔的正直之士呢？

*　　*　　*

天下惶惶不可終日之際，關中又發出一道檄文通告天下，這一回卻是以岐王名義，由趙普和盧多遜兩位大宋前宰相草擬發布的。

因北朝敵入侵，岐王殿下恐天下黎民百姓受苦，願將家事擱下，先禦國仇。公開宣布北朝一日不退，岐王不出潼關，這樣一來，陳兵潼關口外的十餘萬禁軍就可以抽調出來參與驅逐外敵的戰鬥。這可不是一句空話，通告天下的檄文，誰敢毀諾？大宋就是現在把潼關口外的兵撤得一個不剩，也不必擔心關中會殺出一兵一卒。

僅此一舉，岐王的威望登時如日中天，再也無人可及。原本因為七大罪的檄文，許多官員仕紳、普通百姓就已心向岐王，再經過接二連三的戰爭失敗，趙普、盧多遜兩位聲望卓著的宰相公開投奔，許多地方官員已經開始對關中眉來眼去、暗送秋波了。這紙檄文一出，明眼人都知道，變天恐怕是不可避免的了。

＊　＊　＊

東京汴梁西城，安州巷，唐府。

唐家三兄弟坐在一塊，滿桌子山珍海味，三個人卻是全無食欲，只是悶著頭喝了半天酒，卻沒有動上一箸。

「這一注，咱們投錯啦……」

唐英一仰脖子，杯來酒乾，動作端地是豪氣干雲，只是愁眉苦臉，如飲馬尿。

唐勇哼了一聲，沒有說話。

「也不算太糟。」唐威忽地展顏一笑：「七嗣堂七宗五姓，傳到今日勢力最大的就是崔鄭兩家，咱們和李家屈居三四，盧家亡了，其他幾姓也漸趨沒落。可現在怎麼樣？崔家在青州的老巢讓鄭家端了，鄭家的根基讓崔家抄了……」

唐勇悶聲悶氣地道：「話是這麼說，可鄭家現在攀上了北朝，據說攀上的那人是個漢軍將領，背後還有一位契丹王爺，如今契丹勢大，鄭家未必就不能東山再起。崔家呢，青州老家是讓人抄了，可是在西夏人家扎下根啦，這江山只要西夏分去半壁，崔家就能東山再起，榮光較之當初只盛不衰。可咱們保的這一位，嘿嘿！這位皇上以前瞅著也是個人物啊，怎麼現在越看越彆扭。」

唐三笑吟吟地道：「一個好人，未必能做一個好皇帝，咱們當初是衝著趙光義去的，誰知道他命薄啊。不過，你們也不必這麼頹喪，咱們看錯了人，可咱妹子卻是慧眼識人吶。」

唐三把大腿一拍，長髮飄飄，洋洋得意：「咳，虧得咱們當初做事留了一線，怎麼就曉得，區區一個鳥不生蛋的蘆嶺州知府，一個朝不保夕的火情院長，居然就有這麼大的福氣？虧得咱妹子逃婚離家，要真嫁了趙光義，咱們唐家算是澈底完蛋了。現在嘛，嘿嘿，咱妹子可是西夏王妃，有這層關係在，唐家怎麼也不至於走到山窮水盡的地步。」

大哥唐英沒精打采地道：「話是這麼說，可小妹頂多護得咱家周全，還能給咱們多大的好處？真就是給了，你有臉去要？這幾年，咱們唐家給大宋朝廷投入了過半的家產，造船無數，還沒收回本錢呢，沒落，那是一定的了。」

「那也未必。」唐三微微一笑道：「現在投靠妹夫，還來得及。」

唐英詫道：「投？你拿什麼去投？當初人家未成事時，崔家可是下了血本，現在當然有回報了。眼下楊浩馬上就要奪得天下，你一個商賈人家，能給人家什麼幫助？雪中送炭才行，錦上添花，誰記得你呀？沒得讓人看輕了你，難不成你再送一個妹子給他做王妃？你也得有才行啊。」

唐三白了他一眼，哼道：「靠女人邀寵固寵，能得幾日風光？就算咱們還有妹子，也不能用這麼蠢笨的辦法。眼下，咱們要是想投妹夫，總得拿點見面禮出來，還得是拿得出手的見面禮，這見面禮咱們又不是沒有。」

唐英、唐勇急忙往前靠了靠：「老三，我知道你主意多，你快說說，咱們還有什麼投效之禮？」

唐三信心十足地道：「西夏兵馬以騎兵為主。若出潼關，揮師東向，旦夕可至，然而關中近百年來百業凋零，輜重運輸的能力遠非隋唐時候可比，如果有人能提供大批船隻則如何？」

唐英、唐勇眼中都放出光來，唐三又道：「不管是誰坐了天下，江南富饒之地都是重中之重，這樣的地方離不了水師，而西夏軍建制之中獨缺水軍，一旦真的成為天下之主，他想掌控江南，必建水師，那麼少得了精擅製造適合江河湖海各種水域戰艦的人家嗎？」

唐英和唐勇鼻息咻咻，激動得臉色都有些發紅了，唐三又道：「趙光義北伐，三十萬步卒長驅直入，人拉牛拽，糧草自然跟得上，可咱們妹夫手裡卻有大把的騎兵，一旦他坐了天下，必定與北朝對上，到那時鐵騎北向，一日千里，運糧兵累死也追不上，而且一人就攜帶那麼點糧食，怎麼打？要嘛騎兵下馬，陪著步卒緩緩而行，要嘛以戰養戰，完全靠從敵國擄奪補給。

「三千、五千，十萬、八萬人，勉強也能補給得來，數十萬兵馬的話，人吃馬餵，遼國哪座大城有如許之多的糧草供他們消耗？再說宋國精銳禁軍豈可不用，想來那時候咱們妹夫必然是一手步卒、一手騎兵：你跑的快，我有武勇絲毫不遜契丹的西夏騎兵；你要正面作戰，我有步戰天下無雙的大宋禁軍。那樣一來，人馬更是不計其數，絕對不能只靠從北朝擄奪來滿足三軍所需，如果有大批船隻沿河運送糧草箭矢、攻城器械，那又如何？」

唐英和唐勇對視一眼，眼中的頹喪一掃而空。

唐三微微一笑：「大哥，不管天下怎麼亂，咱們不要亂，你繼續督造船隻，戰艦足夠了，現在開始，全力造漕船，工錢要發足了，以安船匠之心。」

他沉吟了一下，又道：「漕船不要造的太大，載重量兩千石以上的都停了，從關中輾轉到汴梁的水道壅塞多年，清理不足，水淺灘多，如果要伐北，北方的河流疏灘不力，河道也是既窄而淺，因此多造小船，湖船、刀魚船、魛魚船都行，這些船隻細長體小、吃水淺，一定能派上大用場。」

「好好好，我曉得了。」唐英連連點頭。

唐三又對唐勇道：「二哥，你親自主持，立刻派人分赴各地，再通知咱們家所有的商號，全力搶購糧食。」

唐勇一呆：「糧食？這時節早過了秋收，現在收糧，必然價高，咱們……」

唐英卻已明白了唐威的意思，馬上打斷了他的話，似笑非笑地道：「老二，別問那麼多了，老三叫你收糧自有收糧的道理，你只管去收，能收多少就收多少，別吝嗇銀錢，就算是傾家蕩產，也要努力收。民以食為天，這糧，就是安定天下的根本，也是咱們唐家站起來的希望。再者說，皇帝不差餓兵，咱們妹夫就算做了皇帝，他也不能讓士卒喝著西北風去打仗吧？」

唐三一口一個咱們妹夫，現在唐老大也學會了。

唐勇還是有點沒反應過來，卻也點頭道：「成，我馬上去辦。那……老三，你給大哥和我都派了差事，你去幹嘛？」

「我？」唐三把長髮一甩，幽幽地道：「我自然是要去一趟長安，現在長安路上，恐怕會有很多行人，去晚了，就算人家是咱們妹夫，我怕也要搶不上位置了……」

六百二七　宮變

御案前文牘如山，每一樣都是急件，每一樣都需馬上批覆。三關告急，請兵請糧；四川告急，請求鎮撫；江南告急，言曰民心騷動；閩南告急，言曰地方不靖；鴻臚寺上報，藩屬國交趾調兵遣將，似有異動；開封府上報，京城物價飛漲，民間謠言頻傳；皇城司上報，有心懷不軌者利用「千金一笑樓」等權臣豪門時常出入之所，宣揚大逆不道之言論；軍巡院稟報，捉到幾個酒後狂言，妄議朝政，侮辱先帝，傾向岐王的狂生，請求下旨嚴懲……

一樁樁，一件件，讓他心力憔悴，他從來也沒有想到，坐在人人爭奪的這把龍椅上，居然有這麼多的麻煩，為什麼卻仍有那麼多人前仆後繼、不惜一切地想要坐上它？

趙元佐頭痛欲裂，他輕輕掐著眉心，心中欲嘔，這時小黃門躡手躡腳地走了進來，細聲稟報道：「官家，皇城司甄楚戈有要事回奏。」

既是回奏，便是他親口下過詔諭的了，趙元佐茫然抬頭，想了半天，卻想不起他曾給甄楚戈下過什麼詔命，便揮手道：「要他進來。」

皇城司特務頭子甄楚戈快步進殿，向趙元佐叉手施禮，唱喏道：「臣皇城司甄楚戈，見過……」

趙元佐不耐煩地打斷他的話道：「行了、行了，你……來見朕，是要回覆什麼？」

甄楚戈恭聲道：「聖上要臣查辦先帝遇刺一案，但有任何進展，隨時回報，臣現在已經掌握了一些線索。」

趙元佐精神一振，霍地一下站了起來：「你講，你講，查到了什麼？」

甄楚戈道：「是，臣已逐個盤問了當時拱衛先帝御帳左右的親軍侍衛，只找到了一個疑處。曾有一名殘了一臂的士兵，時常徘徊在御帳周圍，與那侍衛們也都廝混熟了的，但是自先帝遇刺之後，此人卻再未出現，起初侍衛們驚慌失措，也無人理會此事。事後想來，卻覺大有疑處……」

趙元佐如五雷轟頂，驚叫一聲道：「你說什麼？那傷兵……那傷兵殘了一臂？」

當初趙元佐於天牢被擒，壁宿得脫大難，甄楚戈就是當事人，結合那些御前親兵所述，其實心中早已有了計較，這時一見趙元佐神情，不由暗暗一嘆，輕輕點了點頭，自袖中徐徐取出一幅畫來，恭恭敬敬舉起，說道：「臣依侍衛們所述，著人畫了圖形，官家請看。」

小黃門走過來，接過書畫，回頭奉予趙元佐，趙元佐展開一看，只瞧見那一雙桃花眼，彷彿那蓬頭垢面、目光凌厲如刀的刺客欽犯就又出現在了自己面前，不由啊的一聲，雙手一顫，那張紙飄然落地。

「查，給朕追查，畫影圖形，詔告天下，一定要給朕找到他！」

趙元佐咬牙切齒，目露兇光，看得甄楚戈心中一寒，連忙應道：「是，臣已吩咐下去，明日海捕文書就會傳送各州府縣，那刺客只要還在我大宋境內，必難隱藏。」

「大宋境內……他殺了一國之君，還會出現在大宋境內嗎？」趙元佐目中兇光消失，轉而一片茫然，茫然半晌，才揮了揮手，甄楚戈忙躬身退下。

趙元佐的身子簌簌地發起抖來，殺死父親的是壁宿，可他心裡明白，壁宿本是天牢中一待決的死囚，如果不是他硬闖天牢，壁宿縱有天大的本事，也絕不可能脫逃，父親又怎麼會死？追根究柢，父親之死，他難辭其咎。

正內疚悔恨的當頭，一個人悄無聲息地閃進了大殿，不得小黃門阻攔通報即可入內的，除了內侍都知顧若離，哪裡還有第二個人？顧若離走到趙元佐身邊，低聲稟道：「官家，兩宮太后有請。」

趙元佐的生母是李賢妃，如今他做了皇帝，母親自然也晉為太后，與原正宮皇后，稱為兩宮太后。一聽母后相召，趙元佐的神智清醒了些，訝然道：「朕正坐殿理事，太后何事相召？」

顧若離道：「兩宮太后聽說了邊關接連吃了幾場敗仗的事，似乎也知道了岐王在關中興兵的事情，聽說如今天下人心浮動，四海不靖，大感憂慮，想召官家問個明白。」

趙元佐一聽，勃然大怒：「混帳，是誰把外面的事說與兩宮太后知道的？不是吩咐過你們，在太后面前，要閉緊你們的嘴巴嗎？」

顧若離退了一步，訥訥地道：「是，可……太后宮中人多嘴雜，奴婢實不知道是何人多嘴……」

趙元佐恨恨地一拂袖子，喝道：「擺駕慈壽宮。」

趙元佐秉性至純至孝，既然母親相召，卻是不得不見的，立即出宮上了肩輿，急急向後宮行去。

趙元佐剛走，殿前司都虞候翟沐絲便頂盔掛甲，一身戎裝地出現在垂拱殿前，今天本來就是他當值，如此打扮、出現在這兒也不稀罕，只是他今天的神情顯得有些凝重，部下們見了上司紛紛見禮，他平時本來笑呵呵的最是隨和，這時也板著臉只是匆匆一揮手，那雙眼睛，時不時地便瞟向大內方向，似有所待。

趙元佐進了後宮，忽地發覺肩輿不是抬向慈壽宮方向，忙拍拍扶桿，喝道：「停下、停下，這是往哪裡去？」

一直傍在肩輿旁邊的顧若離說道：「聖上，宮中有人欲不利於聖上，為安全計，請聖上隨奴婢出宮暫避！」

趙元佐又驚又怒地道：「顧若離，你這狗奴才，要造反嗎？」

顧若離道：「奴婢怎敢？奴婢這可都是為了聖上著想呀。」他一面說，一面急急揮手，那些肩輿的內侍腳下如風，行得越發地快了。一路下去，穿亭閣，經殿宇，每過一道宮門，都有幾個內侍守在那裡，看情形，早就受了顧若離囑咐似的，一見他們過來，便急急打開宮門，根本不理會趙元佐的叫喊。

行至東門，靠近原太子宮後殿方向的角門，此處已是一片荒涼，平素少有人來，地面雖還潔淨，每日有宮人灑掃，宮牆頂上卻是早已長了小草，從琉璃瓦縫隙中頑強地鑽出來。此時已近冬季，草已枯黃，在風中瑟瑟發抖。

角門前停著幾輛馬車，老遠就有一股異味隨風飄來，好在天氣已冷，那味還不算太濃重。

「官家，為了您的安全起見，奴婢得委屈官家一陣了。」

顧若離一擺手，幾個力大身高的親信宦官立即一擁而上，將趙元佐牢牢抓住，先封了他的口，便將他拉上一輛車去，車前車後擺了幾只馬桶，原來這些竟是宮中運送五穀輪迴之物的車子。

隨即就聽宮門開啟，外邊又有兵士喝問，驗看腰牌，緊接著便開關放行，驢車吱扭吱扭地駛了出去，壓著平整的青石板路碌碌作響。

陪在趙元佐身邊的顧若離這才輕輕吁了口氣，先舉袖輕輕拭去鬢邊的冷汗，再掀開車簾往外面看了一眼。趙元佐怒瞪雙眼，瞧見顧若離舉袖之間，袖中隱見寒光閃閃，也不知他暗藏利刃是為了應變卻敵還是準備事敗自殺，這時一掀簾子，又看見車子外面早有騎馬的、步行的十餘條大漢隨行於側，想來另一側也是這般安排，看那些人身材高大魁梧，非禁軍中不出這樣的好漢，一個個腰間鼓鼓囊囊，俱都是暗藏利刃的模樣，想來是宮外接應的人馬了。

見車中有人向外探望，那些人之中一個首領模樣的人向車中微微一點頭，顧若離這才放心地放下窗簾，親手取下趙元佐的塞口布，陪笑道：「官家，奴婢方才得罪了。」

趙元佐一向喜怒無常，情緒多變，此時身落敵手，反而冷靜下來，他直勾勾地盯著顧若離，問道：「你是受皇弟德芳所命嗎？」

顧若離陪笑道：「岐王遠在關中，奴婢怎麼見得到岐王呢？這是朝中文武大臣們眼見國家勢危，不得已而為之的法子。」

趙元佐恨恨問道：「都有何人？」

顧若離道：「曹彬、潘美、羅克敵……呵呵，咱們這去的就是潘將軍的府邸，到了那裡，聖上自然就都清楚了。」

趙元佐呼出一口氣，慢慢閉上了眼睛。

既然有潘美參與，他倒不虞自己會被殺，潘美此人雖戰功卓著，乃是戰場上的一員武將，但是做事有所為、有所不為，是一個真正的大丈夫，昔日他皇伯父趙匡胤陳橋兵變，揮師返京，搜出周世祖柴榮的兩個兒子，簇擁趙匡胤謀反的眾文臣武將皆示意斬草除根，唯獨潘美扶柱不語，面色不豫。趙匡胤見了，也覺得欺侮孤兒寡母，取了人家江山就已經很過分了，再斬殺人家幼子未免有違天和，遂拒絕了眾將領。柴榮遺下的第二子尚年幼，又被潘美帶回家中撫養，並改名潘惟正，視若親子一般，如今業已成為一個年輕的武將了。

本朝開國的立國功臣，而不怕皇帝猜忌，親自撫養先朝皇帝子嗣，這樣的人物，古往今來又有幾人？所以一聽潘美也參與其中，趙元佐就知道，自己必無殺身之禍，只是……連潘美也參與其中，難道我這個皇帝真的當得那麼失敗？

「好好好，國朝本出自太祖之手，今還於太祖之子，亦是天理正道。」趙元佐慘然一笑，便閉目不語。

宮門一封，顧若離留在宮內的小內侍便立即飛奔出去，向殿前都虞候翟沐絲報訊去了。

在諸位武將的策劃之中，上策是悄無聲息地把皇帝控制起來，然後控制整個內廷，再與關中岐王取得聯繫。如果事情有變，則執行第二計畫，由殿前都虞候翟沐絲，利用當值的機會，以他控制的力量，迅速勦除其他指揮使、都虞候的人馬，以武力掌控內廷。如果這樣也失敗，才動用最後一步，用曹彬、潘美、羅克敵三位樞密院長官，調動禁軍實行兵變。

而禁軍沒有皇帝詔命，合勘虎符，根本是調動不得的，三位將軍倚仗的只是他們對禁軍中一些將領的掌控力，在皇權衰落、軍心動盪的情況下，大多還是很聽從調動的。這樣一來就是下下策了，與忠於皇帝的兵馬一場惡戰，勢必鬧得滿城風雨，使得汴梁形勢雪上加霜，不利於岐王就位，更不利於安撫邊關眾將，尤其是國舅李繼隆。

如今趙元佐順利被控制住，接下來就好辦了，宮中有翟沐絲出面，先控制住今日當值且不屬於他這派系的人馬，羅克敵則立即點將，將趙光義突然提拔起來，並非自己心腹的幾員大將，兵不血刃地控制在樞密院裡，曹彬出面安撫京營禁軍，潘美帶人分頭抓捕張洎、程羽、宋琪、賈琰等人，顧若離控制大內，羅公明等文臣則軟硬兼施，「說服」趙元佐禪位。

事隔十多年，東京汴梁再度上演了一齣禪讓的戲碼，大概是五代以來漢人自相殘殺、血流成河，殺得實在是太狠了些，十多年前趙匡胤兵變當國，基本上沒有出現屠殺場面，更無任何擾民舉動，平平安安、順順利利就謀奪了大位，十多年後的今天，同樣的戲碼再度上演了一回。

汴梁城，不聲不響地就變了天了……

* * *

東京遽變，消息傳到關中，立即引起軒然大波。狂喜之後，隨之而來的，便是一場激烈的爭執。

此時，蕭儼、徐鉉都已趕到了長安，玩政治，就算是种放也嫌嫩了點，這兩位可都是一國鼎杜重臣，見多識廣，經驗豐富。這兩位唐國的吏部尚書、樞密軍機，和宋國的前後兩代宰相，展開了激烈的辯論，這幾位之中，蕭儼、徐鉉、盧多遜都是博學之士，趙普雖然讀書少，號稱只知半部《論語》，卻是自學成才的方家，論辯的本事絲毫不在其他三人之下，見識甚至猶有過之，這四個人吵起架來，當真是引經據典，天馬行空，旁人根本就插不進嘴去，就連丁承宗也得瞠目結舌，退避三舍，楊浩見此情景，乾脆裝聾作啞，只等四人爭出一個結果來。

徐鉉病了，年紀大了，又長途奔波，天氣又寒冷，趕到長安便病倒了，一直低燒，咳嗽不止，就是這樣，老頭也是吹鬍子瞪眼睛，情急起來拍桌子大喊大叫，絲毫不落人後。

四人爭論的焦點其實只有一個：是讓西夏王楊浩現在就從幕後走到臺前，直接接受趙元佐禪位，還是先讓永慶公主繼續冒充岐王，待權力順利過渡，再由永慶公主禪位於楊浩。

原本，他們只想盡可能地爭取宋國前朝老臣的擁戴，等到打敗趙光義，後來變成了趙元佐，再由「岐王」讓國，那時江山底定，順利傳承權力，誰也翻騰不起什麼浪花了。

可是曹彬、潘美那是什麼樣的人？要嘛不為所動，既然決定投靠，又豈是包袱一捲，全家蹺班，跑到關中做個尋常順臣的人物？他們都是當世英雄，自然是不鳴則已，一鳴驚人。

這樣一來，就打亂了楊浩的原有計畫，先由岐王接受禪位，再由楊浩接受禪位，短短時間，一連兩禪江山，在趙普和盧多遜看來，未免太兒戲了。

現在他們後退無路，已經死心踏地保了楊浩，當然，前提條件是楊浩對天地鬼神盟誓，答應了他們三個條件，也是楊浩答應永慶公主的三個條件。

趙普道：「若一禪再禪，視江山如無物，天下必然人心不安，難免有人再生異志，此其一也。第二，若由公主先繼皇位，必得趕赴汴梁，在這裡，識得公主的人不多，一旦到了汴梁，公主身分難免被人識破，大義名聲本在我們手中，一旦到了那時，反而讓人捉了短處……」

「咳咳咳……咳咳咳……」徐鉉咳得滿臉通紅，上氣不接下氣地道：「趙相此言差矣，以我看來，若是直接由我王接受禪位，才是弊大於利。岐王繼位，天下歸心，想來邊關眾將也不會有所反彈，等天下盡入掌中，再從容禪位，可保四海安定。而我王兵馬現在尚未出關中一步，中原雖心向關中者眾，其心在岐王，而不在我王，此時由我王出面，大為不妥。」

蕭儼也道：「正是，其實則平所慮並不要緊，岐王檄文曾有言，北朝一日不退兵，便一日不出關中，這個理由正好拿來利用，岐王可以接受禪位，但是不到汴梁登基，這樣就不虞身分洩露。至於潘美、曹彬諸將，已然做下這樁大事，再也無法回頭，他們縱然知道真相，也只有幫助我們隱瞞真相。

「我王本是宋國屬臣，這樣就可由公主頒詔，由我王監國，率兵出關，統御宋、夏兵馬，北驅胡虜，到那時，兵馬已盡數掌握手中，又立下收復故土、驅逐外敵之大功，那時由公主禪讓皇位，豈非名正言順，亦可少了許多凶險？」

盧多遜道：「此言大謬，公主以岐王身分向西夏借兵，這個說法也還過得去。可是如今元佐讓國，岐王卻不就位，反而避居長安，就連文武百官也不見，卻讓我王監國，統御宋夏所有兵馬，百官會怎麼想？士卒會怎麼想？士子百姓們會怎麼想？唯一的解釋就是岐王只是一個傀儡，已受制於我王，自西夏兵出蕭關開始，所有的一切，都是出自我王的謀劃。」

徐鉉反駁道：「難道直接由我王接受禪讓，便沒人有這種想法了嗎？」

趙普微微笑道：「有又如何？大位已定，名分已定，縱有些風言風語，也不會撼動朝廷根本，日久自然散去。而緩登皇位，轉承禪讓，在這個過程當中，猜疑傳言便會越演越烈，監國非比當國，封賞恩賜出自聖意，宋國屬臣不會承我王的情，安知背後不會搞出什麼事來？

「眼下宋國內部之爭已塵埃落定，不管是誰當國，第一件事必然是集結宋夏兩國兵力，驅逐北朝犯邊之兵。我王以西夏王身分監國，宋國各路大將能做到俯首聽命嗎？上下不能一心，旗號仍分宋夏，如何抵擋北朝兵馬？一旦勝了還好，一旦落敗，那時還有何名目接受禪讓？」

其實在這種情況下，不管是永慶公主先接受禪位，還是楊浩直接接受禪位，都是有利有弊。從名聲上來說，不管是和平演變，還是武力奪國，不管你用什麼的樣子，你都不可能統一天下所有人的看法，做到人人擁戴，也不可能讓所有人都承認你是正確的，你就是真做到了聖賢的地步，也一樣有人說三道四，揣己度人，把你說得骯髒不堪。

從眼前形勢來看，用柔和委婉的手段避免內部強烈反彈，也就埋下了種種禍根，在抵禦外敵時會遭遇重重凶險，而當仁不讓直接自趙元佐手中接掌江山，沒有經過一場戰爭，龐大的宋國文武臣僚體系沒有經過一個釐清敵我的過程便全盤接收過來，一旦揮軍驅逐北朝兵馬時，這找毛病的、扯後腿的、撩陰腿下絆子的都跳了出來，在一著不慎、滿盤皆輸的前線戰場上，那可是凶險之極。

不管怎麼選擇，利弊各半，就看你如何取捨罷了。蕭儼、徐鉉和趙普、盧多遜立場不同，自然大起爭執。

蕭儼和徐鉉對宋國並沒有感情，而且因為宋國滅了唐國，害死了舊主李煜，而對宋國懷有很深的敵意，他們只希望楊浩能以最順利的法子成為中原之主，至於這樣做對宋國可能造成更大的傷害，或者因為內憂外亂死更多的人、喪失一部分邊關領土，他們就無動於衷了。

趙普和盧多遜倒不是篤信和平能解決問題、暴力能解決一切問題的狂人獨夫，他們希望楊浩能一步到位，立刻、馬上接受禪讓登基為上，是認為長痛不如短痛，哪怕有些人會冒出頭來，也能迅速解決反對力量，否則拖得越久，內耗的損失越大，宋國的黎民百姓便越受苦。他們畢竟是宋國的宰相出身，多年為相，治理天下，當然不希望自己多年的心血付諸東流。

還有一個難以啟齒的原因就是：楊浩一旦馬上登基，就屬於先入洞房，然後拜堂，娘子雖然娶到了手，一應手續卻還沒辦，也就不至於幹出佳人娶進房，媒人拋過牆的事來。眼下他對永慶公主還有許多倚重，他依約履行那三個承諾就大有保障。不然的話，將來楊浩如想背信毀諾，他們也毫無辦法。對效力多年的趙匡胤和宋國，他們還是相當有感情的，如今他們能為宋國、能為趙匡胤的子嗣所做的，也就只有這麼一點事了。

楊浩一直在靜靜聆聽雙方的發言，分析其中的利弊得失，聽到這裡，終於下定了決心，他輕輕咳嗽一聲，趙普、盧多遜、蕭儼、徐鉉立即住聲，一起向他看來，就連一直眼觀鼻、鼻觀心，狀若禪定的永慶公主也張開一雙妙目向他瞟來。

楊浩清咳一聲，說道：「殿下，我看……咱們就按趙相說的辦吧！」

六百二八　禪讓

錚錚的琴聲悠然遠揚，滿樹黃葉飄搖而下，一片肅殺。

柳朵兒一襲白衣，盤坐樹下，如出水芙蓉，天然不飾，可那姿容，偏生更加水潤不可方物。

纖纖十指捺挑撥彈，一縷縷清幽的琴音便自指下弦上蕩漾而出，聽來中正平和，可誰又能聽得見她心底裡的滾滾濤聲？

身在一笑樓，本就可以聽到許多旁處人得不到的消息，何況現在已經完全明朗化了。

此前，程羽、宋琪、賈琰，尤其是張洎等一干朝中重臣的突然消失，就連一些消息閉塞的閒散官還一無所知的時候，身在一笑樓的柳朵兒就已聽到了些風聲，接著，一向還算勤勉的皇帝突然停了早朝，不見任何外臣，開始在民間引起種種猜測，這時候，柳朵兒依據掌握的消息已經猜測的八九不離十了。

緊接著，隨著長安和汴梁頻繁而密切的往來，她得知的消息也越來越多。現在，一切終於公之於眾了，朝廷放出消息，值此國家存亡關頭，官家自覺無力挽回局面，同時也承認了岐王討伐先帝的七宗大罪，正所謂父債子償，官家向天下發〈罪己詔〉，決定遜位讓國。

而長安岐王則再發第三篇檄文明告天下，聲明他向西夏借兵討伐，本為正國統，誅奸佞，岐王並無意於皇位，而且一路以來，完全仰仗西夏王大力，而其本人年幼，並無執掌國器的能力，眼下內憂外患，無明主則天下難安。聖人有云：「民為貴，社稷次之，君為輕。」為了江山社稷、為了天下黎民，應當舉賢為帝，方能解民倒懸，而有此大魄力者非西夏王楊浩莫屬，故爾謝辭禪讓，轉授西夏王。

這一詔一檄同時傳抄天下，一時舉世皆驚，人人譁然，但是細細想來，這又是必然的結局。借力復國者自古有之，但那多是上古年間，春秋戰國時候的事，諸侯之間不管怎麼爭怎麼鬥，上面都還有一個周天子在，諸侯們鬧家務，除非擁有了與全天下為敵的能力，否則還真不敢輕言兼併，而現在已經是什麼時候了？

「錚錚錚……」餘音裊裊，十根蔥指輕輕搭在琴弦上，樹梢一片敗葉輕輕落在她的削肩上，柳朵兒伸出兩指，輕輕挾住那片黃葉，幽幽嘆息一聲：「塵埃落定了嗎？」

盤坐樹下，撫往思今，心神悠悠，她也說不出自己是一種什麼心境，靈臺一片空明，想的最多的，卻是她初來汴梁，受人擠兌，名士垂涎，走投無路，卻被開封火情院長援手相助，花魁大賽，吐氣揚眉，既爾興建「千金一笑樓」，又在楊家後宅學戲歌舞的一幕幕場面。

「朵兒姐姐……」

隨著一聲輕喚，雪潤雙嬌聯袂而至，雪若娉、潤嬌玉年雖雙十已過，卻是保養得宜，看嬌容仍只十七、八，麗色容顏嫵媚自生，一到朵兒面前，三個絕色佳人娉婷生姿，竟令草木生輝，雖是深秋遲暮，也掩不住那滿園春色。

雪若娉道：「不知姐姐今日相召，可有什麼事嗎？」

現在千金一笑樓是朵兒當家，雖說能見到得她的權臣勳卿沒有幾個人，可是憑著她的手段，日進斗金的千金一笑樓卻始終牢牢控制在她的手中，沒有人敢嘗試從她手中分權，各院管事、主事婆子，全都是她的心腹，有一點點風吹草動也休想瞞過她去，如何拉攏恩客，得了多少纏頭之資，她從不插手，可是涉及帳房和人事等內部事務，試圖挑戰她權威的，但有一點苗頭，就會馬上遭到嚴厲的懲罰，積威之下，就算是雪若娉、潤嬌玉這排行第二、第三的當家頭牌，見了她也有些畏懼。

「沒什麼，有點事吩咐妳們。」

朵兒淺淺一笑：「近來我身體有些不適，大概是秋冬之季著了涼了，身體疲乏疲憊，懶懶的，總是提不起精神。」

那湛湛如水的眸子向兩人瞟了一眼，又道：「這幾年妳們做事小心，為人也算警醒，所以，我想讓妳們幫我分擔一下，多承擔些事情。」

潤嬌玉忙陪笑道：「姐姐若是身子乏了，那就只管歇息，尋常瑣事自然不必理會，錢帳、人事這些大事，我們每日來向姐姐稟報也就是了。」

朵兒淡淡地道：「累了，我想歇歇……」

潤嬌玉和雪若婻對視了一眼，輕聲應道：「是。」

朵兒曾經對楊浩暗生情愫，她們兩個自幼在歡場中打滾，如何還看不出來？到後來，朵兒又成了趙光義的禁臠，其實仍不能忘情於楊浩，這她們也是知道的，一個年少英俊、知情識趣，一個黑矮粗魯、不解風情，如花少女喜歡哪個不問可知。只不過論起地位來，楊浩卻與趙光義相差不止以萬里計。可現在不同了，楊浩居然要登基坐殿，成為一朝天子，尤其是娃兒和妙妙，一個是她昔日的競爭對手，一個是她身邊侍候的小丫鬟，如今馬上就要成為皇妃，貴不可言，恐怕她心中的那種失落的確是……兩人又豈敢多言。

朵兒道：「從今天起，帳房就交給若婻打理了，人事就由嬌玉接手，婆子管事們那裡，我已經交代過了，一會兒妳們就過去點收一下。」

「是！」潤嬌玉答應一聲，略一遲疑，又道：「女兒國……」

朵兒淺淺一笑：「女兒國向來自成一體，老黑和張牛……也算識大體的人物，彼此照拂著吧，他們那邊的事，我們不要插手。」

「是！」聽朵兒的意思，有些心灰意冷，說不定以後這權柄就真要交到自己手上了，潤嬌玉心中興奮，卻不敢露出半分歡喜神色，只是那俏若桃花的臉蛋上，又露出了淡淡的緋紅色。

朵兒盈盈起身道：「沒別的事，妳們忙去吧。」

朵兒轉身，一襲白衣，飄然遠去，纖腰不堪一握，削肩弱不勝衣，倩影漸漸消失在黃葉飄零的林間小徑盡頭，輕風拂過，樹上落葉紛飛，輕輕打在琴弦上，發出細若蚊蠅的嗡嗡聲，痴痴地望著朵兒離去的方向，雪若婻忽然輕輕嘆了口氣。

潤嬌玉眉梢眼角盡是歡喜，笑問道：「苦熬多年，終有出頭之日，千金一笑樓偌大家業，妳我姐妹終於也可分一杯羹，這是一樁大歡喜，姐姐何故嘆息呢？」

雪若婻毫無喜悅，她輕輕張開瑩白如玉的手掌，接住一片風中翻滾的落葉，意興蕭索地道：「玉兒，姐姐……心累了，真想尋一良人託付終身，就此嫁人了事。」

「嗯？」詫異地看著雪若婻翩然而去，潤嬌玉眼波瀲灩，完全猜不出小姐妹的心事，此刻的她，恰如當初技壓汴梁眾花魁、一舉奪得青樓行首的柳朵兒般，滿是歡喜、滿是憧憬、野心勃勃，就連一向情同親姐妹的雪若婻有所感悟的心事，也是琢磨不到半分了……

咨爾夏王：昔者帝堯禪位於虞舜，舜亦以命禹，天命靡常，唯歸有德。我皇伯父於國家危難之際受命於柴周，方有趙宋。惟朕平庸，治國無道，世失其序，大亂茲昏，群凶肆逆，宇內顛覆。賴夏王神武，拯茲難於四方，動德光於四海。以保綏我宗廟。

大道之行也，選賢與能，盡四海而樂推，非一人而獨有。貫之百王，由來尚矣。西夏楊王，天縱聖德，靈武秀世，一匡頹運，拯傾提危，刑法與禮儀同運，文德共武功俱遠。愛萬物其如己，任兆庶以為憂。手運璣衡，躬命將士，芟夷奸宄，刷蕩氛昆，化通冠帶，威震遹遐。

火德既微，水德當興，天之歷數，實有所歸，握鏡璇樞，允集明哲。朕雖庸暗，昧於大道，稽覽隆替，為日已久，敢忘列代遺則，人神至願乎？予其遜位別宮，敬禪於楊，法堯禪舜；如釋重負，一依魏晉宋齊故事。君其祇順大禮，饗茲萬國，以肅承天命。

* * *

洋洋灑灑三百多字的禪位詔書，假託了趙元佐的名義，其實是出自羅公明的手筆。趙元佐為人迂腐，至誠至孝，講究的是子不言父過，這皇位他根本就不想坐，讓他禪位容易，可要他承認自己父親的過失，他卻是不肯的。不過羅公明也算給他留了臉面，禪位詔書中只是代他自承沒有治理國政的能力，隻字不提七大罪，但是在此前下發天下州府的邸報中，卻是已經明言了的。

羅公明如此做，既是給廢帝元佐留個臉面，也是考慮到了楊浩。楊浩接受禪讓，此前曾答應永慶公主三個條件，第一，國號不變；第二，宗廟不改；第三，善待趙姓宗室。第三條好辦，第一、二條對帝王們來說，卻是最難以忍受的。

國家仍然稱之為宋，皇家宗廟之中，開國皇帝仍然擺設趙匡胤的靈位，這對注重香火傳承的古人來說，是一塊大大的心病，可是對其他人來說這種難以接受的條件，對楊浩來說卻絲毫不成問題，他並不在乎這個，在他看來，實際利益，遠遠大於一個虛無縹緲的名分。

何況，華夏民族之文化，歷數千載之演進，造極於趙宋之世，宋朝的政治、經濟、文化、科技乃至軍事的發展，還是有著許多可圈可點之處的，世人多受一部評書影響，把趙宋貶得一文不值，可楊浩對宋朝卻頗為欣賞。宋朝的富裕程度、民生經濟，前無古人，後無來者，在上下五千年歷史中，國祚也算是很長的。

做為一個王朝，它當然也不是盡善盡美的，即便是到了他原本的那個年代，也沒有哪個國家就敢說它的制度毫無缺陷，而楊浩多少知道一些宋朝政治存在的弊端，他有信心去蕪存精，讓這個本該在歷史中大放異彩的國家繼續延續下去，而且比本來歷史中的它，更加多姿多彩，國祚延長的更久，甚至成為自春秋以來國祚最長久的年代也不無可能。

至於非把他很敬重的趙匡胤靈位從宗廟中撤出來，把宋這個令整個西方和東方大多數國家推崇備至，奉若東方文藝復興與經濟革命大時代的王朝湮滅在歷史當中，重新換上一塊不知所云的牌子，他並不熱衷。

而對他來說很容易就可以接受的這一點，對趙普、盧多遜、曹彬、潘美等眾多故宋老臣，乃至天下士子百姓們來說，卻是大為感激，使他迅速得到了民心的歸附和各地將領、官員們的擁戴，國家動盪的局面迅速得到了穩定。

自古王朝更迭，莫不以五德輪迴為據。楊浩當國，稱之為以水德代火德，故此冠冕龍袍、旄旌節旗皆尚黑色。水，北方，色尚黑，冬十月為歲首，此時恰是十月，楊浩誕於北方，再加上早些年民間傳言的印證，這些無形中恰恰與之相合的特徵，不只是民間百姓對楊浩天命所歸深信不疑，就是許多士子文人、文武官僚，也相信這是天命。

文武百官皆著黑色官服袍帶朝賀，楊浩著天子冠帶，建天子旄旗，出警入蹕，乘金根車，駕六馬，備五時副車，置旄頭雲罕，樂舞八佾，登壇受禪，接詔、策、璽，公卿、列侯、諸將萬餘人陪同，燎祭天地、五岳、四瀆，議改正朔，大赦天下。

因為他是像柴榮繼承郭威的帝國一般，沿襲先朝國號，所以年號便也不急著定下來，不需要像趙光義一樣心虛，連兩個月都等不得，甫登大位便匆匆忙忙更換年號，他總要等到明年元月一日，方定為新帝元年。元佐只做了不久的皇帝，按規矩，他本該是等到明年元月一日，才可以建立自己的年號的，這時直接禪讓了皇位，史書上，他這位曇花一現的皇帝，便將是年號也不曾有過一個的了。

受禪儀式完畢，又舉行了燎成禮儀，燃柴火以祭山川，慶賀西夏王楊浩受禪為帝。楊浩下詔為亡父母加封帝后號，冊封羅氏冬兒為皇后，下詔立汴梁、洛陽、長安、金陵、興州為五都，已是暗藏了遷都的玄機。

隨後就是對百官的安撫和對遜位之帝的優待，冊封遜帝元佐為鎬王，行宋正朔，以天子之禮郊祭，上書不稱臣，京都有事於太廟致胙；岐王仍是岐王，王號不改；又有兩宮太后，尊號、待遇皆從舊例，不做削減，趙宋宗室皆有封賞，原來因為年幼尚無封號的皇子、皇女，至少也封了個公侯之位。

隨即便是對百官的任命，各地方文武官吏、朝廷各文武官吏，悉從舊職，或有更易改制，也當徐徐而變。趙普、盧多遜入內閣，與种放、丁承宗並列內閣四大臣；趙普、盧多遜另加太傅銜，官至一品。曹彬、潘美及一眾隨同兵變的文武官吏，在恢復原有品級官職的同時，另作封賞，曹彬、潘美皆加太師銜。

這其中還有一個羅克敵，他在禁軍中掌握著極重要的一股力量，如果當初他沒有點頭答應參與兵變，很可能第一計畫不會順利完成，得被迫動武，一旦皇城染上血腥，楊浩踏著斑斑血跡登上皇位，這身後之名難免就要大有汙點，再如何修飾也是沒有用的，所以羅克敵也可算是功莫大焉。

除了這分功勞，楊浩與他的交情更是深厚，對他本來也有大大的封賞，至少也要給他個節度使，另加太子少保銜，但是卻被他謝辭了。這不只是他自己的意思，更是他老爹羅公明的意思，羅公明在這樁兵變中有著重大作用，曹彬、潘美打仗沒得說，可是這樣的事根本無法思慮周詳的，幕後一切本就是出自羅公明的手筆，也就是這老狐狸出馬，才有本事波瀾不興地完成這樣一樁驚天動地的大事，可是封賞名單上根本沒有他，除了少數知情人外，旁人全不知道他在其中發揮了什麼作用，就算是史書也不會在這件大事上載以他的名字。

老狐狸懂得進退，現在他的姪女是正宮皇后，自己一家不但是皇親國戚，兒子和皇帝又有過命的交情，羅氏一門的富貴是穩穩當當的了，這時候只宜退上一步，絕不能隨著大家再得封賞，盛極而衰，過猶不及，其中的火候，他做了一輩子官，拿捏的是很穩的。這一次若不是為了那一條筋的兒子，為了羅家滿門考慮，他也不會主動出手的，老頭子做了一輩子幕後，可不習慣站到檯面上來。

大典的整套程序忙完，就算以楊浩的精力和體魄，也是累得頭昏眼花，回到皇儀殿中坐下，楊浩長長地吁了口氣，看看自己一身帝王冠帶，想起趙元佐那失魂落魄的模樣，不禁喟然一嘆道：「堯舜禪讓，到底是個什麼玩意兒，我現在算是真的領教了。」

「官家現在該自稱朕了，規矩就是規矩，任何人不得凌駕於規章法制之上，這可是官家告誡臣等的。」丁承宗紅光滿面，笑吟吟地推著輪車迎上來：「今時今日，臣等早就在想了，可是真到了這一天，卻還是恍然若夢，不敢置信，天機命運，當真難以揣測。官家，要不要馬上派人把皇后和皇子一大家子人都接過來？」

「不，不著急，當前第一件事，是北驅外敵。」

丁承宗一怔：「這個……似乎和迎接皇后、皇子不相衝突吧？再者說，官家剛剛登基，宋國文武百官一股腦兒地接收過來，良莠不齊，忠奸難辨，現在宜穩而不宜急進吶。」

楊浩微微一笑：「不然，北伐正是一個契機，一個把軍權完全掌握在手中的契機，一個釐清忠奸順逆的契機，一個整合穩定、透過外敵壓力凝聚內部的契機，一個矛盾外引、把江山易主的動盪減至最低的契機，但能收復失地，取得幾個大捷，挾此餘威，也正是遷都的契機。

「一旦先穩下來，沒有個三、五十年的工夫，這些事就做不得了。一旦真拖上三、五十年，恐怕有些事想做也是心有餘而力不足了。所以，要北伐，而且……是御駕親征！」

他笑著轉過頭來，說道：「我現在最想知道的是，在我如此決定之下，三關那位李繼隆，會如何取捨呢？」

六百二九　親征

剛剛受禪登基的楊官家要繼趙官家之後，御駕親征了。似乎中原天子一個個都熱衷於親自領兵，揮師北伐，東京汴梁又熱鬧起來，到處都是一副備戰的忙亂喧囂。

趙匡胤十年封樁，積蓄之厚實在是非同小可，前番趙光義北伐，用的是閃電戰術，推進的快，敗的也快，兵馬折損了近三分之一，糧秣甲帳的損失倒是不大，所以積蓄足可支撐再發動一次全國性的大戰，東京城內外，南來北往車馬成群，到處可見威武剽悍的軍隊來來去去，再不然就是趕著驢馬輸運糧秣輜重的大隊役夫。

與往昔不同的是，在大隊的步卒匆匆來去的時候，時常會有千百匹戰馬為一隊的騎兵隊伍鐵蹄踏踏，一陣風似地從他們身邊捲過，宋軍原本的配置中可沒有數量這麼大的騎兵，這是楊浩的西夏兵，原本宋軍步兵天下無敵，遠攻至幽州城下，殺得遼國六路援軍丟盔卸甲，只是機動力不足，無法對敵方敗兵進行有效殺傷，擴大戰果；無法掌握戰局主動，攻敵之必救，牽著敵人的鼻子走。

如今突然增加了這麼多訓練有素的騎兵，我們的優勢敵人沒有，敵人的優勢我們也具備，再一次北伐結果如何，還真的令人期待，儘管剛剛經過一場大敗，至少士子文人們對這一仗是抱著相當樂觀的態度的，大街小巷，勾欄酒肆，常可以聽到他們評估官家御駕親征的勝算。當然，如果這一仗還是敗了，恐怕對中原最沉重的打擊不是物質上的，而是心理上的，從此中原人將患上恐遼症，相當長的時間裡，怕是沒有膽量再對北朝用兵了。

汴河上，也是船隻往來晝夜不歇，汴河四幫在趙光義的嚴厲打擊下煙消雲散，成立了隸屬於官方的漕運隊伍，而唐家不惜血本全力支持，更是投入了大量新建的戰艦和運輸船，足以保證南糧北運和軍隊各種輜重的運輸。

一葉小舟靜靜地泊在汴河上，千金一笑樓的燈火映得河面上流金碎銀，一片迷離。千金一笑樓的後院角門開了，走出來幾個人，前邊兩個掌燈的僕人，中間三個看身段纖細苗條，應該是年輕的女子。天上飄起了零星的雪花，走在旁邊的一個女子及時撐起了油紙傘，舉在中間那個身段曼妙、肩繫披風的妙齡女子頭頂。

幾個人登上了小船，竹篙一撐，尾櫓輕搖，嘩嘩地離開了岸邊，輕輕地向遠方蕩去。

那傘下的女子俏立在船頭，回頭眺望著燈火通明猶如人間仙境的千金一笑樓，痴痴凝望良久，又復轉頭，看向皇宮的方向。

又復凝望良久，船頭的玉人幽幽一嘆，黯然垂下頭去。

雪花零星飄落，輕輕拂在臉上，便是一陣溫潤的涼意，地上卻是了無痕跡。

小船搖曳著，悄然向南駛去……

* * *

鐵騎滾滾，向北而去的軍隊絡繹不絕、不分晝夜，此刻又是一隊人馬過去，足足有五千多人，全是騎兵，一個個盔甲鮮明、刀槍閃亮，看裝備，較之普通的隊伍猶勝三分。

這支部隊數量雖然龐大，可是看情形還只是先鋒部隊，因為他們過去不久，就是步騎混合的大隊人馬浩浩蕩蕩連綿不絕，此時已是深夜，軍隊始終在開拔，等到天明時分，老老實實在家蹲了一宿的平頭百姓打開門扉，壯著膽子向外望去，只看見自深夜便開始行軍的隊伍還沒有走完，探頭往前看，是一隊隊步卒，身不著甲，手中沒有兵器，看來實在奇怪，在他們後面，是一輛輛牛車，也不知載著些什麼東西。

緊跟著過來的，是一隊隊騎兵，同樣是身不著甲，一身布袍，胯下馬都是高大壯實，遠比中原戰馬高出一頭不止的大食寶馬，慢悠悠走得好不悠閒，彷彿不是去打仗，而是去踏青賞春，在他們後面，同樣是一輛輛牛車，載得滿滿當當，上面又用粗葛布、草簾子蓋著，也不曉得是些什麼東西。

這些百姓只覺有些奇怪，卻不知道這兩隊老爺兵正是楊浩名震西域的重甲鐵騎兵和陌刀隊，遼國的鐵林軍可是和歷史上的西夏鐵鷂子、金國鐵浮屠齊名的重騎兵，楊浩既決意北伐，怎麼可能不帶上這件比他們更勝一籌的大殺器。

剛剛登基便御駕親征，而且是以禪讓方式登基，就敢把京城拋在後面，這一方面彰顯了楊浩對控制大宋帝國的自信，也讓天下臣民見識到了他的魄力。

留下主持宋國政務的是趙普、盧多遜、丁承宗，趙普和盧多遜本是宋國宰相，對帝國的這套統治機構、上下官僚再熟悉不過，他們之中任何一人留下，都足以保證這個大帝國的正常運行，何況是兩個。也許以前他們之間也有勾心鬥角、爭權奪利，但是至少現在，他們絕對會齊心協力，共同維持好這個帝國的良好運行。

帝國初禪，不可避免地出現了一些空置的官位，兩位老宰相復位，受他們牽連而罷官免職的許多舊臣也會一一起復，這些人是在楊浩手中起復的，自然會奉楊浩為君，可是也不可避免的，要對起復他們的恩相更親近。

楊浩做了甩手大掌櫃，把帝國交到他們的舊宰相手中，予以充分信任，只此一舉，由上到下整個帝國的龐大官僚體系的心便安了下來，起復朝中中下階級官員和地方官員的權力下放給了他們，一方面可以最快的速度穩定、恢復宋國的秩序，另一方面，也讓這兩位宰相不可避免地重新建立了派系。

楊浩居上位久矣，已經開始不知不覺地動起帝王心術了。正所謂黨內無派，千奇百怪，妄想人人為公，全無私念，普天下臣僚不分官階高低都拋開上司直接效忠於皇帝，那種天真可笑的想法至少楊浩是不會有的。做了這麼久的首腦，他已經漸漸品出了其中滋味，沒有派系，那是不可能的，有派系，那是短期利空，長期利多。如此運作下去，很快，趙、盧這兩位同病相憐的宋國大老，就會更加地依附於他。

而丁承宗留在汴梁，主要職責則是負責安撫巴蜀，招攬王小波義軍，此外的唯一作用就是讓趙普和盧多遜有所忌憚，勤勉辦公了。

* * *

李繼隆已經上表向楊浩效忠了，雖說他的奏表比許多望風而動的官員遲了一些。朝中已經變了天，前朝兩位宰相都歸順了楊浩，趙元佐又明詔天下，遜位禪讓，北朝之敵又陳兵於側，虎視眈眈，處在李繼隆的位置上，雖是手握重兵，卻也實在尷尬得很。

東京禪讓的消息傳來不久，他就接到了楊浩的聖旨，追敘宋軍自遼國撤退時他的殊異表現，予以褒獎，並提拔為太子少保，令其繼續鎮守邊關，等候朝廷大軍，一併發動反擊，

緊接著，曹彬、潘美以及軍中袍澤好友的私信也一一送到了他的案頭，然後就是李家的親信家人風塵僕僕地趕來，得知姐姐仍是太后身分，李家尊榮絲毫沒有削弱，就算

是那個無能的外甥皇帝，遜位之後也封了個鎬王，一般來說，遜帝封個公爵之位也就夠了，封王實是殊恩了。

以上種種，李繼隆也是個聰明人，如何還不知道該怎麼去做？

想反嗎？他能反到哪兒去，除非投奔北朝。何況，他雖不知曹彬、潘美在送信給他勸他順服的同時，業已知會了心腹將校，一旦他李繼隆懷有異志，便行誅殺，卻知道自己剛剛成為一方統帥，在軍中尚無根基，他做著皇帝的臣子，捧的是大宋的帥印，身後是皇權君上，將士自然從命，如果他真想反，有多少人願意跟他走，也大成問題，於是這順表便也遞了上來。

此時李繼隆當面之敵就是耶律休哥的主力部隊，他承受的壓力著實不小。

楊浩御駕親征，很快就要到了，曹彬率羅克敵等一眾宋國大將，以及拓跋昊風、張崇巍等西夏將領趕赴雁門關去了，楊浩親征，帶的是楊繼業、童羽、李華庭等騎兵隊伍以及以潘美為帥的大隊宋國禁軍。

楊浩依稀記得，歷史上楊繼業就是在雁門關一戰主動出兵誘敵，結果吃了遼兵的埋伏送了性命，而身為主帥的潘美在約定時間沒有等到趕來會合的楊繼業，於是下令退兵，結果因此背了黑鍋，被後人一本《楊家將演義》，便從開國第一名將，變成了一個靠裙帶關係上位，只知道陷害忠良的潘仁美潘太師。

楊浩可不希望二人重蹈覆轍，論起用兵穩建的風格來，誰能及得上曹彬，所以他把曹彬派去了雁門關，而自己則親自帶著這兩位大將軍殺奔東線。

宋國這時的確有了些麻煩，前些日子傳言交趾國兵馬頻繁調動，現在已經證實了，由於宋國政局動盪，交趾竊以為天朝威風不再，於是悍然宣布獨立，不再承認是宋國藩屬。楊浩沒理會他們，區區交趾的些許騷動，在他看來只是癬疥之疾，北朝兵馬才是心腹大患，先把他們擱在一邊，解決了北邊，再收拾他們不遲。

遼國方面現在看來倒是一派蒸蒸日上的氣象，先是大獲全勝，殺得宋國三十萬大軍落花流水，就連御駕親征的宋國皇帝也死在了逃跑的路上，消息傳來，大遼舉國振奮，歡欣鼓舞。燕雲十六州的漢人，還創作了些詩詞歌賦、俚曲小調，嘲諷宋軍氣勢洶洶而來，抱頭鼠竄而去。

北朝漢地百姓在那裡已經生活了很多年了，平民百姓，誰給他們安定的生活，讓他們太太平平地生活下去，他們就擁護誰，什麼夷狄之辨、民族觀念，又不能當飯吃，更不能給他們帶來任何好處，他們才不在乎皇帝是趙還是姓耶律呢，或許有些讀書人還會在吟風弄月的時候說說什麼故鄉月明的話出來，不過要他們拋頭顱、灑熱血，同樣找不出幾個人來，現在北朝對他們可並不壞，政治開明，漢人的地位也在逐步提高，一樣有科舉，一樣能入朝為官，律法上也嚴禁各種歧視漢人的陋習，他們還有什麼不滿足的？

遼國大捷，蕭綽立即按功論賞，有過則罰，賞罰分明，手段凌厲，緊接著便趁勝追擊，親自攜幼帝坐鎮南京幽州，督促錢糧，前線交予大于越耶律休哥，擺出了一副誓報宋人侵略之仇，甚至大舉南下的氣派，頗有點主賢臣忠，眾志成城的氣派。

至於上京那邊，經過幾年的治理和血腥清洗，又是在遼國大捷、皇室威望陡然激升的時候，她想不到還會出什麼事。還會有什麼問題呢？這幾年殺的人還不夠多嗎？誰還有那個膽子，仍然鋌而走險？她的全部精力都放在了前面。

前面的耶律休哥也是振奮精神，全力以赴，大丈夫建功立業、彪炳青史，正在今日，如何不抓住這個機會？

耶律休哥調兵遣將，以蠶食之策步步推進，穩紮穩打，與此同時，從近衛軍、斡魯朵軍和鐵林軍中抽調精銳，組成了一支八萬人的野戰主力，做為摧毀宋軍戰力的最精銳部隊。李繼隆退守定州，分兵各處封鎖要塞，駐守定州本陣的只有一萬多人馬，其中大多是步卒，也有一支騎兵，兵甲配備比遼國的鐵林軍還勝一籌，但是宋國這邊馬匹實在是太少了一點，這支重點裝備，視之為主戰兵團的騎兵隊伍，滿打滿算也只有一千人。

李繼隆一直在尋找反擊的機會，在得知楊浩御駕親征的消息之後，在戰術上他放棄了進攻，進入全面防禦，靜候楊浩親率的宋軍主力，但是在戰略上，放棄哪一塊陣地、牢守哪一塊陣地、必奪哪一塊陣地，都是經過深思熟慮的，看起來像是沒有章法，其實所做的一切都是為了反攻做準備。

他的威望，不是建立在勝利之上，而是建立在敗退之時，一場大敗，宋軍澈底崩潰，全面敗逃，獨有他和羅克敵的兵馬保持不亂，而且還能利用地形搞搞伏擊，掩護著大隊人馬撤退，避免了更大傷亡，從而一戰成名。

但是緊接著劉廷讓中計被圍，他卻「見死不救」，反而果斷退兵，劉廷讓浴血廝殺，最後只率幾十騎逃脫生天，忿然之下立即上表彈劾，他雖上表辯解，不久有逃散士兵陸續返回，也印證了耶律休哥確是以劉廷讓為誘餌，意圖引之入轂，得到了劉老將軍的諒解，但是李繼隆心裡還是很難受。

他希望能有機會打一場大勝仗，狠狠地擊敗耶律休哥，報此一箭之仇。

自汴梁發兵，楊浩比趕赴雁門關的曹彬早到了一步，率大軍在安國縣紮下營來，隨即命駐紮定州的李繼隆參見，共議大事。李繼隆安排好定州防務，只率幾十親兵，快馬趕到安國縣臨時行在參見新皇。

到了駐地大營，只見旗旛招展，十里連營，大軍浩蕩，無邊無沿，李繼隆不由得精神大振，尤其是見那營中到處都是雄健的駿馬，「灰灰」的馬嘶聲此起彼伏，連成一片，看得他更是眼熱不已。可憐他以國舅之尊，執掌的又是邊關精銳，手底下滿打滿算，騎兵也就只有一個千人團，而眼下營中萬馬嘶鳴，那是何等壯觀。得了河西隴右，朝廷無馬的窘境迎刃而解，再也不必在戰馬問題上受制於北朝了。

頭一回見楊浩，李繼隆心中不無忐忑，畢竟他沒有第一時間上表效忠，又有一個遜帝國舅的身分，也不知這位官家對他到底是個什麼態度，不過楊浩的態度馬上打消了他的疑慮，楊浩雖未出迎，但是一見了他態度和藹，一番話更是推心置腹，剛才見了楊浩大軍的威勢，又見潘美在場，但李繼隆可不認為這是楊浩想臨陣換將而施的緩兵之計。

他在定州，一共也不過區區萬餘人，算是他心腹的更是寥寥無幾，楊浩這麼龐大的一支軍隊，根本無須顧忌臨陣換將。就算有此顧忌，也得看換的是誰，如果想收拾他，只消把潘美推上去，就憑潘美多年來在軍中的威信和權柄，掌控邊關禁軍，絕對比他更得力，而不會令得三軍士氣低落。

眼見楊浩態度真誠，五代以來以前朝國戚身分而侍今朝的例子又比比皆是，李繼隆顧慮盡去，便也從容起來，眾將濟濟一堂，御前議起軍事，李繼隆將前敵情形一一說出，如數家珍，甚至一道小嶺、一條小溪的地理情況，都能說得絲毫不差。

介紹完了前敵情形，李繼隆道：「官家，遼人一向倚仗他們騎兵剽悍，來去如飛，欺我漢人步甲遲緩，迫得我等只能以陣法禦敵。今臣入營，見我軍戰馬無數，盡皆神駿，由此，攻守之勢易也。臣願請為先鋒，以堂皇之師大敗北朝。」

楊浩聽他介紹了前敵情形之後，一直在蹙眉沉思，聽他請戰，微微搖頭，困惑地道：「卿家，聽你方才所言敵軍動向，一直按部就班緩緩推進，就算是前幾天我朝行禪讓之舉前後，也沒有其他異動？」

說起禪讓，楊浩坦然，李繼隆反而有些不太自在，他微帶窘意地點點頭，道：「正是如此。」

楊浩臉上掠過一絲奇異的神色，喃喃地道：「難道……中原劇變，北朝尚不知情？」

此言一出，楊繼業和潘美齊齊動容，李繼隆微一錯愕之後，便也省悟過來，雙眼不由迸出兩道神光：「機會，似乎來了！」

六百三十　高粱河的梁子

童羽蹙了蹙眉頭，遲疑地道：「這可能嗎？如此大事，北國迄今居然沒有聽到一點風聲？」

楊浩道：「從遼人迄今為止的反應，朕只能做此揣測，至於真相，或許只是北朝覺得改朝換代對邊關戰局的影響並沒有那麼大也未可知，不過……既然有此可能，卻不妨一試。」

他也不太敢相信自己的判斷，轉頭又向李繼隆問道：「遼國方面，如今情形如何？」

李繼隆道：「這些日子，臣與遼人大小數十戰，他們的情況，臣倒是摸清楚了。從現在了解的情況看，定州當面的遼軍主力當在二十萬左右，主帥是耶律休哥，從前幾次交戰時對方亮出的旗號來看，其統兵將領還有韓匡嗣、蕭幹、耶律痕德、蕭撻凜等人……」

楊浩「唔」了一聲，又問：「遼國上京那邊有何情形？」

李繼隆微微一詫，心道：「我是邊關守將，在這麼短的時間裡能摸清對面敵軍的大致情形就已費盡了心思，遼國上京那邊有什麼情形，我怎知道？」

心中雖然詫異，還是老老實實地答道：「臣撤兵之後，駐守邊關，分兵遣將，抵擋入侵之敵，無暇抽身他顧，於遼國上京方面的情形實不可知。」

楊浩微微一笑，說道：「你不知道，朕卻知道，遼國的太后和皇帝，已親至幽州，坐鎮南京，為耶律休哥督戰了。」

李繼隆大吃一驚：「如此說來，這一次北朝當真不是只想反擊那麼簡單了，他們是想藉幽州大勝，再加上出師有名大幹一戰了。臣本估計，待大雪一下，北朝的攻勢就會趨緩，既然遼帝親自坐鎮南京，看來很難善了了。」

楊浩點了點頭，心中已經有了點準譜。李繼隆不知道蕭太后到了幽州，那麼耶律休哥不知道剛剛登基的趙元佐禪讓皇位，緊接著他楊浩便馬不停蹄直奔邊關，也不是不可能的事。

仔細算算，從蕭太后駐蹕幽州，到趙元佐禪位這一階段，隨著遼國向南的軍隊越來越多，宋國敗退的大批兵馬和邊關本有的駐軍，再加上後方不斷增援的部隊，自東而西把瓦橋關到雁門關漫長的邊境線守得是嚴嚴實實，宋軍如臨大敵，關防森嚴，行人杜絕，飛鳥難渡。

而且這條邊防線上沒有河西隴右那樣的深山老林，密諜細作在西北那樣的環境下可以翻山越嶺，避開關隘，而在這條戰線上，只有依托天然又人工進行拓寬的幾條河流，沿河兵營連綿，船隻木筏一概管制，橋梁道路一概封鎖，沿河又有兵丁和民壯日夜不斷地巡邏，遼國的細作間諜若想要通報消息，實不容易。

楊浩只是考慮到了宋遼兩國的間諜在這種情況下通風報信的難度極大，可能造成信息不暢、情報滯後，卻沒想到在那個年代，還沒有一個統治者像他那樣重視情報工作，他不惜巨資建立了一個觸角遍布天下的龐大情報機構，尤其是格於當時的通訊條件，首創性地動用信鴿等驛馬難及的通訊工具為一個政權服務，這是前無古人的，也只有到了明朝，出現了赫赫有名的錦衣衛，其情報搜集能力才堪可比擬。

在當時來說，遼宋兩國的情報工作都不發達，宋國只建立了一個皇城司，從它的名字你就可以看得出它的主要偵緝範圍在什麼地方，也就是趙光義在楊浩手裡吃了幾個因為訊息不對稱的悶虧之後，才開始加強對西線的情報搜集。而遼國在這方面做的更差，遼國根本沒有專門的間諜機構，他們派往宋國的間諜，大多是將領、高官私人託付，抱有某一方面特定目的的細作。

他們經過長時間的運作，會先在宋國擁有一個風光體面的身分，所承擔的使命也比較單一，要嘛是策反某一位宋國的將領或官員，要嘛是利用身分的掩護，暗中輸運遼國急需的各種物資，甚至是權貴使用的高檔消費品，再不然就是搜集軍事、經濟、政治方面時效長久的情報資料。他們並不具備及時迅捷的傳遞能力，也從未進行過這方面的訓練和建設，宋國發生了翻天覆地的變化，遼國那邊確實還不知道。

這種情形，若是放在後世打仗先打情報戰的年代，是很難教人理解的，不過在當時卻很正常。張義潮揭竿而起，敦煌歸義軍一路東向，打下了河西十一州，吐蕃王國崩潰，歸義軍一直打到夏州附近，當時坐鎮長安、距他們並不算太遠的大唐王朝居然還一無所知，直到兩年後張義潮派遣使者趕到長安，大唐天子聞訊才大吃一驚。

還有那奉唐為正朔，以唐之屬臣自居的于闐國，大唐亡國五十多年，中原諸侯並立，王朝不斷更迭，人腦子都打成狗腦子了，他們仍然一點消息都不知道，仍然以為中原是李唐天下，由此兩樁，可見當時的消息流通有多閉塞、情報搜集有多糟糕，也可見當時的各國政府對這方面的忽視，實比春秋戰國時代的各國國君還要差些。

遼國在宋國確實布有眼線，但是這些眼線並不是什麼經過訓練的高素質間諜，他們只知道按照受派遣前交付的使命進行活動，一則沒有意識到汴梁禪讓的政局變對邊關戰局有何密切關聯，二則即便他們意識到了，也沒辦法及時傳遞到北國，邊關戰事吃緊，平時可以交通的小道、疏通交好的關隘守卒，這時全都派不上用場了。

出海或者繞到雁門關以西，從地廣人稀的西夏境內返回遼國？沒有接應，地理不通，各處州縣盤查行人又比平時嚴厲，在那樣的農業社會談何容易？真等他們從那兒繞回去，找到主事的人稟報了消息，也不知要到猴年馬月了，所以……耶律休哥現在仍以為是趙元佐為帝，並不知曉中原的驚天劇變。

「高粱河一戰，我們中了耶律休哥的計，僅此一計，一敗塗地。如果朕所料不差，我們現在也可以設下一計，北朝兵勢正驕，正可一戰而重挫之！以彼之道，還施彼身！」楊浩下了斷語。

楊繼業略一思忖道：「官家所言甚是，不過……這畢竟是我們的猜測，此計不可不用，卻也不可全然依賴此計，總要做好兩手準備，如果證明北朝早已知曉我國動靜，並不中計，就得立刻改弦更張，中規中矩地打上一仗了。」

楊浩頷首道：「理應如此。」

他看看左右，輕輕一笑道：「好吧，就按照這個思路，具體如何行動，就由潘將軍、楊將軍、李將軍你們三人議定，朕只有一個要求，要快，遲則生變！」

* * *

開玩笑，身邊有個潘美、還有個楊繼業，再加上一個小一輩中的戰神李繼隆，當然，現在的李繼隆剛剛出道，戰陣歷練方面還不夠多，任何一個傑出的將領，包括遼國那邊那位風頭正盛的大于越耶律休哥，如果沒有足夠的戰場歷練，也未必就如歷史上的他們那般傑出，但是至少眼下他們已經開始漸露崢嶸，有潘楊二將總攬全局，也不怕李繼隆會有什麼太冒失的決定。

既然如此，制訂什麼戰術哪還需要他這位皇帝來現眼，他若處處指手畫腳，臣子們還不好駁他，弄不好就成了第二個趙光義。術業有專攻，手下既然有了人才，這事還是交給專業人才為好，如果他們都打不贏，自己出面也是枉然。別人是疑人不用，用人不疑，楊浩卻是早對他們的能耐有了定論，當然要做個甩手掌櫃。

潘美和李繼隆不知他的心意，見官家如此信任，不由感激涕零，哪有不殫精竭慮、鞠躬盡瘁的道理，很快，一個行動方案在這三大智將的聯手謀劃下便熱氣騰騰地出爐了。

這時，營帳外已飄起了零星的雪……

* * *

零星的雪花，如飛瓊碎屑，一大早，耶律休哥從各路兵馬中精挑細選的八萬鐵騎便渡過唐河，在定州城外列開陣勢，罵陣叫戰了。

攻堅非遼軍所長，頭幾年銀州一戰教他們從折子渝、折惟正揮軍攻城的場面上，首次領略到了漢人精良攻城器械的巨大作用，也多少學到了一些攻城術，不過像楊浩所用的那麼精巧的攻城器械，他們是造不出來的，這一次趙光義敗退的太快，製造的大批攻城器械都丟在了幽州城下，根本來不及銷毀。遼軍快馬南侵，受阻於邊關後，猛地想起了趙光義遺棄的這些攻城器械大有用處，立即著人從後方運輸過來。

當初趙光義是快速兵臨幽州城下，就地取材，一邊攻城打援軍，一邊日夜趕造出來這些攻城器械，現在要把這些龐大的、已經組裝完畢的攻城器械運過來，可不是一件輕而易舉的事，如今那些龐然大物還在路上，但是二十幾萬大軍陳兵關下，耗費米糧無數，可不能就這麼乾等著，耶律休哥每日關前叫陣，從不停歇。

如果每次叫陣宋軍都高掛免戰牌，那麼新敗之後的宋軍士氣就會更加低落，等到遼軍把大批的攻城器械運到，宋軍還剩下多少鬥志可想而知。耶律休哥相信李繼隆是個聰明人，從大軍潰敗，連皇帝都逃得無影無蹤的時候，李繼隆還能鎮定自若地指揮撤退，將損失減至最小，耶律休哥就相信，這是一個勁敵，勁敵就要打到他沒脾氣，讓他連一戰的勇氣都沒有。

而李繼隆多少也猜出了些他的心意，並不只是閉關防禦，時常會組織一些小的會戰，所採取的戰術仍然是沿用宋軍最拿手的陣法，陣法禦敵，就注定了只可守，不可攻，但是這種守，至少比退縮在關隘之中被動防禦更能提升士氣。

今天，風很大，旌旗獵獵，呼嘯如雷。定州城開，宋軍徐徐出城，但是令人驚奇的是，出城的宋軍沒有擺開常用的陣法，而是稍稍整肅隊伍，便向遼軍主動發起了進攻。

本來懶洋洋地端坐後陣的耶律休哥霍地一下站了起來，驚愕地看向對面，只見宋軍以那支精銳的靜塞軍騎兵隊伍為先鋒，向遼軍陣地發動了猛攻，後邊近萬人的主力部隊以錐形陣緊隨其後，這不是佯動，他們真的拚命了。

「終於……忍住了嗎？」耶律休哥嘴角露出一絲淡淡的笑意。

前方，箭如雨下，宋軍鐵騎紛紛墮馬，但是沒有一個人勒韁避閃，靜塞軍指揮使田敏一馬當先，使大槍挑開飛矢，逕直撲入敵陣。遼軍前陣被撕開了一道口子，宋軍迅速地撞擊進去，劈波斬浪，努力地擴大戰果。

耶律休哥哈哈大笑，喝道：「放宋軍進來，傳令，皮室軍、鐵林軍，兩翼包抄，斷敵後路，他們既敢來攻，我今天就要把他們全留在這兒。」

說著，侍衛親兵牽過了他的烏騅馬，耶律休哥扳鞍上馬，從容坐定，自得勝鉤上摘下大槍，凌厲地向前一指，這一槍越過千軍萬馬，彷彿直接刺在了衝在宋軍最前方的那員宋將身上，雙腿一磕馬腹，耶律休哥風馳電掣一般從緩坡上一躍而下，殺向了前陣。

李繼隆也在軍中，靜塞軍指揮使田敏率千餘騎兵衝鋒在前，撕裂遼軍陣線，李繼隆殿後，率領萬餘步卒藉著騎兵撕開的口子，殺進了遼軍的陣心。

李繼隆策馬狂飆，迎著潮水般湧上來的契丹鐵騎，眼神銳利如鷹隼，前後左右的一千虎衛也是揮戈咆哮，如同出籠的猛虎，叱喝連聲，奮力廝殺，後邊大槍如林，密密匝匝，一片片地招呼上去，把撲上來的遼國鐵騎攢刺的如蜂窩一般。

半空中流矢呼嘯，宋遼兵士短兵相接，以血還血，戰況空前激烈。宋軍突入敵陣，面對八倍之敵，毫無懼色。耶律休哥又驚又喜，驚的是李繼隆也不知是受了什麼刺激，居然放棄宋軍最擅長的陣法戰，採取這種亡命般的打法，而且是以寡敵眾。喜的是他的兵力八倍於敵，只要吃掉這股主力，剩下的殘餘宋軍就休想守住定州。

他不是沒有想到李繼隆出此下策是否其中有詐，可是這個念頭只是攸然一閃，便被他拋到了腦後。定州左為唐縣，唐縣已落入遼軍手中，控扼著此處唯一的山谷嘉山。定州右翼為祁州，祁州還在宋軍掌握之中，但是祁州距此尚有百十里路，中間一馬平川，且不說宋軍若想突襲早在十幾里外就能被發現，而且宋軍就算趕來了又能怎樣？他的八萬精兵都是騎兵，戰爭主動權掌握在他的手中，他想戰就戰，想走就走，宋軍靠著一雙大腳板，要跟在馬屁股後面吃土嗎？

所以，這一戰，耶律休哥打得肆無忌憚。

「殺！」耶律休哥剛剛殺到宋軍面前，四桿鋒利的長槍便向他捅來，耶律休哥一磕馬腹，突然加速，兩桿長槍刺空，手中槍一挑，撥開第三桿槍，左臂一掄，便將第四桿槍牢牢地挾在肋下，隨即大喝一聲，手中鐵槍當胸刺下，那槍兵旁邊的刀盾手急急使盾來迎，可是耶律休哥人馬合一，這一槍刺得又準又狠，一槍刺在盾上，那刀盾手立足不定，仰面便翻了出去，耶律休哥手中槍一收一放，「噗」的一聲鮮血飛濺，那槍兵便倒在塵埃之中。

李繼隆一手槍，一手刀，遠刺近砍，所向披靡，忽見遼軍一員大將殺來，李繼隆尚不知道他就是聞名久矣的遼國大于越耶律休哥，可是從他威風凜凜的氣概，左右拱衛的親兵裝束，便知此人身分不俗，李繼隆毫不停頓，立即策馬如箭般衝來，平端長槍，緊攥寶刀，殺神一般衝至。

一路過來，也不知碰到多少遼兵，俱都被他挑落馬下，或劈肩拉胯斬成兩半，幾無一合之敵，連他的護衛親兵都被拋在了後面。

李繼隆一聲不吭，衝到面前身形半起，猶如猛虎下山，一槍刺向耶律休哥的眉心，寒氣入骨。耶律休哥端槍相迎：「開！」

「嚓」的一聲，迎面一槍被挑開，這時李繼隆霹靂般一聲大喝才在半空中綻開：「殺！」

左手刀猶如一道閃電，照著耶律休哥的頸子便砍了下去，雪亮的刀光懾人心魄，那半踞半躍的身姿、炯炯怒張的虎目，尤其令人膽寒。耶律休哥來不及回槍挑刺，雙腿夾緊馬腿，身形向一側探出，以槍尾硬磕刀脊，險之又險地架開了李繼隆的這一刀，鋒利的刀鋒貼著他的肩膀劈下去，將護肩斬開，肩頭削去一片皮肉，鮮血淋漓而下。

二馬錯鐙，耶律休哥忍痛掛槍，飛快地摘弓在手，一枝羽箭便搭在了弦上，一招犀牛望月，弓弦拉滿，回首便是一箭，直奔李繼隆的後心，李繼隆也注意著身後的動靜、耶律休哥可有動作，李繼隆便及時提韁，縱馬前躍，耶律休哥一箭貼著李繼隆的絆甲絲條飛了過去，李繼隆已完成了撥馬回身，正面迎敵的動作。

耶律休哥嘿的一聲，喝道：「某遼國大于越耶律休哥，宋將何人？報上名來！」

「某太子少保、侍衛馬軍都虞候、定州守將李繼隆。」

耶律休哥眼睛一亮：「原來是你，李將軍棄險而攻，莫非已是黔驢技窮？」

李繼隆道：「耶律將軍幽州一戰成名，唯見其智，不知其勇，李某今日正想領教！」

耶律休哥冷笑一聲，兩員將又復戰在一起，遼軍主力將宋軍團團圍在中央，更是殺得天昏地暗，大戰約小半個時辰，定州城吊橋再度放下，城門轟隆隆打開，一隊隊鐵騎蜂擁而出，耶律休哥百忙中看見，不由得大吃一驚。

宋軍若有援軍，他並不顧忌，眼下他的人馬遠在李繼隆兵力之上，而且他是騎兵，縱然宋國禁軍大批增援，也是步卒，大不了放棄吃掉李繼隆部的計畫，他隨時可以從容撤退，可是現在……從城中衝出來的都是騎兵，一隊隊衣甲鮮明，刀槍閃亮，源源不斷地從城中衝出來，兵分兩翼，向包圍李繼隆的遼軍包抄而來，前鋒一桿大棋，迎風飄揚，獵獵作響，上書一個「童」字，後面騎兵仍是源源不絕，也不知道到底有多少宋軍。

宋國哪裡來的這麼多騎兵？怎麼可能！

耶律休哥幾乎不敢相信自己的眼睛，可是那震耳欲聾的喊殺聲，源源不斷的騎兵隊伍……眼中所見，耳中所聽，這分明不是做夢，耶律休哥臉上變色，立即萌生了退意。

就在這時，右側又是一陣吶喊聲起，從祁州方向風馳電掣，趕來一路大軍，這一路兵馬也是騎兵，尤其令人生懼的是，方才自定州城中殺出的這股騎兵穿著打扮與遼軍十分相似，也是左衽胡服、皮衣皮帽，而從祁州方向殺來的這路兵馬，卻是一色的黑盔黑甲，掌中一桿一丈八尺長的大槍，槍桿黑黝黝烏沉沉，槍刃鋒利無比，這樣整齊畫一的隊伍，光那氣勢就足以令敵軍膽寒。

「嗚——」

淒厲悠長的號角聲起，狂奔的馬隊長矛斜舉，天空中立即矗立起一片槍矛的森林，沒有軍鼓，震撼大地的馬蹄聲就是隆隆戰鼓，被遼軍包圍在中央的李繼隆部士氣大卒，紛紛高呼：「援兵已至，莫放走了一個遼人！」

自內而外，自外而內，宋軍氣勢如虹，龍精虎猛，驚愕茫然之中的遼國鐵騎立時陣腳大亂！

*　　*　　*

遼軍敗了，一如以為勝利在望的趙光義大意兵敗高粱河，耶律休哥於小唐河也是兵敗如山倒。

遼軍被迫北撤，沿著小唐河上搭建的渡橋，後陣拚死抵抗，壓制著宋軍猛烈的攻勢，掩護大隊人馬過河，不料兵馬只過去不足一半的時候，小唐河對岸忽然旗旛招展，也不知從哪裡殺出一支宋軍人馬，步卒，全是步卒，正是步戰天下無敵的宋國禁軍。

皂綢綿披襖、白絹綿襪頭褲、紫羅頭巾、藍黃搭膊、腳穿麻鞋，擺的是宋軍慣用的大陣，陣眼處一員大將，頂盔掛甲，威風凜凜，身後一桿大旗，上書一個斗大的「潘」字，正是潘美潘仲詢。

「左軍推進！」

「轟！」

一聲將領，士兵們無聲而動，整齊劃一的聲音，匯聚成一聲爆破般的炸音，齊刷刷的禁軍步卒邁著穩健有力的步伐向前逼進，第一排大槍平端，第二排長槍斜刺，再往後無數排的大槍筆直朝天，在整齊劃一的「轟轟」聲中一步步向前逼近，猶如銅牆鐵壁。

「右軍推進！」

「轟！」

兩堵兵士與長槍組成的牆壁向中間擠壓過來。

「弓手，射擊！」

「嗡！」怵人的聲音響起，槍陣後面，無數羽箭騰空而起，越過前方的槍兵，落向遼軍的兵馬。

號令聲、步伐聲交替如雷，遼軍在幽州城下是吃過宋軍大陣的虧的，可自那以後，宋軍還不曾再擺過聲勢如此浩大的大陣，此時一見，不覺膽寒。

「衝過去，鐵林軍破陣！」

已率部過河的遼國大將耶律痕德大叫，自遼國鐵林軍首領李札盧存投降大宋之後，耶律痕德就成了鐵林軍的首領，鐵林軍是遼國重甲騎兵，與歷史上的西夏鐵鷂子、金國鐵浮屠齊名，是甲冑配備最齊全的部隊，如果想從這銅牆鐵壁中殺開一條血路，也只有倚仗鐵林軍才有可能。

鐵林軍迅速衝到前面，就像方才李繼隆的靜塞軍突擊遼軍本陣一樣，悍不畏死地向前衝去，耶律痕德親自帶隊，他必須在宋軍大陣中撕開一道口子，否則這半渡的人馬，就得全部交代在這兒，雖說遼國控弦之士多矣，但是這八萬精兵可是遼國最精銳的人馬啊。

眼見遼國鐵林軍呼嘯著向自己的本陣衝來，潘美老將軍在馬上拈鬚微笑，不慌不忙，待他們衝到三百步內時，前陣宋軍齊聲大喝，西夏一品弓平端起來，機括「鏗鏗」

響起，無數弩箭帶著颯颯風聲撲過去，像割麥子一般，齊刷刷地放倒了無數的遼國鐵林軍將士。

耶律痕德一個鐙裡藏身，閃的是夠快了，肩頭卻也挨了一矢，深入骨中，痛徹難忍。這一輪勁矢過去，好不容易又拉近了百餘步距離，宋軍陣營又是一聲大吼，無數弓弦吱呀呀響起，箭雨又自天空順風而來，又疾又狠。耶律痕德急取小盾遮住周身要害，胯下馬本已中了幾枝弩箭，這時頭顱、胸背又中了幾枝利箭，終於不支，長嘶一聲，倒斃地上。

耶律痕德一個懶驢打滾，險些被馬壓折了腿，倉皇回頭一看，這片刻工夫，被射倒的遼國健兒不下兩千人馬，不由得雙目盡赤，他一把拔下深入肉骨的弩箭，翻身跳上一匹無主的戰馬，大吼一聲道：「衝擊宋軍本陣！」

「哦嗚……哦嗚……」遼軍怪叫著，猛磕馬腹，開始以衝刺速度，向前方的宋軍本陣猛衝過去，只要衝垮了前陣，他們就能撕開宋軍大陣的口子，為八萬最精銳的遼軍鐵騎闖出一條生路。

潘美眼見遼軍如狼似虎地撲來，伸手一拂美髯，撥馬便走，左右親軍護著他揚長而去，那些弩兵、弓手登時也一哄而散，向左右逃逸，遼軍鐵騎哪裡還管他們去向，只管一路向前，他們也預計到前方必然還有密集如林的槍陣，恐怕又得付出幾百人馬的損失，去硬撞槍林，才有一線希望撞開宋軍的防禦，只是他們無論如何也沒想到，當那些弓手、弩手散開之後，出現在他們後面的，居然是一支古怪至極的隊伍。

每個人的平均身高都比普通人高出一大截，身材本來就魁梧，每個人身上又穿了看起來極為厚重結實的板式盔甲，往那兒一站，一層層的就像岩石砌就的城牆。然後，一枝枝柄長五尺、刃長四尺，而且是兩面開刃、頂端帶尖的奇形兵刃便齊刷刷地舉了起來。

「這是什麼？」

耶律痕德有些訝異，緊接著他手中的長槍就鏗的一聲刺中了一個陌刀兵的胸甲，令人牙酸的一聲刺響，鋒利的槍尖在胸甲上撞出一道痕跡，然後沿著光滑的板甲滑向一側，再然後，耶律痕德就看到一顆碩大的馬頭被劈成了兩半。

耶律痕德嚇了一跳：「這是什麼刀？居然這麼厲害，這得多麼鋒利，多麼沉重？」

他只來得及想到這個問題，還沒得到答案，幾柄鋒利的陌刀就齊刷刷地斫在他的身上，把他分成了一片片的血肉。

「刷刷刷刷！」

明晃晃的陌刀如牆而進，此起彼伏，就像一臺巨大的割稻機，把人和馬塞進去，把混合在一起的碎肉鮮血拋灑出來，寬大、鋒利的陌刀給敵人帶來的威懾，遠不是窄小的槍頭矛頭所能比擬的，攻擊方式也不僅僅是劈砍一種，它可以刺、可以削，當然最常用的是劈和砍。

儘管這支比傳統的陌刀兵加強了保護效果，以致行動有些笨拙的陌刀隊伍有著種種限制條件，但是在這種敵軍已被左右兩翼的槍兵和弓手壓制住的狹窄區域內，他們就是無敵的存在。

遼軍如雪獅子遇火，在這種專門剋制騎兵的利器攻擊下潰不成軍，耶律休哥大恨，一時大意，怎知宋軍憑空冒出這許多騎兵，還有這樣一支無堅不克的刀陣？北歸之路已斷，無奈之下，耶律休哥只得率餘部殺開一條血路，倉皇向西線逃去。

西邊的唐縣現在在他們的掌握之中，一直以來是壓著宋軍打，迫得宋軍只能倚關堅守的耶律休哥，此時也只能選擇借助唐縣的城牆來抵禦宋兵，再徐圖後計了。

殘兵敗將倉倉皇皇直往西去，堪堪趕到嘉山山口，就見前方旗幟飄揚，早有一支隊伍靜靜地等在那兒，左邊一桿大旗，高揚一個「李」字，只是此李非彼李，這是西夏大將李華庭的旗號，可不是定州守將李繼隆。右邊一桿大旗，旗下老將雙眼血紅，惡狠狠地瞪著狼狽而來的遼軍，此人正是君子館一戰全軍覆沒、隻身逃回的宋國開國老將劉廷讓。

這左右兩翼的兵馬隸屬於誰，耶律休哥根本無暇注意，他的目光直接就投注在正中間那個正正方方的騎兵方陣上。清一色的大食馬，高大雄駿，比遼國的戰馬平均高了一頭。馬上的騎士連著胯下的戰馬全部披甲，馬上的騎士連頭面都遮在甲冑裡面，看起來就像一個個恐怖的兇獸。

如淵之渟，如山之立，一股無形的壓力撲面而來。

「危險！」

一絲警覺在耶律休哥的心底悄然升起。

「通！通通！」

戰鼓聲起，老將劉廷讓揮槍前指，嘶聲一喝，那些人馬俱披重鎧的騎士俱都挾起大槍，策騎向前。先是緩緩輕馳，然後逐漸加快，到後來重能和勢能轉化為動能，速度越來越快，整個地皮都在震顫，轟隆隆的聲音在山口迴盪，此時就算楊浩到此，大喝一聲「收兵回營」，他們也停不住了。

高粱河三十萬大軍的慘敗，君子館三萬宋軍的全軍覆沒，無數英魂注視之下，一臺臺「重型坦克」自遠赴于闐國在喀喇汗人身上大施淫威之後，再度開葷了。

六百三一　怨了了，情難卻

嘉山口一戰，耶律休哥大敗，殘兵敗將僅萬餘人殺出重圍，丟棄了主帥旗鼓，東突西殺，輾轉逃向東北方向，最後遁逃入保州。一直沒有公開露面的楊繼業，自率一路兵馬此前已奇襲唐縣，收復唐縣後一直在等待消息，李華庭、劉廷讓大敗耶律休哥後，立即派人快馬通報，獲悉耶律休哥大敗，自家後路已不可能被敵軍鐵騎截斷，楊繼業立即自唐縣出兵，連夜突進，經一夜又一日的血戰，於次日傍晚奪取大茂山原宋軍兵塞。

占據了這個堡壘後，宋軍便澈底切斷了侵入宋境的東西兩路遼軍之間的聯繫，進可西攻靈丘，中攻靈狐，東攻易州，為宋軍反擊奠定了堅實的基礎。此一戰，宋軍收復唐縣、唐山、望都、北平四處城池，斬首三萬七千級、得馬匹數萬匹，生擒遼國將軍十二名，俘獲遼軍三萬餘人，軍器甲仗不計其數。

就像高粱河一戰時，耶律休哥抓住了趙光義一個細小的失誤，趁機予以撕裂、擴大，從而一戰扭轉整個戰局，從全面防禦轉變為全面反攻一樣，楊浩又怎麼會放過這個難得的機會？宋軍的大反攻，從小唐河一戰裡遼國八萬精銳之師的潰敗開始了。這次大反攻由東到西，在整個戰線上開始，雁門關、府州、濁輪川，乃至整個東線戰場，所有的宋國軍隊全面投入了戰鬥。

宋軍一向攻防一體，尤以防禦著稱，在西夏兵團與之合併後，卻頭一次用上了全攻陣型，第二天，楊延朗和童羽便領兵向保州發動了進攻。耶律休哥自幽州大捷後，還沒有吃過大虧，兵鋒所向，戰無不克，不免滋生了驕意，結果在定州城下一敗塗地，此一敗勢必將影響整個戰局。

逃回保州後，他知道宋軍必然隨後趕到，立刻開始部署防務，同時迅速向各路遼軍下達軍令，果斷決定從戰略進攻全面轉入戰略防禦，盡可能地保持戰爭成果。並修書一封，派人快馬呈報幽州，請罪的同時，也把宋與西夏合兵的意外情況稟報了太后。

宋國能擁有這麼多戰馬，這麼多訓練有素的騎兵，唯一的來源，只有可能是西夏。況且耶律休哥當初兵臨濁輪川，曾經與西夏軍對峙良久，對西夏軍比較熟悉，更曾耳聞過西夏兩支破陣勁旅：重甲兵、陌刀陣。此時想起，如何還不明白他在小唐河到底遇到了什麼？

他知道西夏對隴右用兵，最新收到的情報，據說楊浩已向關中進發。遼國大舉南下，除了因為宋國自幽州一敗，元氣大傷之外，另兩個憑仗就是趙光義意外駕崩，少主繼位，以及西夏與宋國直接開戰，這個中原帝國必將兩面受敵。

現在是怎麼了？西夏兵為什麼與宋軍合兵一路，並肩作戰？在中原，到底發生了什麼事？

童羽和楊延朗兵臨保州城下，猛攻不克，於是決定先掃清外圍，遂由童羽虛張聲勢繼續攻城，楊延朗則悄悄帶本部兵馬離開保州，轉攻保州周邊仍被遼兵占據的縣鎮，當晚，楊延朗攻克遂城，並以此為據點，成了保州眼皮子底下的一顆釘子。

耶律休哥很想弄清楚這一切，只可惜戰場上派出的斥候探馬，是不可能探查到對方帝國內部發生的這些大事的，於是耶律休哥傳下令去，務必要活捉幾個敵軍。童羽率軍正在攻城，故意放開一個豁口，再生擒幾個宋兵並不困難，很快，耶律休哥就弄清楚了這段時間中原到底發生了什麼事。

中原發生的這件大事，許多宋國邊關守軍在楊浩的大軍趕到之前也被蒙在鼓裡，直到現在對整件事的來龍去脈也未必清清楚楚，但是童羽的兵是從隴右到關中，再到汴梁開拔三關的，對事情的原委十分清楚，耶律休哥弄清楚了整件事的來龍去脈後，不由得大吃一驚。

既然宋與西夏合一，何止兵力陡增，士氣大振，而且宋國在橫山一線與西夏對峙的大軍，乃至西夏國軍隊，必然也要向遼軍發動進攻，此刻攻向雁門關的十萬遼國兵馬恐怕有危險了。他馬上就感覺到，敵勢正強，不可力敵，僅僅由進攻轉為防禦是不夠的，想要保持勝利果實，將已經占領的這些州縣牢牢控制在手中的想法也無法實現了，現在只有主動撤軍，撤回遼國境內去，才有可能穩住陣腳。

耶律休哥立即再擬第二道下發整個戰區的撤軍命令，並且命令全城守軍立即準備，連夜突圍。

童羽的圍城大軍防禦重點是北城，是夜，耶律休哥開西城，全軍闖營破陣，殺出重圍，馳出數十里，再北向而去，次日，潘美率兵趕到保州，耶律休哥已鴻飛冥冥。保州城百姓倒是大多安然無恙，並沒有遭到耶律休哥劫掠殺戮，或屠殺平民洩憤。

這固然是因為遼軍此番南下，打的是占領宋國領土的目的，所以不想對地方百姓過於苛待，也是因為耶律休哥用兵，一向反對滋擾欺侮普通百姓。這的確是一個光明磊落的北國英雄，然而既然為了各自國家的利益成了對手，這分相惜之情也就得擱下了。

楊浩聞訊，也是為之嗟嘆，不過嘆息也沒多久，因為戰爭已經全面打響了。只不過濁輪川、府州、雁門關那邊是雷聲大、雨點小，宋軍接到的命令是即便能夠取得勝利，也不可過於深入，他們的主要任務是製造一種聲勢，牽制遼國南院兵馬，楊浩的主攻方向……在東北。

* * *

祁連山脈，綿延數千里的崇山峻嶺一片白雪皚皚，今冬的第一場雪，下得就是如此之大。

一夜之間，積雪覆蓋，茫茫一片，呼嘯的北風颳得雪沫直往人的脖梗裡灌，這樣的環境，地面上有任何痕跡，都可以一個時辰之內被撫平如鏡，想要在這樣的環境中追殺一支幾十人的隊伍，無異於大海撈針。但是阿古麗並不肯放棄，她的心中正燃著一團火。

穿著一身男式的戰袍，白色的皮襖，白色的皮褲，外面再套一件毛茸茸的皮坎肩，頭上是帶遮耳護面的皮帽，腰畔掛一口彎刀，全身上下唯一露在外面的只是一雙黛眉上淺掛白霜的大眼睛。

策馬站在一個積雪不多的山坡上，阿古麗俯瞰著面前的雪原，雪原茫茫，把淺淺的河流、枯黃的草地全都埋在了下面，白雪無邊無際，遠山緲緲如影。

在她後面，是近千人的騎兵隊伍，全都穿著毛茸茸的禦寒效果極好的皮袍皮帽，隊形看似散亂，實則暗藏玄機，隨時可以三人一組相互配合的方式投入戰鬥。

遠處，一個黑點迅速移動過來，近了，更近了，漸漸可以看清那是一人一馬。

馬上的騎士一路飛奔而來，馳上山坡，到了阿古麗近前，猛地一勒韁繩，健馬希聿聿一聲長嘶，踢得腳下雪花四濺。風吹著，吹得阿古麗肩頭皮坎肩上的狼毫微微地抖動著，她卻彷彿漢白玉的岩石雕就一般，一動不動。

「報，屬下探聽到了消息，夜落紇率二十餘騎，現已逃到了氂牛部落。」

阿古麗的雙眉微微一聳：「氂牛部落？難道他們不知道我的命令？任何部落膽敢收容夜落紇者，殺無赦！」

「知道……自然是知道的，不過氂牛部落的首領鐵摩柯與夜落紇是結拜兄弟，所以……」

阿古麗冷笑一聲：「結拜兄弟？不過是一頭被人利用的蠢豬罷了！」

她猛地一提馬韁，提氣揚聲，厲聲喝道：「前進，突擊氂牛部落！」

*　　*　　*

氂牛部落，夜落紇強打精神與鐵摩柯飲酒暢談，敘了敘兄弟之情，談了談東山再起的打算，許了一堆空中樓閣的好處，一回到特意為他安置的氈帳，那雖敗不倒的英雄氣概登時一掃而空，極是疲憊地倒在狼皮褥子上。

氈帳中很簡陋，氂牛部落的生活條件並不太好，不過很暖和，地灶裡炭火正旺，帳中暖烘烘的，燈熄了，只有炭火紅紅的光，映照著整個氈帳。

一敗，再敗，一退，再退，現在還能逃到哪兒去？羅丹終是不可靠啊，楊浩的兵馬一到，他就降了，還在自己背後狠狠捅了一刀，幸虧他一向戒備著這老小子，並不敢過於信任，雖然殺得他大敗，卻未因此要了他的性命。自從之後，一敗再敗，手中的兵馬越耗越少，只能東躲西藏。

藉著這兩年他對青海湖周圍地形的熟悉，他一次次逃過了阿古麗那個瘋女人的追殺，可是那個女人居然傳出號令，青海湖諸羌部、吐蕃部、回紇部，誰敢收容他，就與他同罪，一時間他尊貴的回紇大汗，居然成了人人喊打的過街老鼠。

對鐵摩柯，他也不敢完全地信任，但是不投奔鐵摩柯，他這二十多個缺衣少糧的人就得凍死在大雪原上。眼下，他已把那二十多個心腹，安排在了他的氈帳周圍，夜落紇和衣躺在溫暖柔軟的狼皮褥子上，暗暗地盤算著：「這兒也不安全，明天還得走，從鐵摩柯這兒弄點肉乾、燒酒，繼續西逃，這臭女人總不會追到高昌國去吧？」

到底是年紀大了，又過了這麼多天風餐露宿、擔驚受怕的日子，好不容易躺到一個舒適的所在，夜落紇真的乏了，思索著下一步的出路，漸漸地他已睡眼矇矓。

此時，阿古麗的人馬已幽靈般地包圍了氂牛部落的駐地。草原上的部落牧馬放羊，與天鬥、與地鬥、與人鬥，生活十分艱苦，天氣的變化、狼群的肆虐、其他部落的掠奪，種種條件，養成了他們警覺如狐的性格，要偷襲這樣的部落絕不容易。

而阿古麗也沒想偷襲，她的手段是突襲。

氂牛部落的牧羊犬瘋狂大叫，牛群馬群發出騷動，警醒的族人剛剛抓起放在枕邊的長刀，喊殺聲就在整個營地四面八方響了起來，剎那間，原本只有冷風呼嘯的營地裡人喊馬嘶、牛羊哞咩、狗兒狂叫，阿古麗的鐵騎闖了進來。

踹營破帳，根本不予對方反應的機會，大戰就開始了。騎士們呼嘯著奔馳往復，有那匆匆忙忙跑出氈帳，手中提著兵器還沒搞清情況的牧人，一匹匹快馬風一般在他們身邊掠過，雪亮的鋼刀就從他們頸間、頭頂飛過，帶起一蓬血雨，一具沉重的屍體便砰的一聲重重跌在雪地上，再也沒有了聲息。

深夜，卻非伸手不見五指，連天漫地的白雪將任何微弱的光都發揮到了極致，大地是灰濛濛的，足以辨識人物，在那些揮舞得如雪片般的鋒利馬刀下，在擊刺如閃電般的長矛大槍面前，再加上騎士們以靈活的身手間隙射出的連珠快箭，氂牛部落的族人就像待宰的羔羊，一個接一個地倒下，反抗十分短暫，也十分微弱。

夜落紇半夢半醒，睡得並不踏實，驟聞高呼慘叫聲，他霍地一下坐了起來，緊緊抓住了佩刀。

「怎麼回事？是阿古麗追來了？還是有其他部落劫掠氂牛部落？」

夜落紇心口怦怦直跳，幾個心腹侍衛已抓步搶進帳來，手中舉著火把：「大汗，有夜襲。」

夜落紇跳起來，一個箭步跳到帳口，只見外面快馬來去，呼嘯廝殺，短刀長矛、間以弓弩，攻勢凌厲兇狠，可怕至極，鐵摩柯及一眾住在中心的、有身分的武士反應過來，衣衫不整地提刀拿弓殺出帳去，但這也不過就是送死罷了，殺氣騰騰的夜襲者呼嘯而來，銳不可擋，根本不予他們反擊的機會。

人影紛亂，怒吼連聲，鐵摩柯等人雖然悍勇，甚至不惜以命搏命，但是在人家衝入營盤，殺了他們一個措手不及的時候，失敗的結局就已經注定了，血腥慘烈的屠殺持續了僅僅一刻鐘，反抗就只成了零星的自發行為了。

這時大概已經有人抓住了氂牛部落的牧人，問清了他們的所在，陸陸續續有許多人下馬，提著血淋淋的馬刀長矛向夜落紇的氈帳逼近。

夜落紇並非不想逃走，只是他做為尊貴的客人，住在氂牛部落的最中心處，馬匹也不在氈帳外面，在這樣混亂的局面中硬衝出去，危險會更大，他只能期盼著這些不速之客只是某個部落因為寒冬難過，打起了氂牛部落的主意，那樣的話，他未必就沒有一線生機，儘管阿古麗下達了誅殺令，敢收留他的部落已經少之又少，可是做為回紇王姓九族，又成為青海湖回紇部落的領袖這麼久，敢把他抓起來向阿古麗邀好的部落也並不多，那是一種天生的敬畏，與他麾下的兵馬多少無關，是由於他尊貴的血統，王子就是王子，哪怕已經沒落了，也不是財大氣粗的普通回紇人敢予輕辱的。

但是很快他就絕望了，幾個戰士揚起飛抓，使勁一拉，轟然一聲，整座氈帳倒塌了，他和護在身邊的幾名心腹便暴露在外面，四周圍攏過來的人越來越多，將他們團團圍在中央，正前方有幾枝火把，火焰獵獵隨風，燃得正旺，儘管每個人都穿得十分臃腫，但是中間那個相對於旁邊那些大漢身材還是顯得苗條許多，她只露出一雙眼睛，只看見這雙眼睛，夜落紇的心就深深地沉了下去。

「妳怪我嗎？妳怪我嗎？甘州基業難保，無數族人喪命沙場，別人死得，難道妳就死不得？」眼看著四周冷酷而鄙夷的眼神，夜落紇突然絕望地廝吼起來。

阿古麗靜靜地站著，冷冷地道：「那麼，你派阿里潛回甘州，試圖殺死我，挑唆斛老溫和蘇爾曼彼此反目，又如何解釋？」

夜落紇惱羞成怒：「我是大汗，我是回紇大汗，所有的一切都是屬於我的，草場、牛羊、你們的性命，為了大業，有什麼不可以犧牲的？我叫你們活就活，我叫你們死，你們就得去死！因此我是你們的大汗，我是你們的大汗，誰敢殺我？誰敢殺我？」

「現在不是了！」阿古麗淡淡地說，手指一點，「嗖嗖嗖嗖……」無數枝利箭向他們身上攢射過去，片刻的工夫，夜落紇和身邊的幾個侍衛已渾身中箭，緩緩倒在地上。

阿古麗靜靜地看著夜落紇的屍體，眼神十分複雜，過了片刻，一名心腹將領悄悄走到她的身邊：「大人，咱們現在怎麼辦？」

阿古麗解開面罩，露出一張紅豔豔的小嘴：「夜落紇兵敗後，艾將軍便急急抽師離去，聽說大王正對北遼用兵，隴右新復，根基不穩，我們……便暫時坐鎮隴右，為大王守好後院吧！」

「是，那他們……的屍體？」

「哪裡黃土不埋人？」阿古麗最後瞥了眼那個曾經是她男人的屍體，眼神裡微現的一絲迷惘已不見了，眸光閃亮，澄清如水。

六百三二　蓄勢

趙普和盧多遜這些日子很忙，安定朝廷與地方，起復官吏與恢復治理，調撥錢糧輜重，遣派民夫和輔戰廂軍，林林總總，忙得像陀螺一般，不過離開相位、大權旁落這麼久，重新忙碌起來，二人的感覺甚是良好，雖然忙得連家都回不了，二人卻是甘之若飴。

內部已是一團亂麻，外部又來添亂，交趾國經過一段時間的試探，由於宋國正忙於內部事情，無暇他顧，交趾以為中原重又陷入了五代十國時期的混亂局面，已經沒有餘力控制他們，於是黎桓壯起膽子宣布脫離宋國藩屬，自立於南了。

交趾這個地方，最初是由戰國末年的蜀國王子蜀泮建立的，為逃避秦帝國的大軍，蜀泮率領族民輾轉到達現在越南地區，建立了甌駱國，並自稱為安陽王。後來秦始皇統一六國，派大軍越過嶺南，對這一地區進行了征服，並大量移民，設立三郡。

秦末中原戰亂，秦國南海尉趙佗自立為南越武帝，漢武帝時又被中原所滅，復設三郡，自此以後，每逢中原戰亂，這個地方就要自立，折騰來折騰去，其實也折騰不出什麼氣候，雖說那裡氣候惡劣，叢林煙瘴的不好打，可是中原任何一個王朝，還真沒把交趾當成一回事。

眼下宋國還顧不上那裡，可是對交趾王的蠢動卻也不能沒有表示，楊浩御駕親征了，這件事就著落在他們二位頭上，最後二人商議一番，由盧多遜執筆，寫下一封措詞嚴厲的國書，派人送去給楊浩過目，楊浩首肯後就要傳詔交趾，至於用兵，恐怕暫時是不可能，但是在這筆墨官司上，卻不能承認交趾的獨立，這樣將來出兵討伐才算出師有名。

丁承宗看起來比趙盧二相要清閒許多，其實他的忙碌絲毫不在趙盧二相之下，只不過他忙在暗處，輕易不被人察覺罷了。其實他的府衙裡，飛羽隨風的密諜每日進進出出，哪怕深夜也無一刻停歇。

楊浩已把飛羽隨風的主要力量全部放在了宋國境內，各地的民情民心、地方官對新朝新政的態度，前線以及各地駐守將領的派系與背景，哪個該起用、哪個該處理、哪個現在得擱在一邊、哪個得時常加以監視，一股腦兒接收過來的宋國官吏良莠不齊、忠奸難辨，楊浩面上大度，背地裡該下的功夫還是要下的，否則這江山得來易，丟的也必然很快，這些見不得光的事情，自然只有交給他的親大哥才能放心。

不過丁承宗雖然忙，同樣非常開心，自己兄弟做了天下之主本就是大喜，眼下又是一樁大喜事從興州傳來，焰王妃生了，而且生的是個兒子。前不久，娃娃和妙妙已經相繼生產，娃兒生了一個女孩，妙妙生了一個男孩，楊浩添丁進口，喜事連連，現在焰王妃又生了個兒子，楊浩已經有了三個兒子，在這年代，幼兒夭折率太高，就算帝王家也不例外，如今添了三個兒子，丁承宗總算是放了心。

他一直想要過繼個兒子過來，可是楊浩子嗣不多，他也不好開口，等兄弟再多幾個子嗣，他打算向自己兄弟要個孩子過來，做為那個時代的人，哪怕再多的事他看得開、想得開，沒有兒子養老送終、周年祭祀，始終還是一塊心病。

大大地歡喜一番之後，丁承宗親筆修書一封，著人去給楊浩報喜，又令人給唐家傳信，讓唐家去興州探望，忙完了這些事，剛剛坐下來，一杯茶還沒喝完，馬燚便急急走了進來，將一疊剛剛收到的祕件呈與丁承宗。

丁承宗連忙放下茶杯，依次驗看火漆封口無誤，這才一一裁開仔細閱讀起來。

「唔，不出官家所料，這王小波頗有想法啊，官家得了天下，他在蜀中搖擺不定，遲遲不肯歸附，恐怕是亦有自立之心吶。呵呵，僅有一個柯鎮惡坐鎮關中是震懾不住他的。現在艾義海揮軍入蜀，王小波可就吃不消了。嗯，他既已接受朝廷招安，官面上的事自有趙相和盧相去辦，而且一定會辦得十分妥貼的，我們暗中監視他的人手可以抽調出來了，現在缺人吶。」

「是。」

「丹陽知縣？」丁承宗的眉頭蹙了起來：「這麼多朝廷官員，俱已向官家效忠，他不過是一縣父母，竟然敢對禪讓之事大放厥詞，哼，每日或飲酒荒誕、或嚎啕大哭，聚三五知己，指斥笑罵、如癲似狂……」

馬燚道：「大人，要不要派人把他……」

丁承宗想了想，搖頭道：「不要管他，非涉眼下急務的，統統不要去管。這不過是一個狂生罷了，由得他去鬧，你們只看只聽，盡量不要有所動作，讓他們全都冒出來，咱們才會心中有數。這個人，相信趙相和盧相會處置得妥妥貼貼的。」

丁承宗摸著下巴，若有所思地道：「不過，由此也可看出，這江山還算不上穩當啊。隴右，是咱們快刀斬亂麻、一鼓作氣打下來的，那裡情形複雜，種族繁多，如何加強統治、安撫地方，可不是一蹴可就的事，需要長期的治理。宋國的萬里江山，是官家利用『岐王』的名義一股腦兒接收過來的，情況就更是複雜了，恐怕最快也得要用上幾年的光景來慢慢理順。所以這北方戰事不宜持久啊，你們先收集著各地的資料，等官家回轉汴梁，咱們就著手處理。」

馬燚道：「是，只是不知大叔……什麼時候才會停止北伐呢？」

她眼睛一亮，忽地雀躍道：「要不……我也去三關幫幫大叔吧？」

丁承宗笑道：「胡鬧，妳一個女孩兒家，到了那裡有什麼用處？要妳領兵遣將，衝鋒陷陣嗎？飛羽的運作可離不開妳，妳這裡做的越好，妳楊大叔那邊就會越輕鬆，妳也就是幫了他的大忙了，可比妳去三關要有用的多。至於北方……」

丁承宗沉沉一笑：「妳放心吧，該停下的時候，官家自然會停下！」

「噢……」馬燚的小臉垮下來，嗒然若喪。

她已經習慣了守在楊浩身邊，楊浩處理公務，接見人員，她就隱在暗處，默默地看著他做這做那，說這說那。不需要太用心，只要看見他的身影，聽見他的聲音，心裡就非常安寧，就像一隻小貓，蜷伏在主人身邊一個不起眼的角落裡，主人忙這忙那，牠都靜靜地伏在那兒，好像根本沒有注意，可是他一旦要起身離開，牠就會一躍而起，忙不迭地跟上去。

她已經離不開他了，就像魚兒離不開水，瓜兒離不開秧。

上一次與折子渝、丁玉落、竹韻一起往汴梁潛伏的時候，她還沒有這麼強烈的感覺，一來，是因為汴梁城，那可是在她小小年紀的時候，大叔就對她說過的不夜之城，她一直期盼著能去那裡看看。二來，或許是年紀還小，喜歡熱鬧，同行的又有最說得來的竹韻姐姐。

可是現在，就只剩下她一個人了，竹韻姐姐嫁給了大叔做娘子，而她還是她，那個不起眼的小狗兒……

耶律休哥的急報傳到了幽州，蕭綽聞訊大驚失色。

宋軍自幽州一敗，一路南逃，折損兵力超過三成近十萬人，君子館一戰又折精銳三萬人，其餘大小戰事傷亡人數且不論，僅此兩戰大捷，宋軍兵力就損失了十三萬，遼軍在兵力上基本也可與宋軍持平了，沒想到小唐河一戰，八萬遼軍主力騎兵就遭遇重挫，逃回來的人不到一萬。而宋國皇帝禪讓江山，原本排布在關中一帶防範西夏的大量兵馬便可以北調了，與此同時，西夏兵馬也與他們作了一路，宋軍僅從兵力上，就遠勝遼軍，更何況步騎合一的宋國軍隊進可攻、退可守，誰人可以輕掠其鋒？

形勢嚴峻了。

蕭后的玉面也嚴峻了，就連在她身邊玩耍的牢兒，也看出娘親面色不豫，很機靈地拉著奶媽的手，逃之夭夭了。

「……好，就這樣辦，同時，命伍告飛率漢軍步騎八萬，增援耶律休哥。」

蕭綽輕抬玉指，在地圖上點了點：「占領的宋地可以放棄，但是我遼國領土，寸土不得有失。西路以雁門關為界，南路以瓦橋關（雄州）、益津關（霸州）、岐溝關（涿州）為界，不可使宋人再踏進一步！」

「遵旨！」臣下匆匆奉旨而去。

這伍告飛也是遼國一員悍將，而且是大遼世宗年間的一位武狀元，他麾下的兵馬都是漢軍，步卒五萬，騎兵三萬，論戰力，並不在驍勇善戰的遼國宮衛軍、族帳軍之下。

北地漢人早已融入了遼國的生活環境，耳濡目染之下，燕雲一帶的漢人，也和契丹族的戰士一樣剽悍尚武，這支人馬原本駐紮在奉聖州，也就是炎黃二帝涿鹿大戰的地方，在今河東張家口市，永定河上游。遼國施行一國兩制，契丹軍仍保持傳統的戰時募兵、平時為民制度，而漢軍則是常備軍，前次趙光義北伐，直取幽州的時候，因為攻勢太過凌厲，遼國遣派來的都是完整的騎兵編制，伍告飛的漢軍是第三批次的援軍，還未及趕到，耶律休哥就一戰功成，殺得宋軍急退三關了。

這支隨後趕到的人馬就留在了幽州，一則為太后、皇帝扈軍，二則一俟三關被攻克，總需要步卒駐守地方、建立政府的，到那時候伍告飛的軍隊自有大用，他們不但以步卒為主，而且俱是漢人，和被占領區的漢人也容易溝通，如今情況危急，這支人馬也得盡快拉上前線了。

沉吟片刻，蕭綽又下一道旨意，嚴詞斥責耶律休哥驕狂大意，以致為敵所乘，勝敗之勢自此相易，最後卻又慰勉幾句，叫他盡力扭轉頹勢，至少依據三關形成僵持態勢。

吩咐了人去傳旨，蕭綽在錦墩上緩緩坐了下來，將一個懷爐袖在手中，瑩白如玉的手掌十分纖美，卻沒有多少暖意，哪怕是袖著懷爐。

「楊浩他……竟然成了宋國天子，我與他的距離，越來越遠了。」

蕭綽喟然一嘆，淡淡蛾眉一揚，臉上脆弱、疲憊的神情卻一掃而空。兒女私情被她迅速收拾了起來，眸中透出的，是一種裂土難撼、堅逾金石的冷酷。從某種意義上來說，她和阿古麗是同一種人。草原上的女兒家，就如大沙漠裡的駱駝刺，堅韌而頑強。

愛情像水，當愛來到她們的面前時，她們會放開自己去愛，全然不考慮對方是否接受，不考慮這顆情種有無生長的可能。當那「水」離她而去的時候，她可以封閉自己，獨自面對荒涼孤獨的大沙漠，在很長很長的時間裡，頑強地生活。放聲笑、縱情哭，深愛時柔情似春水，決裂時冷酷如冰雪，在骨子裡，她們和草原上的男兒一樣，豪邁剛毅、愛憎分明。

* * *

大遼西路軍正在向雁門關進發，此時他們還不知道南線慘敗的事，南線信使正策馬急馳，瘋狂地追趕著西路軍，要把那個要命的消息，趕緊告訴他們：宋夏已然合一。

遼國西路軍動用了迭刺六院部的兵馬，以及部族軍、漢軍、京州軍和屬國軍。

迭刺六院部是遼國西線最精銳的兵馬，兵役制度仍是傳統的兵民合一，部族所有男丁都是現役和預備役士兵。自備所有宿衛和爭戰的器甲，主要包括馬匹、鐵甲、長短槍、弓箭、斧鉞、火刀石、羈馬繩等。而其他幾路兵馬中則只有漢軍是吃餉拿糧的，所以軍隊數目不是很多。為數最多的是京州兵，大多是番漢轉戶的丁壯，平時維持地方治安，戰時也可以應召隨軍，其性質有些像中原的民團。僅遼國西京大同府下轄的七個縣，十七個軍、府、州、城，京州兵總數目就達到了二十多萬，當然，人數龐大，戰鬥力就有些良莠不齊，遼軍也不是隨便拉出一支隊伍，就可稱精銳的。所以此次出動的京州軍只有八萬。

彰國軍節度使、駙馬、侍中蕭咄李，馬步軍都指揮使李重誨是遼國西路軍先鋒，御下十萬大軍，閃電般攻向雁門關。他們吃虧就吃虧在閃電戰上了，由於行動太快，耶律休哥的信使沒有及時追上，蕭咄李、李重誨統領十萬大軍浩浩蕩蕩殺奔雁門關。

而雁門關方向宋軍已大量增兵，並補充了大量的西夏鐵騎，由曹彬全面接管關防。偵知遼軍動靜，曹彬立即擬定了戰鬥計畫：主動出擊，禦敵於國門之外。

以往，在面對強勢敵人時，宋軍很少採用這樣的戰略，北人善騎戰，南人善城禦，說起來並不是一件可恥的事，彼此的長處是由於彼此所處的環境長時間形成的，就像江南地區的兵善水戰一樣，你非讓他練騎戰，那地方水道縱橫如同阡陌，別說他練不成，就算他練成了，莫不成騎上戰馬跑幾步換船渡河，再跑幾步再換船渡河？

你善馳騁騎射，那是你的本事，我善城池防禦，那是我的本事。到了我的地盤，就得按我的規矩來，漢人精於城禦，這是千百年來農耕社會漸臻大成的一種戰鬥方法，並不是非得棄我所長，跑出關隘與你拚命才叫英勇。

遼軍也習慣了宋軍的這種打法，所以西路軍比追擊宋國敗兵的南路軍準備充分，還似模似樣地拉著許多建造完成的攻城器械，威風八面地殺向雁門關。

而這一次，雁門關守軍傾巢出動，棄險關主動尋求決戰了。羅克敵統率宋軍步兵主力，在雁門北口列大陣相候，張崇巍率精騎從小路包抄敵軍後方，用的戰略與潘美在南線一戰有異曲同工之妙，仍然是經典的步騎混合部隊剋制騎兵的一場戰例。

蕭咄李和李重誨領大軍殺向雁門關，迎頭撞上已擺好大陣的宋軍，也是嘖嘖稱奇，不過氣勢正旺的遼軍並不把宋軍放在眼裡，立即對羅克敵的大陣發動了猛攻，雙方一場廝殺，漸呈膠著局面，遼軍的騎兵與宋軍的步兵混戰在一起，失去機動空間的時候，張崇巍橫空出陣，陡然從敵人側後翼攻了上來，正面的宋軍步卒也抖擻精神，全力反擊。

遼軍先被左右兩翼衝上來的宋軍精騎切來割去，斷成了一堆一堆的，然後步兵主力發動猛攻，一塊一塊地把被切割開來的遼國騎兵吞噬掉，這一場大戰的結果，從宋國兩路騎兵突然殺出時就已經決定了。

遼軍前有步兵方陣如推土機一般不可阻擋，左右有騎兵精銳像切割機一般往來衝突，簡直就成了一塊任人收割的麥田，張崇巍遙見遼軍旗鼓，曉得是主帥所在，立即率部衝入，直奔那大旗而去。遼軍已陷入各自為戰的混亂場面，根本沒有人有意識地進行攔截，竟被他殺到了中軍。

張崇巍比耶律休哥突入二十萬大軍的宋營追殺趙光義時幸運，一是那時是晚上，突入宋軍中軍更為吃力，二來趙光義見機不妙已經被內侍們拖著逃跑了，耶律休哥殺到宋營中軍時，只看到黃羅傘蓋，傘底下空空如也。可是遼國主將蕭咄李卻不能走，他要是走了，這十萬大軍怎麼辦？

張崇巍衝到遼營中軍，交戰十餘合，一刀斬下了彰國軍節度使、駙馬、侍中蕭咄李的腦袋，此時他還不知道這是個什麼官，回頭要是不能抓個遼軍問清楚，他永遠也不會知道的。因為有時候漢人史官喜歡諱過揚功，遼人在這方面心氣更重，對失敗的戰役，常常潦草幾筆帶過，對傷亡被擒的高級官員，更是絕不會載入史冊。

張崇巍一刀剁了駙馬蕭咄李，讓遼國三公主耶律繡成了寡婦，馬步軍都指揮使李重誨遠遠看見，目眥欲裂，奈何亂軍洶湧，如波濤起伏，他也是身不由己，只能隨著大軍流動的方向且戰且走，根本顧不及蕭咄李了。

蕭咄李一死，遼軍更是大亂，被宋軍殺得落花流水，李重誨領著殘兵且戰且退，率中軍殿後的主帥耶律斜軫聞訊急急領兵來援，這才把前鋒人馬接應下來，點檢損失，已是傷亡過半，李重誨肩上臂上各插一枝利箭，也顧不得拔去，便向耶律斜軫說明了與宋軍遭遇的情況。

耶律斜軫畢竟是遼國名將，戰陣經驗豐富，一聽他言及有大量宋軍騎兵出沒，頓感蹊蹺，立即倚險紮下營盤，派出探馬斥候，抓「舌頭」，打探敵情，在真相未明之前，不敢再輕舉妄動了。

* * *

而南路遼軍，眼下唯一的戰略方針就是努力把宋軍擋在三關以南，依據傳統的宋遼邊防線，確定雙方的勢力分布。耶律休哥痛定思痛，再也不敢輕視敵軍，自保州撤退後，迅速收攏各部遼軍，重新整保編制，主動讓出一些不利於防守的城池，重新部署防務。

耶律休哥的眼光還是很高超的，他很快便發現，宋國雖然現在兵強馬壯，但是大量軍隊匆匆趕到，尤其是西夏軍與宋國禁軍各有編制、統屬，在統一指揮部署上磨合的還不夠，這是一個有利條件，於是在防禦中大打運動戰，集結精銳騎兵倏忽來去，先後與宋國猛將龍猛副指揮使荊嗣、雄州刺史張師、河陽三城節度使崔彥進、侍衛馬軍都指揮使米信等人交戰，並在與雄州刺史張師一戰時，親率數百近衛突入陣中，將張師斬於馬下！

不過很快地，耶律休哥就感到了不安，他並沒有發現什麼，僅僅是一個久經戰陣的將領的直覺告訴他，有點不對勁：宋軍各部的配合默契的確還不夠，這是事實。但是挾新勝之銳，宋軍絕對有實力大舉發動進攻，趁其新敗立足不穩的時候，把邊關沿線所有被遼國占領的宋國領土一舉奪回來，可是楊浩並沒有這麼做，他在等什麼？

六百三三　雄霸天下

很快，耶律休哥就知道楊浩在幹什麼了。

楊浩在集結大軍，馬軍、步軍、船隊、糧草，大量的船隊、大批的糧草，騾馬牛車……

如此浩大的聲勢，此前只有過一次，那就是趙光義長驅直入，攻打幽州的時候。

宋軍很少在冬季舉行大規模的軍事行動，除了運輸不便，最主要的原因就是為了剋制遼軍鐵騎，宋軍配備了大量的弓箭手，而弓弦多是皮弦，北方寒冷的天氣會使弓弦張力不足，從而使步軍為主力的宋軍喪失了最大的戰爭優勢，所以冬季一向是北朝騎兵騷擾南朝「打草穀」的好日子，但是現在宋軍補充了大量的騎兵，對弓弩的倚賴大減，宋國已經有能力發動大規模的冬季攻勢了。

十一月九日，沖猴煞北，宜祭祀、拆卸、動土、起基上梁，開市大吉。

楊浩以潘美為帥，李華庭、劉廷讓、童羽為大將，率軍十餘萬，兵出雄州瓦橋關，攻歸義、范陽；又以李繼隆為帥，田重進、崔彥進、米信為大將，率軍十餘萬，兵出霸州益津關，攻永清、安次；雄霸二州兵馬齊出，楊繼業又自領一軍，兵出大茂山，取飛狐，攻蔚州。

西路軍方面，雁門關大捷的消息剛剛傳來，即便那邊沒有勝利消息傳來，楊浩也準備安排他們出征的。不過他的進攻重點一直放在南路，西路軍的作用是虛虛實實、真真假假，如果能夠大敗敵軍，則變佯攻為實攻，會擊幽州，如果戰局不順利，則變實攻為佯攻，只要能成功牽制遼國西部兵馬就成。

因此西路兵由曹彬掛帥，羅克敵、張崇巍為將，出雁門關，攻取寰、朔、應、雲諸州，拓跋昊風已返回西夏，與鎮守橫山的楊延浦合兵一處，與曹彬兵馬成鉗形夾攻。

楊浩放棄了在邊關地帶與耶律休哥僵持攻守，而是甩開他們的大軍，趁著遼軍還不適應宋軍步騎混戰兵團的戰鬥特點，逕撲幽州，這是憑著雄厚的實力，搗出的一記黑虎掏心。攻敵之必救，這是真真正正的陽謀。

你明知道我的目的，可你不能不接招，大鎖橫大江，由不得你進退。

面對這樣的場面，任你智謀百出、胸懷韜略，除了應招，也別無他法，耶律休哥迅速向涿州集結兵馬，阻攔宋軍，並把情況迅速向鎮守幽州的蕭后稟報。

蕭綽聞訊，也同意了耶律休哥的意見，決定利用騎兵之長和平坦廣闊的有利地形，集中主力部隊先破宋國東路軍，再移師逐個擊破。遂急命伍告飛加緊行軍，直趨涿州赴援，又命東京（遼陽）留守耶律抹只率軍馳援幽州；又命林牙韓德守移師駝羅口應援。

同時命耶律斜軫為山西兵馬都統，全權負責西路戰事。

耶律休哥的噩夢開始了。

涿州血戰十三天，死屍枕藉，傷亡無數，這是實打實的攻防大戰，什麼策略計謀，統統派不上用場，拚的就是戰力、士氣，拚的就是人命。

無數次危急關頭，耶律休哥親自登上城頭，或左右開弓，若親提長槍，大聲怒吼著，咆哮著，吶喊著，如出閘猛虎般拚命廝殺，振奮士氣，抵擋宋軍猛烈的攻勢。城上城下，白色的雪、紅色的血，東一片西一片斑斕如花，耳畔，凌厲的寒風不斷地呼嘯著。

又一場大戰結束了，耶律休哥巡視著城頭，他的兜鍪護耳被削去一半，盔纓汙濁不堪，背後的斗篷血跡斑斑，破爛不堪，胸甲業已殘破，臂套上滿是刀痕劍創，手中一桿大槍上血纓早已吸飽了血，結著血冰碴子，僵硬地垂著。

虧得伍告飛的八萬漢軍及時趕到，大大補充了他的實力，而南城被擊塌後，耶律休哥又利用井水混雜著野草，僅用半夜工夫就重新修起了一面亮晶晶的城牆，四面城牆都用水潑過，亮晶晶的好像一座水晶城，又滑又硬，這才勉強抵擋到現在。

一夜之間，涿州城變成了水晶城的時候，著實把宋軍嚇了一跳，尤其是楊浩，楊浩記得前世聽評書《楊家將》時，三關大帥楊六郎面對氣勢洶洶的遼軍，情急智生，以水潑城，製造了一座冰城，然後又擺　牛陣，大敗遼軍，想不到遼人也曉得這法子。

其實北方游牧民族很早就懂得用冰雪築城，最初是什麼時候並不知道，但是從漢代起的一些史料文獻中就有這方面的記載了，當時的北方游牧民族，於冰天雪地中遷徙到一個地方，就會用水、草和泥土築幾道簡易的城牆，防範狼群，阻擋寒風，等到冬去春來，繼續向其他地方遷徙，天氣一暖，城牆自然也就化為烏有，這是很常見的事。

想來是那小說家為了烘托楊六郎的智勇，才把對北人來說一件常識性的東西，再加上春秋戰國時代田單的火牛陣，改頭換面當成了楊六郎的獨特發明。

涿州雖然守住了，可是與之比肩而立的固安卻被宋軍打下來了，這樣一來，涿州就成了一座孤城，眼下城池雖然還在，還能守多久卻不知道。耶律休哥認為，不應該與兵勢強大的宋軍計較一城一地的得失，在這一點上，太后到底是女人，還是有些小家子氣。

宋國遠來征討，運輸是個大問題，他們的目標既然是幽州，就應該退守幽州，這樣一來，宋軍的戰線拉長，可以利用小股輕騎攻擊宋軍的運輸線，而只要堅守住幽州，不容幽州有失，這塊戰略要地不丟，其餘諸州就沒有威脅，宋軍最終必將無功而返，甚至再遭遇一次大潰敗也未可知。

與眾將計議一番後，耶律休哥將大家的意見形成奏表，已派人上奏朝廷，請求太后接納，並再度苦勸太后攜幼帝先返上京。涿州與幽州的聯絡並沒有斷，因為宋軍採用的是三圍一闕的攻城之術，斷其三路，留其一路，北面並沒有圍城兵馬。

耶律休哥知道楊浩的做法，楊浩這是觀其主將之性，如將疑，以虛實對之，將莽，以誘之，將老成，以圍之。觀其不定，取其不法。如果他的大軍真的自北面遁走，沿途必有埋伏，但是知道是一回事，有時候明明知道是個陷阱，你也不得不往裡邊跳，這就是陽謀的厲害，你明白了，也只能正面破解，沒有其他辦法可以解決。

蕭綽收到耶律休哥的奏表，也知前方情形已十分危急，如不早作決斷，恐怕耶律休哥和駐紮涿州的大軍將全軍覆滅，把他們抽調回來，至少還能保留一些有生力量。與幽州文武一番計議之後，蕭綽同意了耶律休哥的意見，命其立即放棄涿州，回師幽州。

不過，對耶律休哥的第二條建議，她並沒有同意，此時遼國上層重又陷入了恐懼慌亂之中，如果她在此時帶著皇帝回上京，說的再好聽，也就是臨陣逃跑罷了，那時軍心士氣一發不可收拾，必然完敗無疑，所以這幽州，她絕不能離開。

從理智上說，蕭綽這麼做並沒有錯，但是潛意識裡，她做出這個選擇，其實也大有負氣的成分，她畢竟還是一個年輕少婦，做為一個政治家，她的城府心胸還沒有修練到深如淵海的地步，她是在跟楊浩嘔氣。

好吧，你走投無路的時候，我幫了你；你獻璽予宋，背棄北朝的時候，我忍了你；

現在你得了中原天下，馬上就和趙二那黑胖子一樣，沒皮沒臉地侵奪我的領土，我和你兒子就在這兒，你個沒良心的東西要來就來，大不了我母子倆橫屍幽州城頭，也絕不再讓你半步！

可是眼下遼國情形實在不妙，趙光義那一敗，很有僥倖成分，許多遼國上層貴族、官員事後回味宋國北伐之戰，都覺得如果趙光義不是被氣昏了頭，不管不顧地追到高粱河去，現在幽州城是否還在遼國手中，實在難以預料，所以楊浩這一來，悲觀主義立即再度瀰漫起來，真打下去，遼軍許多高級將領都是信心嚴重不足。

在此情況下，蕭綽也不得不考慮是否可以和談，反覆思量一番之後，又與文武大臣進行了一番朝議，蕭綽一面調兵遣將以進行幽州保衛戰，一面仔細斟酌，寫下一封國書，遣使遞交宋國皇帝楊浩，一帝一后一面打著架，一面開始講起理來。

欣聞大王以西夏之主而受禪中國，朕甚喜之。皇帝陛下素有保國庇民之志，天下孰不稱陛下之賢。遼與西夏，本固友好，遼與宋國，亦自和平。然趙炅窮兵黷武，撕毀條約，悍然北伐，諸路兵馬，無名而舉，鐘鼓之伐，以時以年，國家因此發兵調賦以供邊役，東自海岱，南逾江淮，占籍之民，無不蕭然，苦於科斂，天下困敝，雖以中國之富庶，經年累月之下，將如之何？

尤以兩國邊境之民，自興兵事以來，修完城壘、饋運芻粟、科配百端，悉出州郡。人口亡失過半，百姓苦不堪言，朝廷亦國庫空虛，公私匱竭。陛下果然以愛民為意，請休兵息民，以惠澤天下，朕以誠摯請於中國，願永結友好，萬世長傳。

來使不是旁人，正是與楊浩相熟的那位遼國鴻臚寺墨水痕墨大人，楊浩接了蕭綽的國書，回覆說興兵北伐，非為群臣所請，一則為了遼軍入侵邊境，二則志在幽燕諸地，不達此目的，雄煌之師，不敢輕言撤退。

墨水痕沒想到楊浩說的這般赤裸裸的毫不掩飾，慌忙又回覆太后，把個蕭綽氣得銀牙咬碎，奈何這個男人現在強勢得很，不得不強忍怒氣再發國書，歷數燕雲之歸屬，這一番可是洋洋灑灑萬餘字的長篇，蕭綽也是個性堅強的人，國書中只是據理力爭，絲毫不涉兒女之情。

燕雲十六州聽來很大，可它到底有多大，在什麼地方呢？其實燕雲十六州就是今天的河北北部以及山西的一部分，要說起歷史淵源，那就太久遠了些，禹定九州，是有這片領域在內的，不過炎黃之前，此地亦有當地居民，非要從根上找它的歸屬，恐怕是算不明白的。

只從唐末說起，唐末群雄紛爭，形成了「梁唐晉漢周」五代和「前蜀、後蜀、吳、南唐、吳越、閩、楚、南漢、南平和北漢」十國的歷史格局。燕雲十六州數易其主，後來落到後唐莊宗沙陀人李存勖之手。後唐節度使石敬瑭想造反自立，便以此地為代價許給遼國，並甘願做遼的「兒皇帝」。遼國皇帝耶律德光答應了他的條件，率騎兵五萬援助石敬瑭。

要說割讓，它是從誰手裡割讓出去的？在割讓之前，又是屬於誰的主權？後來漢人的士大夫、史學家都說石敬瑭把原本屬於漢人的領土割給了契丹族的遼國，憑心而論，其實這「燕雲十六州」本來也不在漢人手裡，而是在沙陀人手裡，總不能說已經亡了國的唐朝還對該地擁有主權吧？

而宋國繼承的是後周的衣缽，它的固有領土只有河南一地，被它所滅掉的蜀、唐、吳越、楚、南漢、南平、北漢，都是憑著強大的軍事力量打下來的，當時也沒見它以中原正統自居，打起「收復失地」的旗號。

趙光義打起收復漢家失地的旗號，只是為了出師有名，這一點楊浩明白，蕭綽也明白，蕭綽認為遼國擁有這片領土理直氣壯，可楊浩自然也有楊浩的想法。

一見了這封國書，楊浩手下的文臣武將自然也不肯輸在理上，一個個摩拳擦掌地打算和遼國打嘴仗，當然，與此同時，軍事行動也不會停止，潘美嫌隨軍的文官文采不成，還向楊浩建議，最好從朝中調幾個大學士來，跟他們玩玩筆桿子，北人還差得遠呢。

楊浩搖了搖頭，逕直召來遼國使節墨水痕，當著他的面，直言不諱地道：「燕雲十六州當初為什麼歸屬了遼國，怎麼沒有歸屬漢、晉、唐、南平呢？因為那是遼國憑本事拿下來的，我們漢人沒本事奪回來而已，事實如此，其他的話說得再怎麼冠冕堂皇，都不過是自掩其醜的託詞。

「現在，我們有這個本事了！所以我們要奪回來。一個地方是屬於誰的？誰占領著就是屬於誰的。天下是誰的？誰打下來就是誰的。那麼燕雲十六州是誰的？北朝若是打得敗我，那它就是北朝的。

「朕為何興兵？因為幽燕之地，進可攻，退可守，乃中原屏障，它的得失直接關係到我中原國運。朕今日兵強馬壯而不取之，豈非貽禍於子孫？所以朕要打，此事沒有轉圜的餘地。」

楊浩這番話簡直就是趙匡胤那句「臥榻之旁，豈容他人酣睡」的最佳詮釋。

墨水痕聽了，面色如灰土，惶惶趕回幽州，蕭綽聽了不覺氣苦，但是對楊浩的強勢和坦然，倒是有了一種全新的認識。不錯，雙方爭來爭去，其實為的是什麼？如果此處沼澤煙瘴，毫無價值，中原的君主們還會念念不忘地要奪取幽燕嗎？今日楊浩倒是一言道破了其中道理，算是個光明磊落的漢子。

蕭綽柳眉倒立，鳳眼圓睜，一口銀牙緊咬，把楊浩的國書撕得粉碎：「那就打吧！」

六百三四　漢軍滿萬不可敵

「如今宋國大軍捲土重來，氣勢洶洶較之上次猶有過之，又兼有西夏騎卒，世子以為，太后與幼主僅憑耶律休哥一人之勇，可能拒得強敵嗎？」

說話的人三十出頭，面目平庸，無甚出奇之處，只是一雙眼睛非常有神，透著幾分精明。若有長安人士看見，或許會有人認得，此人正是當初齊王趙光美府上的管事胡喜。

盤坐上首的是一個三旬左右的大漢，龐大的身軀，滿面的虬鬚，偏又束髮頂冠、穿著一襲漢服，那壯碩的身子把那衣服撐得緊繃繃的，似乎稍一用力就會繃裂開來。他這體態模樣，若穿一身左衽胡服，皮裘狐帽，倒也威風凜凜，偏是穿著一身中原漢人衣衫強作斯文，教人看了好笑。

此人叫作耶律留禮壽，乃宋王耶律喜隱世子。宋王耶律喜隱受德王耶律三明謀反一案牽連，被幽禁起來。這位宋王世子，現在已是該部族的實際領導人。

留禮壽撫著大鬍子，微微搖頭道：「來者不善，來者不善啊，宋軍的步卒大陣本就令人頭痛，如今又兼具騎兵之長，宋軍可攻可守，進退自然，耶律休哥前番大勝，很大程度上是靠著宋國皇帝久勝恣狂、久戰心切的原因誘他中伏，真論起實力來，以我遼國軍力……恐難勝宋人。」

胡喜笑道：「其實若論驍勇，我北朝兵馬自幼便練就騎射，又是在自家地盤上作戰，可未必就怕了南人。我們之所以連吃敗仗，不是我北國兵馬不濟，實是因為太后屬意於耶律休哥，有心下嫁於他，失了皇家體面，以致民心軍心盡喪。」

留禮壽一拍大腿，憤然道：「不錯，你說的有理，正是這個話。」

胡喜又道：「這一次，耶律休哥損失八萬精銳，卻只吃了太后一頓排頭，沒有一點真正的懲罰，由此就可見太后對他的偏袒了，上一次幽州被圍，有兩位將軍赴援遲了三日，結果怎樣？被太后下旨，當眾鞭笞，降級留用，兩相比較，太后為一己私情而賞罰不明，誰肯服她？」

留禮壽大聲道：「正是，正是，哼！我就知道，她貌美如花，年輕守寡，怎麼耐得住閨中寂寞？以堂堂太后之尊，居然與一個臣子媾和，實在是把我皇家體面丟得一乾二淨，現在市井街頭流傳的那些話，想必你也聽說過，真是不堪入耳，每每想起，真是羞煞人也。」

胡喜陰陰一笑，又道：「不過，世子大可不必如此生氣，你不覺得，這正是咱們的機會來了嗎？」

留禮壽一怔，連忙問道：「機會？此話怎講？」

胡喜道：「太后與臣子有了私情，皇家體面全無，皇室、各部族大人，心中多有怨言。太后不知自重，便沒了母儀天下的資格，幼主還是少不更事的娃娃，如何執掌大遼天下？如此情況下，太后又正坐鎮南京，上京空虛，如果世子趁機發兵，振臂一揮，必得響應，何不罷黜幼帝，擁立宋王稱帝呢？」

留禮壽與父親本就參與了德王耶律三明之亂，反心早萌，只是他們當初行事隱密，沒有被朝廷抓到太多把柄，因此只將宋王囚禁了事，並未株連太廣，若有機會救出父親，再反一遭，留禮壽當然不會猶豫。

「只是……」留禮壽猶豫片刻，喟然嘆道：「不成啊，太后的手段實在了得，這幾年間，整個上京被她經營的風雨不透，如今我雖仍是本族酋領，奈何無兵無權啊。想反，你讓我拿什麼去反？」

胡喜微笑道：「世子這話說的就差了，我遼朝盡多忠貞義士，眼見太后把持幼主，國家危在旦夕，誰不思盡忠報效，匡扶正義呢？若是世子有心，小人願為世子引見一人，此人手握重兵，若肯襄助世子，大事可成。」

留禮壽雙眼微微一瞇，疑道：「嗯？你本一介商賈，為何如此熱衷此事？」

胡喜恭謹地道：「縱然富可敵國，也不過仍是一個卑賤的商賈。小人只想出謀出力……為世子效犬馬之勞，來日宋王登基為帝，世子立為太子，小人……可以走上正途，謀一個如郭襲般的出身，光宗耀祖，蔭庇子孫，也不枉來世上走這一遭了。」

郭襲是漢臣，當今太后極為寵信的權臣，如今官拜南院樞密使、兼政事令，加封武定軍節度使，乃是一人之下萬人之上的人物，留禮壽聞言大笑：「若我父子當國，必把郭襲的職位送你，哈哈……不過……你說有一手握重兵的將領願助我成就大事，此言當真？他是何人？」

胡喜站直了身子，輕咳一聲道：「王兄，世子相詢，還不現身？」

一語未了，屏風後面閃出一個人來，頂盔掛甲，肋下佩劍，盔頂兩枝雉翎高挑，看面目不過四旬上下，劍眉朗目，英氣勃勃。

留禮壽一驚，騰地一下站了起來，失聲道：「王冠宇？王指揮使！」

王冠宇躬身一禮，朗聲道：「正是末將，末將上京漢軍指揮使王冠宇，見過宋王世子。」

留禮壽一見此人，不由又驚又喜，原來這王冠宇是上京漢軍都指揮使，麾下有六萬駐京漢軍，如今幽州戰事緊急，連東京遼陽的兵馬都抽調過去了，更不要說上京了，上京的宮衛軍、族帳軍，大部分都隨著御駕去了幽州，留守上京的人馬已是漢軍成了主力。

在蕭綽想來，歷次謀反都是契丹權貴，漢軍甚少參與，所以把漢軍留下守衛上京最是妥當，沒想到鄭家恰恰是從漢軍著手，想在遼國謀劃一筆大生意。

這幾個漢軍將領都是北地世家出身，尋常漢人百姓也就這幾年才漸漸出頭，以前除契丹一族外，其他各族飽受排擠打壓，尋常漢人家的孩子哪有機會學文習武，也只有這些世家子，才有機會始終得到教育，從而受到遼朝的重用。

然而也恰恰是因為他們出身世家，所以哪怕是武人，也受到了太多的漢人文化、傳統觀念的影響，在他們看來，尋常百姓孀居守寡，再嫁他人也沒什麼，可是太后是什麼身分？一國太后如果有此行為，簡直是喪倫敗德、傷風敗俗之極，必受天下人唾棄鄙夷。

蕭綽與耶律休哥有私情的傳言，本是白甘部的餘孽受了折子渝的點撥，蓄意傳揚出去的，尋常百姓對男女關係方面的興趣那真是自古便熱情至極，一經有人傳出，傳言版本越來越多，傳得沸沸揚揚盡人皆知，王冠宇也信以為真了。

此後，胡喜以厚禮結交，巧言蠱惑，漸漸便說動了他的心思，在他想來，蕭太后有此一端，便喪失了母儀天下的資格，如果自己興兵廢黜，必然能夠迎合所有皇室貴族的心意，此事一定能成。於是便成了胡喜的同謀。

兩下裡說開來，一時盡皆大喜，不過留禮壽經過一次失敗的政變，僥倖成了漏網之魚，至今想起還是心有餘悸，不免有些小心。他不放心地道：「王將軍，漢軍上下，你盡都控制得住嗎？要知道稍有不慎，你我俱都是殺頭之罪啊。」

王冠宇哈哈一笑，說道：「上京諸軍中，我漢軍一向不受宮衛、族帳諸軍重視，軍中將士還時常受到排擠，因此自成一體，團結得很，王某自信，對上京漢軍可以如臂使指，上下一人。」

王冠宇自信地說罷，揚聲道：「你們都出來吧，一起見過世子。」

碩大的屏風後面衣甲鏗鏘，陸續又走出五個人來，分明是上京漢軍副都指揮使李劍白、馬軍指揮使程天浩、步軍指揮使荀惡唯、漢軍都虞候尉遲風、周羿。漢軍六大將領盡集於此，留禮壽大喜過望，擊掌讚道：「如此，大事可期矣！」

胡喜笑吟吟地道：「這還不夠，小人還聯繫了白甘部等幾個部落，此外，室韋、女真方面也正派人聯繫中，只等各處一切準備完畢，世子就可一舉而天下驚了。」

留禮壽驚喜莫名，望天大笑……

* * *

蕭綽遣墨水痕再一次到了宋軍大營，這一次，帶來的只有一只錦匣。

打開錦匣，先是一張紙籤，上面墨跡淋漓，只有六個大字：「君要戰，我便戰！」

楊浩看了默然不語，當下闔起錦匣，若無其事地先將墨水痕送走，這才回轉內室，他撫匣沉吟良久，重又輕輕打開，取下那張紙籤，掀開下面的軟緞，只見下面靜靜地躺著一枚枚首飾，一個個擦拭的閃亮，露著潤澤的光輝，或許……夜深人靜的時候，她經常把玩它們吧。

何以慰別離？耳後玳瑁釵。

何以道殷勤？約指一雙銀。

何以致契闊？繞腕雙跳脫。

何以結恩情？美玉綴羅纓。

何以致區區？耳中雙明珠。

記得上一次，她把一半的首飾送回來，楊浩明白她含蓄中表達的心意，她是希望，有朝一日，自己能把缺失的一半，親手為她戴上。可是……

君要戰，我便戰！

楊浩幽幽地一聲嘆息，心中不無悵然：「我們之間已越走越遠了，或許，這一生再也沒有機會了吧……」

「報……耶律休哥集結兵馬，殺出涿州，望北逃去！」

楊浩霍地一下站了起來，眼中感傷悵然的神色被凜然的殺氣所取代！

* * *

遼軍收縮兵力，固守南京了。按照耶律休哥的計畫，是固守幽州，據此消耗楊浩主力，如此一來，孤軍奮戰的中路軍楊繼業和西路軍曹彬自然不成氣候，在收攏五指之前，應避其鋒芒，不宜主動尋其決戰。

第二次幽州保衛戰，在耶律休哥的謀劃下開始了，南院大王耶律景，北院大王蒲奴寧、奚大王籌寧，這契丹四大王府中的三位大王以及北院宣徽使蒲領都隨大于越耶律休哥會聚在遼國南京幽州。

同時，耶律休哥命令各路兵馬向幽州集結的同時，吩咐他們大打游擊戰，騷擾宋軍運輸線，襲擊小股宋軍，調離沿路州縣居民，實行堅壁清野。

而楊浩的大軍雄糾糾氣昂昂直奔幽州，根本沒理會分散駐紮在剛剛被他們占領的周邊州縣的兵馬，攻其必救，逼其回返，遼國前線兵馬不戰自退。

楊浩行動甚速，看起來和趙光義上一遭的打法沒什麼兩樣，但是機動力不同，同一戰術所產生的效果也不同，對遼軍的威懾力也更大。宋軍唯一的弱點，大概就是糧秣輜重的供應問題了，水陸兩路，糧草輜重始終運輸著，緊隨大軍前進。

水路方面，前有破冰船，後有漕運船，沿河有護衛的軍隊。船隻破冰前進，待到後來冰面漸厚，破冰速度已無法滿足行進速度的需要，大量的糧食便被士兵們從船上搬下來，從船上搬下來的還有大量的早已做好的雪橇、冰橇，用它們載著糧食繼續前進。

而旱路方面，也用大量的輜重用驢騾牛等運輸工具進行運輸，楊浩的兵馬甚至走在了許多回返保衛幽州的遼國軍隊前面，耶律休哥則命令回返的遼軍大打游擊，以騎兵針對水陸兩路的宋軍糧秣運輸隊伍展開攻擊。

在中外戰爭史上，都曾有過一件微小至極卻影響了整個戰局變化的事情，一發巧巧擊中敵軍彈藥庫的炮彈，一場突出其來的大雨，一次本不在指揮部策劃之內的意外遭遇戰，一隊打散了的士兵誤闖敵軍指揮部等等，在宋遼兩國軍隊同時趕往幽州，且戰且走的過程中，也發生了一件對戰局產生重大作用的類似事件。

這一日傍晚，宋軍押糧官劉保勳冒著風雪自陸路押運數百輛糧車，剛剛趕到岐門溝，斜刺裡突然殺出三千遼國精騎，這一路上，前後左右大都是絡繹不絕的宋國兵馬，而這支遼軍仗著地形熟悉，竟然從宋軍行進的空隙中鑽了進來。

劉保勳措手不及，根本來不及設置鹿角拒馬、擺設步兵大陣，無奈之下只得匆匆將糧車環繞起來抵禦遼軍，失去陣形優勢的宋軍不是這支突然殺至的遼軍對手，遼軍四面圍定，一場血戰，劉保勳及其子開封兵曹劉利涉、殿中丞孔宜均戰死陣前，兵卒死傷無數，糧車被焚。

堪堪行至左近的李華庭、劉廷讓部忽見右翼十餘里外火光沖天、濃煙滾滾，急急揮軍前來，這股得手的遼軍剛剛逃之夭夭，劉廷讓在君子館一戰中中了遼人埋伏，三萬大軍全軍覆沒，對遼人實是恨入骨髓，一見情形立即要求全速追擊。

其實一路上遼軍利用騎兵快捷、地理熟悉的特點，經常進行游擊騷擾作戰，追擊大多不見成效，所以李華庭本不想追，他覺得遼軍越是這麼做，越說明遼軍諱忌宋軍攻打幽州，大可汛速行軍至幽州城下，迫敵決戰。但是他拗不過劉廷讓這位宋國老將，只得依言冒雪展開追擊。

這一追就追出事來了，此時大雪仍在下，天地一片茫茫，夜色又漸漸降臨，二人領軍追了一陣，地上蹤跡漸不可見，再加上地形不熟，竟然迷了路。那支襲擊運糧隊伍的遼軍早已不知逃到哪兒去了，他們胡亂前行，卻意外地在一個叫小河沿的偏僻村莊裡遇到了另一路遼軍。

忽見大隊宋軍從天而降，戍守在這裡的遼軍不禁目瞪口呆。原來，這一路遼軍正是押運著從幽州城下繳獲的大量攻城器械，準備運往遼宋邊境的那支遼國輜重運輸隊，他們正行於路上，便聽說耶律休哥中計大敗，只得倉卒改變計畫，臨時停止前進，將大量的攻城器械運到了遠離南北交通要道的這個偏僻村莊小河沿，以觀時局變化。

其實他們如果把這些攻城器械全部銷毀最為妥當，不過這麼精巧的器械，換了遼國的工匠未必能做得出來，這些東西對遼人來說都是些難得的寶貝，這種高技術含量的戰爭武器，對他們具有非常重大的價值，這樣的戰利品，就好像當年只有小米加步槍的土八路繳獲了兩具加農炮，如非萬不得已，怎肯銷毀它？

而且這支遼軍對前線情形估計不足，並未料到情況會那麼嚴重，他們得到的消息是耶律休哥中計大敗，正收攏軍隊，做與宋軍據三關而對峙的打算，所以想看看結果再說，不料宋軍根本不與邊關遼軍糾纏，宋軍一俟準備停當，幾乎一刻不停，逕直殺向了幽州，甚至跑在了邊關遼軍的前面。

如此情形之下，這支輜重運輸隊不是一線部隊，消息來源本就匱乏，想要請示打聽，從地理位置上看，此時又正處於幽州和遼宋三關的中間位置，不管往哪兒去，快馬往返，都非一時一日的工夫，如此情況下，就與上頭暫時失去了聯絡。

照理說那個小村莊地處偏僻，急於攻打幽州的宋軍講的是兵貴神速，不會沿途到處掃蕩，尤其是這種沒有任何價值的偏僻村莊，也就不會發現這些東西，誰想到冒雪追擊的劉廷讓、李華庭部迷了路，居然誤打誤撞地跑到了這兒，結果連人帶東西一股腦兒地繳獲了。

得了這些東西，劉廷讓不禁大喜，上一次幽州大戰，由於撤退的太倉卒，高粱河中伏的宋軍甚至來不及通知幽州城下的軍隊，所以那一戰中損失最嚴重的就是非戰鬥部隊，主要是後勤兵和工匠兵，他們自保能力差，被殺害的最多。

而且現在是冬季，即便宋軍中的工匠人數仍然能有保證，趕到幽州城下重新建造各種攻城器械的速度也將遠遠低於上一次，有了這些攻城器械，對宋軍攻打幽州可以說是極為有利的。劉廷讓一講，李華庭也大為驚喜，這誤打誤撞的，居然立了一樁大功！

當下，李華庭便興沖沖地押著那些被俘的遼軍和器仗就要上路，而老將劉廷讓到底比他思慮嚴密，他知道這些攻城器械的重要性，對遼人來說，這些東西遠比幾百車糧食更加重要，小河沿的遭遇戰雙方準備都嚴重不足，逃走了不少的遼國騎兵，一旦他們找到遼軍主力，而這位主將又是個有頭腦的，必然引軍再度來攻，因此馬上提醒李華庭，應當通知東路軍主將潘美潘大帥派人接應。

李華庭被他一言提醒，馬上派出飛騎去聯絡主帥，信使剛剛離開半天，他們就碰上了隨後趕來的童羽所部，童羽見軍中拉運著許多巨大的器械，一問情由，情知重大，立即命令本部人馬放緩行進速度，護送器械北上。

到了傍晚時分，果然有一支遼軍來襲，這路遼軍人數足有七千，統兵大將乃是蕭撻凜，這是遼國一員虎將，文韜武略，智勇雙全，不是普通只知打仗的將領可比，心氣也高，耶律休哥如穿雲箭般的陞遷速度，他是很不服氣的，在他看來，他蕭撻凜並不比耶律休哥差，如果說差，也僅僅是差在運氣上罷了。

一聽說有大量的攻城器械落在宋軍手中，蕭撻凜便知糟糕，這些東西可以說是城池攻防戰中最犀利的武器，某種程度上可以決定這場戰局勝負的歸屬，少了這些武器，宋人攻城的力量就會大減，守軍的壓力就不會那麼大，戰爭的勝敗就會向遼國多傾斜一分，哪怕是毀了這些攻城器具，因宋軍的重新製造延長了他們進攻的時間，都有可能為遼軍創造無數的戰機，他豈能不急？

「真是蠢材，那些器械應該時刻下置柴草，一有不對立即焚燬才對，見了宋軍竟然只顧逃命，把如此利器拱手還與宋人！」

盛怒之下，蕭撻凜一刀斬了那個成事不足、敗事有餘的輜重官，自己立即揮軍截殺李華庭部，與此同時，他還將這個重要情報派人向剛剛收攏了散布在宋國邊境各州縣的兵馬，正追在楊浩主力後面急急北返的蕭幹和韓匡嗣部進行了通報。

李華庭、劉廷讓、童羽三路兵馬與蕭撻凜一場血戰，雙方各有死傷，總算護住了那些攻城器械毫髮無傷，蕭撻凜怎肯甘休，一路陰魂不散，糾纏不休，雙方且戰且進，一直到了第二天下午，正行軍至附近的宋國田重進部聞訊也趕來增援，宋軍聲勢大盛。

蕭撻凜部眼看不支，正欲含恨下令撤軍，蕭幹和韓匡嗣的人馬從天而降，終於及時趕到了。這一來遼軍頓時精神大振，雙方再度變成了勢均力敵的情形，這一場大戰從下午戰到黃昏，從黃昏又挑燈夜戰直到深夜，廝殺正酣的時候，潘美接到信使的傳告，率軍折返回來增援了。

因為遼軍的一次劫糧，引得宋國老將劉廷讓銜恨急追，意外繳獲這批攻城器械，遼軍各位北撤將領聞訊又自以為反應迅速，可以搶在宋軍大部隊回攏拱衛之前將其銷毀，結果這些趙二叔建造的攻城器械成了茫茫黑夜中的一枝大火炬，把一隻隻飛蛾都引了來。

雙方戰至大明，開始有意識地收攏兵馬，一馬平川的大地上，黑壓壓的兩路大軍對峙著，一俟看清了眼下的情形，雙方主將俱是一驚。

大批的攻城器械在宋軍手中，他們需要衛護這些東西，以防遭到遼軍破壞，因此步卒拱衛於內，而騎兵環衛於外，總兵力難以估測，僅看其騎兵，當有六萬餘人，而遼軍因為奔襲而來，所以都是騎兵，蕭撻凜、蕭幹、韓匡嗣三路兵馬共計七萬餘人皆是騎兵，對面而立。

從雙方兵力上來說，是一種較為平衡的局面，從兵種上來說，此時可以投入戰鬥的，雙方都是騎兵。他們所處的位置，則是一片空曠的平原。

特殊的環境、相應的兵種、襲擊、解圍、再襲擊、再解圍，後面臨著的將是一場非常罕見的騎兵軍團大會戰。步兵軍團會戰是很常見的，步兵想要大量殺傷對手，唯一的手段只能是正面大決戰。而騎兵大會戰的場面，在草原部落尚未統一時，草原上兩個強大部落間經常出現，但是與中原國家的戰爭中，這樣的場面以前還從來沒有過。

一旦發生了騎兵軍團的正面對峙怎麼辦？

唯有一個辦法，決戰！死戰！

步兵軍團對峙還可以有序撤退，騎兵軍團對峙，且周圍地形無山無水，身處無法讓一方可以在迅速撤退的時候阻止對方追擊的大平原上，那結果只有一個：不死不休。

因為戰馬再如何訓練有素，終究是畜牲而不是人，一旦撤退，陣形必亂，對方也是騎兵的話，在這樣一馬平川的平原地帶全力一衝，結果就必然是一面倒的大屠殺了。

誰也沒有想到會出現這樣的一幕，遼軍一直在避免集結到幽州城下前與宋軍決戰，而遼軍騎兵在自己的領土上來去自如，宋軍想要尋之決戰也不容易，可是宋遼兩國兵馬為了得到和毀去這些趙光義遺留下來的寶貝，不斷向這裡集結兵馬，夜晚的時候雙方一團混戰還沒覺察出什麼，等到天光大亮，雙方收攏兵馬定睛一看，便發現了問題所在：決戰，已不可避免。

萬馬齊喑，戰場一片靜寂，潘美策馬軍前，欣喜若狂。夢寐以求的尋敵主力，在幽州大決戰前盡可能地消滅敵軍主力的願望，居然在這個時候，以這樣的一種方式得以實現。

躍馬睥睨，潘美揮鞭一指遼國大軍，朗聲喝道：「遼軍就在眼前，哪位將軍可為本帥破陣？」

「末將願往！」

李華庭、童羽同時請命，彼此對視一眼後，童羽謙和地笑了笑：「李將軍，你部只有一萬鐵騎，當面之敵不下七萬，這一仗，請讓於童某吧。」

李華庭滿臉兇光，殺氣騰騰地道：「欲殲敵眾，當賴將軍，破陣，某一萬兵馬足矣！」

六百三五　唯戰而已

「將士們，遼騎就在當面，隨某殺過去，斬將搴旗，立一場轟轟烈烈的大功勞！」李華庭舉刀斜刺長空，短暫地發出了一聲動員令，便一馬當下，向遼國軍陣衝去。

「殺！」大片的長槍大戟斜指蒼穹，隨著一聲殺氣騰騰的大喝，士氣正旺的騎兵隨之殺出。

「殺！」近千人的騎兵馳出數十馬身，第二梯隊的士兵依樣舉槍亮刀，大喝一聲，再度策騎殺去。

「殺！殺！殺！」

一隊隊宋騎，皆以楔字形衝鋒陣形向前衝去，近十餘層的宋騎形成了一個巨大的箭頭，直撲蕭撻凜中軍本陣。

一見李華庭如此威勢，潘美不禁撫鬚讚道：「李將軍，真英雄也！」

「漢兒威武，我軍必勝！漢兒威武，我軍必勝。」

餘下的步騎將士，或以刀擊盾，或以槍頓地，震撼人心的「轟轟」聲中，用一聲聲的吶喊為自己的戰士助威起來。

眼見宋軍僅有萬餘騎，竟視他們如無物般迎面殺來，蕭撻凜激怒得鬚髮飛揚，緊握槍桿長振聲大呼道：「迎敵！」

殷雷滾滾，連綿不絕，李華庭帶著一萬鐵騎，踐雪狂飆，逕直撞進了遼軍的本陣，一時人仰馬翻，殺聲盈野。

怒潮洶湧，如山呼海嘯，整個平原上到處都是狂奔的戰馬，半空中到處都是鋒利的長槍、雪亮的鋼刀，旌旗舒捲，往來衝殺，一萬人的漢騎衝進了遼軍本陣，就像一鍋沸油中澆了瓢冷水，立時炸裂開來。

此時，殿後的童羽部五萬騎兵仍然一動不動地站在那兒，靜如山岳，肅殺無聲，唯有戰旗獵獵，更增無形壓力，誰知道他們什麼時候會蜂擁而出？

因此李華庭以一萬鐵騎硬衝敵軍本陣，固然在衝陣的剎那付出了重大犧牲，但是一旦突入敵軍，卻是如魚得水，東擋西殺，悍勇無敵，把遼軍本陣攪得天翻地覆。

「大王已得天下，大王已稱天子，合宋夏兩國，麾下名將如雲，大丈夫不當此時於馬上取功名，於勇將中爭先鋒，便如逆水行舟，不進則退，此時不爭功求戰，更待何時？」

李華庭是真的拚了命了，後有援軍，後顧無憂，他只是一味地向前、向前、向前，撕裂、撕裂、撕裂，縱騎遊走，率領所部如洶湧的波浪般進退散聚，從容自如，整個遼軍本陣都被撼動了，隨著慣性，整個遼軍陣營都像一口大鍋裡的水，激裂地蕩漾著，陣形大亂。

「童將軍，勝敗在此一舉，你部可以衝鋒了！」眼見李華庭衝亂了遼軍陣形，已然有機可趁，經驗老到的潘美立即抓住時機，斷然下令。

「末將遵命！」潘美一語方了，早已按捺不住的童羽便喜不自勝地答應一聲，一舉長槍，大喝道：「兄弟們，莫讓李將軍專美於前，教他們瞧瞧咱們兄弟的手段，殺呀！」

「殺呀！」五萬騎兵分作兩路，呈鉗形向遼軍主力包抄過去，與此同時，蕭撻凜也下達了將令，兩軍兩翼呈雁翅狀迎了上來，潮水般的攻擊，箭雨、刀山、槍林，匯聚成了一幅悲壯的畫面。

遼軍是在撤退中反動局部反擊，而且三位主帥蕭撻凜、蕭幹、韓匡嗣官階相等，各有部屬，號令不及宋軍統一，李華庭和童羽又像較勁一般亡命廝殺，潮水般的壓迫力，頓時推動著遼軍迅速整體向後退了片刻。

僅僅是片刻的後退，同樣是混戰，氣勢便完全不同了，李童二人的大軍已形成了壓著打的局面。

這場戰鬥，在短暫的宋遼戰爭史上意義重大，在以後漫長的幾百年中，宋國再也沒有過這樣完整的純以騎兵力量與外敵對抗的戰鬥，這也是唯一的一次，也是全勝的一次，所以一直被以蘆嶺州演武堂為前身建立的大宋軍事學院列為精典的騎戰教例，是役宋遼雙方許多的將領和表現傑出的士兵也因之永載史冊。

幾百年後，在總結這一戰役的一場教學課上，大宋演武堂資深教授花漫天先生對學生們是這樣介紹的：「歷史上，當時遼人稱漢人為漢兒，漢人也如此自稱，又過了幾十年之後，漢兒在習慣上就只是遼籍漢人的專稱了，為了區分南北漢人，宋國的人從那時起被稱為漢人，遼國的漢人則稱為漢兒，而當時尚沒有這樣的區分。因此陡然聽到『漢兒必勝』的高呼聲，遼軍陣營中的漢家男兒儘管在感情上和心理上早已把自己當成了遼人，還是在心理上受到了強烈的衝擊。

「尤其是數萬人齊聲吶喊，那種強大的衝擊力和震撼力是無法用語言來形容的，同為漢人血脈的北軍漢人不由士氣大挫。這一點，對李華庭的一萬騎兵強行突入敵陣，產生了不可估量的作用，可以說，這是心理戰的一個極為成功的範例。

「此外，當時遼軍正處於保衛南京的大撤退途中，是於撤退途中發動局部反擊，這種情形下他們應該採取的戰術就是一擊不中，立即遠遁，一旦形成正面決戰的態勢，對無心戀戰的遼國士兵們來說，是一件十分危險的事情，在這一點上，遼人再度犯了錯誤。

「第三點就是，當時我國東路軍各部將領的共同統帥潘美將軍及時回援，親自指揮了這場戰鬥，軍令通達，上下一體。而遼國當時有蕭幹、蕭撻凜、韓匡嗣三位將領，分別隸屬於不同的軍隊，三人的軍階或實際權力也大體不分高下，這就造成了各自為戰，無法有效調動全軍的情況，這也是在這場大會戰中決定勝負的一個重要因素。

「當然，我軍將士上下一心，頑強作戰的戰鬥作風，在此戰中產生的作用也是毋庸置疑的。此外，還有一個重要原因，是不容同學們忽略的，那就是意外因素對戰爭的影響。比如在這場戰鬥中，有一個後來官至我國駐交趾宣撫使的官員，當時還是一個小小校尉，名叫丁鋒，丁鋒此前是蜀中一個小小的鹽丁，因為參加了童羽將軍的義軍，成為這支軍隊的一分子。

「他在戰鬥中負了傷，腸子都流了出來。他在不支落馬後，隨手拔出佩刀，斫斷了衝到面前的一匹戰馬的前腿，使得馬上的敵軍掉了下來，然後，丁鋒就順勢一刀砍下了這個敵人的腦袋。而他萬萬沒有想到的是，被他一刀殺死的人居然是遼國燕王韓匡嗣。

「韓匡嗣，薊州玉田人。其父韓知古六歲時被契丹人擄入契丹為奴，後做為家奴隨女主人淳欽皇后陪嫁給了遼國開國皇帝耶律阿保機，成為一名宮奴。其子韓匡嗣，自幼好醫學，皇后待之如子，後來便一步登天，歷任太祖廟詳穩官、上京留守、南京留守，攝樞密使、西南面招討使、晉昌軍節度使等。

「後來的遼國皇帝耶律賢體弱多病，而韓匡嗣醫道高明，因此兩人很早就建立了深厚的個人交情，同時耶律賢的皇后……咳……這個……就是與我國聖祖皇帝之間留下許多曖昧傳說的遼國太后蕭綽，曾經與韓匡嗣的兒子韓德讓有過婚約，但是在德王謀反期間，伴駕隨侍的韓德讓為耶律賢擋過冷箭，並因此喪命，所以出於補償的心理，再加上當時耶律賢也確實缺乏心腹，所以韓匡嗣被封為燕王。

「我這裡要特別說明一下，同學們，民間的傳說都是由於停戰協議簽訂後宋遼兩國的密切往來，我國對遼國的經濟援助，以及兩國領袖的經常性會晤，使得一些好事者編造出來的謊言。我聖祖皇帝文成武德，澤被蒼生，是絕不會做出這樣的事情的，在宋遼兩國的正史中，對於這些香豔的傳說沒有一點線索可以尋找驗證，千金一笑樓還編寫了許多有關聖祖與蕭后的曲目表演傳唱，這是誤人子弟啊，同學們，切勿把文藝當歷史，千萬不要受到這些野史傳說的影響。

「咳咳，好，我們說回正題，燕王韓匡嗣的意外死亡，使得該部遼軍軍心大亂，從而加速了遼軍的潰敗，從而使得整個戰局迅速向我方傾斜，使得我軍以較小的傷亡代價換取了一場大勝。同學們，戰場上瞬息萬變，不到最後一刻不可輕言勝敗，一個小人物、一件小事、一個意外，都可能澈底改變戰局。」

是役，韓匡嗣歿，蕭幹斷臂被俘，蕭撻凜輕重傷勢數十處，所部主力或被殺或遭俘，殲滅近七成，可以稱得上是完勝了，但是宋軍仍不依不饒，蕭撻凜率本部殘兵敗將脫離戰鬥，依靠仍滯留在戰場上竭死戰鬥的士兵所爭取的寶貴時間迅速後撤，但是童羽陰魂不散，緊追不捨。

遼軍撤出數十里，來到一處小山，名叫羊角山，以居高臨下的優勢仍難敵宋軍的急攻，童羽毫無懼色，率部登山仰攻，一場血戰，迫使遼軍放棄羊角山，繼續撤退，一日之間，四易防禦陣地，而童羽則始終咬緊了他們，戰鬥之激烈，從童羽累死三匹戰馬，換騎四次，繼續衝鋒陷陣便可見一斑。

最後，蕭撻凜只率三百餘騎從山谷中逃脫，所部為掩護主將脫身，全部做了宋軍的俘虜。蕭撻凜率三百餘騎殘兵敗將逃回幽州，蕭綽聞訊如五雷轟頂，這支騎兵主力的全軍覆沒，對遼軍士氣的打擊是重大的，如果說前次小唐河一戰楊浩重挫耶律休哥，和耶律休哥在高粱河大敗趙光義一樣，都有取巧的成分在內，還不那麼教人服氣的話，這次兩軍騎兵主力的遭遇戰，卻是一刀一槍的真功夫。

這一戰，遼軍仍然是完敗、慘敗，遼軍引以為傲的騎射再也不是剋制漢人的利器，遼軍上下悲觀的氣氛之重可想而知。

屋漏恰逢連夜雨，船破偏遇迎頭風。就在人心惶惶、上下不安的時候，楊浩率主力部隊日夜兼程，終於趕到了幽州城下，搶在許多趕來幽州赴援的遼軍之前，再度兵困幽州城，再度形成了與趙光義當初那一幕完全相似的場面：宋軍圍城，援軍圍宋軍。

可這一回，宋軍還會重蹈覆轍嗎？

楊浩用了和趙光義前期幾乎完全一致的招式，他想為前番宋軍的失敗找回這個場子。

大軍團團圍城，迅速紮下營寨，楊浩親自巡閱三軍，安排諜報、通訊、集結、部署、逆襲、阻截，以及輜重、糧草、軍醫、後勤……

幽州城頭，蕭綽也在親自巡閱三軍，鼓舞士氣。一領靛藍色盤領窄袖長袍，外罩細鱗鎖子甲，胸前一方亮閃閃的護心寶鏡，兜鍪及護項上飾著純白色的銀狐毛，頭頂銀盔上一束長長的雉羽飄揚，襯得蕭太后明眸皓齒、月貌花容。

在她左側，隨著一員虎將，星眸朗目，器宇軒昂，正是遼國大于越耶律休哥。巡視到東城，蕭綽停下了腳步，扶著箭垛向城下望去，十里連營，旌旗獵獵，人喊馬嘶，一片喧囂。

忽然，蕭綽的目光被一樣東西吸引了。黃羅傘蓋，那是皇帝的儀仗，楊浩，在那黃羅傘蓋下面，一定就是楊浩，蕭綽的一口銀牙立即咬緊，眉心一點嫣紅，明媚如水玉觀音的俏臉上，登時籠起一片騰騰殺氣。

城下的黃羅傘蓋忽然也停下了，遠遠地，可以看見一個銀盔銀甲的將領慢慢自黃羅傘蓋下走出，向前走了幾步，站定腳步，向城頭的鳳褶羅傘望來。

彼此相距太遠，看不清五官眉目，可是兩個人似乎都看清了對方的模樣，就這樣久久地凝視著那一線人影，似乎雙方無數的將士都感覺到了彼此君主的這場無形的交鋒，整個戰場上忽然都靜了下來，只有呼嘯的風，捲動大旗，還有那不識趣的馬兒，偶爾長嘶幾聲。

兩道目光越過軍營、越過戰壕、越過城牆，交織著、流動著，對視許久，蕭綽忽然抽手，手中攥緊箭垜上的一蓬冰雪，大步反身走去。

「與君決絕，唯戰而已，再無一句話好說！」

六百三六　四面漢歌

戰爭，因利益而起。

當幽州城下的戰爭如火如荼的時候，遼國上京另一場為了利譽的戰爭打響了。

「大事若成，爾等皆有從龍開國之功，韓匡嗣一介宮奴，最後可官至燕王，我耶律留禮壽非吝嗇之人，在場眾，皆有封賞。稱王還是稱侯，就看你們能為本世子立下多大的功勞啦。」

留禮壽府中，留禮壽激動得滿面通紅，興沖沖地向召集起來的百餘心腹家將慷慨陳詞，做著最後的戰前動員令。

一旁，王冠宇頂盔掛甲，威風八面。

耶律留禮壽好不容易結束了演說，向王冠宇道：「王將軍，請。」

王冠宇矜持地點了點頭，踏前一步，沉聲道：「今日的計畫是這樣的，馬軍指揮使程天浩負責攻打上京留守除室的衙門，斬殺除室，奪取兵符，控制留守上京的宮衛軍，步軍指揮使苟惡唯負責控制那支兩千人的宮廷女衛……」

苟惡唯一聽喜上眉梢，宮廷女衛兩千女兵，俱都是蕭太后的親信，這些女兵大多年輕俊俏，以他虎狼之兵，這一戰下來，不知要搶多少美嬌娘回去，別的封賞且不說，光是這一條，麾下的兵將還不嗷嗷叫著往前衝？苟惡唯一面緊張地盤算著：「我也不要太多，從中遴選三十個……不！五十個美人就行了，貪多嚼不爛，其他的就讓兒郎們享用罷了。」一面躬身領命。

王冠宇又道：「副都指揮使李劍白和漢軍都虞候尉遲風和周羿正在軍中控制全軍，此刻並未前來，不過該做的事我已吩咐下去，副都指揮使李劍白領兵攻打皇宮，一定要把宮室控制在手中，漢軍都虞候尉遲風和周羿負責控制攻占北城和西城，至於南城和東城……」

王冠宇微微一笑：「南城和東城本就在我所部的控制之下，倒無需多慮了。我還要說明一下的是，白甘部一些人馬也會參與行動，他們負責事發時在城中各處製造混亂，隨意攻打各處府衙，到處點火滋擾，混淆市面，世子聯絡的一些權貴大臣的部族也會在外線行動，迅速向上京集結，而室韋和女真，也會同時出兵，吸引邊關諸兵，勿使其回援上京。諸位，我等於內部殺他個措手不及，西三路有宋軍牽制，東北與北方有女真和室韋呼應，大事可成矣。」

「大人，我們需要做什麼？」一個留禮壽的心腹家將手持大刀，氣勢洶洶地問。

留禮壽站出來道：「爾等隨本世子攻打天牢，救出王爺，然後迅速趕往冬宮，裹挾留守上京的皇室、宗親、文武百官，扶我父王登基。」

眾心腹喜形於色，轟然應諾。

留禮壽與王冠宇對視一眼，把大手一揮，喝道：「出發！」

耶律留禮壽的百十名家將，隨同上京漢軍都指揮使王冠宇的千餘名親兵撲向天牢的時候，城中各處已經發動，到處一片喊殺之聲，守衛天牢的只是一些獄吏獄卒，他們也聽到了城中各處傳來的廝殺聲，卻不知道到底發生了什麼事情。

正在惶悼不安的時候，留禮壽和王冠宇領兵殺至，這些守衛天牢的獄卒哪有可能和正規軍抗衡，天牢被迅速攻破了，留禮壽和王冠宇留下一部分軍兵守門，迅速向裡邊殺去。

他們不但要把宋王放出來，還要把關押在裡面的所有人都放出來，這些人勢必會成為新政權的堅決擁護者。

甬道深深，留禮壽心念父親，快步如飛，兩邊牢房內的犯人已經發覺有異，一個個興奮地拍打著牢門，興奮之中也不知大呼小叫些什麼。

王冠宇緊隨他的身畔，心中也是怦怦亂跳。既要擁立宋王為帝，當然要把宋王救出來，這件事的確重大，不過他主動請纓來救宋王，卻還有一層不足為外人道的理由。

攻打皇宮的副都指揮李劍白想必可以中飽私囊，擄得許多奇珍異寶，攻打女軍的苟惡唯或許會豔福不淺，可這些怎比得了救駕之功？雖說他的功勞已經跑不了了，可是親自出現在身陷囹圄的宋王面前，無疑會在宋王心中留下最深的印象，他這一生仕途，將是一馬平川了。

正行進間，後面突又傳出喊殺聲，留禮壽和王冠宇未在意，只道是殘餘的獄卒在負隅頑抗。但是馬上就有人急急追來，老遠就嘶聲大吼：「世子，大將軍，大事不好啦，外面……外面有大批宮衛兵馬，有……」

留禮壽和王冠宇大驚止步，扭頭看去，只見那家將急急跑到面前，一跤跌到地上，背上插著三枝利箭，入背深達半尺，虧得他還能掙扎著跑出這麼遠。

留禮壽和王冠宇對視一眼，顧不得再往大牢最深處救下宋王，立即率人返身飛奔而去。

天牢門口，一個個殺氣騰騰的遼國宮衛禁軍，已將守禦在門口的反軍殺散，一位將軍提著血淋淋的大刀，從甬道中慢慢向門口走去，血一滴一滴地落在地上，吧嗒作響。在他旁邊，是一個腦袋奇大的矮胖子，矮胖子手裡提著一大串鑰匙走過去，「喀嚓」一聲，鎖上一道沉重的鐵門，然後是第二道門戶、第三道門戶，最後到了大門前，在牆角擺弄一陣，「轟隆隆」一聲巨響，一道鐵柵欄從天而降，牢牢地卡住了門口，那鐵柵欄一根根足有手腕粗細，整體重逾千斤。

「將軍，這下就妥了，就算他們真是一群獅虎，也休想衝出來了，除非他們變成蒼蠅。」獄頭大頭笑嘻嘻地道。

那位面容冷峻、不苟言笑的將軍牽了牽嘴角，說道：「好，等太后回京，封賞下來，必有你的好處！」

大頭陪笑道：「這都是將軍大人的功勞，小的不敢貪功。」

那冷面將軍嘉許地拍拍他的肩膀，緩緩扭頭望去，只見留禮壽和王冠宇隔著四道門戶，臉色蒼白地站在那兒，雙手緊抓欄杆，嘶聲大叫：「怎麼回事？怎麼回事？」

冷面將軍冷笑一聲，揚聲道：「奉上京留守除室大人命令，緝捕反叛，爾等……就好好待在裡邊吧。」

「不可能，除室怎麼會未卜先知？他怎還有這麼多兵馬可以調動？」

王冠宇臉色發白，瘋狂地大叫，冷面將軍嘿了一聲，雙手一背說道：「這個嘛，你該感謝你的副都指揮使才是，你道太后在你身邊便全無一個心腹，對你便如此放心嗎？」

「李劍白？竟是李劍白那狗賊害我！」

王冠宇嘶聲大叫，抽出長刀狠狠一揮，「鏗」的一聲響，火花濺起，長刀應聲而斷，鐵門紋絲不動，冷面將軍把手一擺，喝道：「放箭！」

「嗖嗖嗖……」一枝枝利箭射去，牢裡邊的叛軍丟下一地兵器，狼狽地東躲西藏，登時再也沒了囂張氣焰。

上京的叛亂成了一場鬧劇，副都指揮使李劍白是蕭綽擺在王冠宇這位漢軍統領身邊的內間，整個謀反計畫完全曝光，雖說上京留守除室手中兵力有限，也來不及通知蕭綽再調兵來，可是憑著先知先覺的本領，又有李劍白為內應，還是迅速撲滅了這場叛亂，上京城又是一番血腥屠殺，除了一開始漢軍先行發動，占了少許上風，緊接著便是宮衛軍一面倒的屠殺了。

尤其是那兩千女兵，一個個都是嬌滴滴的大姑娘，可殺起人來毫不手軟，比男人還兇，苟惡唯興沖沖一頭撲進空營，先是四下火起，緊接著萬箭齊發，然後兩千頭母老虎一擁而出，把苟惡唯及其一眾親信廝咬得連碴都沒剩。

然而，叛亂還是成功了一半，上京城內的行動雖然被迅速平息了，但是室韋與女真還是及時發兵了，只不過有了除室事先的提醒，他們的行動沒有收到奇兵之效，與此同時，上京的震盪雖然平息的迅速，但是由留禮壽親自聯絡，因為宋遼戰事而對蕭綽擅權不滿，或想富貴險中求的權貴所發動的部族軍叛亂，卻轟轟烈烈地鬧騰起來。

如今上京地面兵力空虛，這本該很容易平息的叛亂，竟然錯過了撲滅他們的最佳時機，使得他們坐大起來，本就人心不安的大遼腹心之地陷入了一場大動盪之中。

此時，數十艘海船已自宋國山東東路海灣出海，在隸屬遼國東京遼陽府管轄，宋國稱之三山浦、遼國稱之為大蠣灣的大連海港登陸，大軍集結，向兵力極度空虛的遼陽府進逼過去……

燕雲十六州，自楊浩一路攻來，瀛州已先後落入宋軍手中，楊浩兵圍幽州城後，先與外圍援軍大戰幾場，逼迫援軍後，派兵卡住了幾處通往幽州的交通要道，這一點恰是趙光義當初沒有做的。

趙光義欲效仿李世民圍城打援，卻比李世民信心更足，當初李世民攻打洛陽王世充，先清理了洛陽的周邊州縣，占據了援軍通行的必經之路，又用了一年時間，才逼得王世充走投無路，只得素服率其太子、群臣兩千餘人開城投降，而趙光義忽視了對周圍關隘的把守，任由遼國援軍進退，終於在高粱河一戰中計大敗。

前車之鑑，宋軍捲土重來豈會再蹈覆轍，楊浩一到幽州城下，對幽州圍而不打，首先一件事，就是清理外圍州縣，占據幾處戰略要地，以少量兵力，憑藉險關絕隘，阻援軍於外，根本不讓他們靠近幽州城下，幽州守軍連援軍的一點影子也看不到，這對他們堅守的信心打擊之重可想而知。

隨即，劉処讓和童羽押運攻城器械趕到，再加上軍中工匠已經趕製出來的一部分器具，已經足以發動攻城戰，楊浩這才正式開始對幽州用兵。

此時，寒冬降臨，朔風呼嘯，大雪紛飛，一片蒼茫。

由於瀛、莫、涿三州已落入宋軍手中，又大量啟用雪橇、冰橇運輸，糧草供給不成問題，嚴寒的天氣雖然難耐，但是宋軍主力是由河南兵、河北兵及河西兵組成，也能耐得寒冷，而且宋軍日夜攻城，城中守軍只能時刻堅守在城頭上，並不比宋軍舒服，彼此都很艱苦，倒還耐得住。

新年，宋國國君楊浩是在前敵大營中度過的，圍城兩月有餘，過了「放偷節」，楊浩便開始分兵攻打順州，步卒攻城，騎兵截襲援軍，歷時一月有餘，順州、檀州和薊州相繼易手，落入宋國手中，至此，分布在太行山東西兩側的燕雲十六州中，地勢最為險要、最具戰略價值的東七州，已有六州落入楊浩手中，楊浩卡住太行山口，幽州城已成一座孤城。

「西路軍已攻至蔚州，耶律斜軫集結宮衛軍、族帳軍、皮室軍、京州兵、屬珊軍全面反撲，曹將軍遵官家囑咐，已收斂攻勢，不過北朝南院兵馬已盡數被吸引在雁門關外，是無力東援幽州的。

「太行八徑通往東城的幾處重要關隘，已掌握在我們手中，如今遼軍唯一的外援，唯有來自北路，眼下的戰局對我方有利。不過，當年李世民可以圍困洛陽達一年之久，而我們……不能這麼做。」

潘美苦笑道：「趙相和盧相來信中希望官家能盡快結束北疆戰事，實是出於各個方面的考慮。李世民的時候，大下無主，諸侯林立，李世民所據者關中，又有李淵坐鎮後方，隋時所儲米糧數量巨大，倉府盈滿，直至貞觀末年都用不完。

「而我們現在還不成，偌大的宋國上千萬的子民，國事繁雜，底子較之隋末還要差得很遠。隴右新附，需要潛心經營；巴蜀易幟數年，政經糜爛，還需恢復元氣；朝中地方各處官吏，需要政局穩定的情況下才好對吏治進行梳理。可以說，現在看似江山穩定，但是許多的問題，都只是因為這一場大戰而暫時得到了壓制，如果這些問題得不到解決，一旦有一處出了問題，所有的隱患都會爆發。」

楊浩緩緩點頭，趙普和盧多遜的意見，代表的不僅僅是他二人的意見，那是兩個傑出的宰相綜合分析了整個天下的情況，兼收並蓄了很多方面的意見才得出的結論。這場北伐如果勝利了，這許多需要長時間、耗費大量精力才能解決的問題，都可以因為軍事上的重大勝利而順利解決，一旦出現差池，那麼就會急劇加強這些矛盾，等到這些矛盾自然爆發的時候，一切便已不可收拾。

眼下，他的戰略目標馬上就要達到了，對幽州的進攻目前還沒有任何進展，幽州是遼國南京，又是在漢人區，是農耕地區，幽州的存糧用上三年也沒有問題，而且這裡是遼國的地盤，民心所向乃在遼國，不要說普通遼國漢人對宋軍並無好感，就是中原的普通百姓，同樣對北伐毫無興趣。

現在還好些，戰爭如果變成長期作戰，消耗大量的財力、物力和軍力，大量的死傷將士，而見不到馬上見效的實際利益時，當國內的百姓們負擔越來越重、親人越死越多，他們首先就會厭戰、反戰，從而一層層帶動整個社會各個階層對戰爭進行消極抵抗。

什麼「王師北定中原日」，什麼「北國漢人生活在水深火熱之中，翹首企盼王師解救」，親歷這個時代，親眼看到、親耳聽到的一切，使得楊浩早已了解了百姓們真正的心聲：普通百姓們不在乎你的十全武功，不在乎你的江山一統，不在乎你的疆域擴張，他們想要的，僅僅是平安的生活、富足的生活，這才是他們心目中最好的皇帝，才不枉他們用自己的血汗來奉養你。

楊浩並不希望窮兵黷武，最後鬧到遼國的百姓紛紛建立義軍大舉抗宋，宋國的百姓用種種方法消極抵抗朝廷發動的這場戰爭，甚至再度烽煙四起，義旗高張。

在他最初的策劃中，也壓根沒有想過消滅遼國。殺人一千，自損八百，如果大傷元氣之餘真能消滅遼國也罷了，但是實際上這個目標是辦不到的，遼國的實力並不容人忽視，遼國之所以遭此大敗，一是宋夏合併，聲勢大威，使得遼國措手不及，在戰爭初期完全陷於被動。

其二是在具體的戰術上，宋軍仍舊以閃電戰奇襲幽州，集中優勢兵力，五指成拳，直搗要害，而遼軍反應遲緩，戰線拖沓，兵源分散。

其三是宋軍情報工作發達，做到了知己知彼，百戰百勝。無論是遼軍的動向還是作戰地形，宋軍事先成竹在胸，反觀遼軍，連間諜、探馬偵知的情報都無法詳盡具體，不敗才怪。

然而這些方面，只要蕭綽能堅守住幽州，是可以利用時間來慢慢扭轉的，尤其是遼國的軍心士氣，會慢慢凝聚起來，楊浩已有心要在此之前進行和談了。時機未至時的和談，是完全沒有必要的，那只是浪費時間，並不能達到自己的目的，遼國是不會在那時做出任何讓步的，而現在……

「現在，室韋和女真是否已經依約出兵？我的海軍是否已經出現在敵後？這些，可是我和談的最關鍵因素啊。」

楊浩負手望向遠方，輕輕地吁了口氣，白色的霧氣氤氳於面前，將他的神色掩映於其間。

宋國的海軍自三山浦登岸，開始向遼國東京遼陽進發了，遼陽的主力部隊此時已赴援幽州，在東北和正北方，則是蠢蠢欲動的女真人和室韋人，契丹人聞訊不禁大驚失色。

這支宋軍是以汴梁禁軍和原南唐水師組成的混合軍隊，人數不足三萬人，由於是海上運兵，騎兵並不多，楊浩也並未指望他們攻城掠寨，真正占領遼人的大後方，要知道遼人無分男女老幼，個個都擅騎射，現在這股龐大的力量還沒有真正發動起來，一旦遼人意識到亡國就在眼前，那股巨大的可怕能量就會變成一股滔天巨浪，遼軍會迅速補充大量的生力軍。

楊浩出兵敵後，進侵遼陽，動用的雖是軍隊，目的卻是伐謀。他要給困守幽州的遼軍一個四面楚歌、國家將亡的信號，讓他們澈底絕望，唯其如此，和談才有可能。還有什麼比異國的軍隊出現在他們認為絕不可能出現的地方更令其震撼的呢？

燕雲十六州是漢人聚居區，許多仍然游牧於草原上的傳統契丹人，並沒有把這裡視作自己的家園，這個原因才是趙光義兵圍幽州城時，眾多的契丹貴族建議放棄幽州、衛守故土的緣故，而並非趙光義兵困幽州城，一下子便嚇破了所有遼人的膽。

幽州被困，對許多契丹傳統貴族來說，還沒有切膚之痛的感覺，而皇帝和太后守在幽州，只要幽州一日不破，他們就不會絕望膽寒。

而今，如果有一支宋軍突然出現在他們認為固若磐石的大後方，這種心理就會被擊潰，遼國核心勢力階層——契丹八氏的大貴族們就會為之膽寒，而他們的動搖和膽怯，則會直接影響蕭綽的決定。

楊浩知道，這個豔若桃花的少婦，殺伐決斷、果毅決絕，實較無數的男子還要強悍，如果不是動搖她的根本，讓她同時承受內部與外部的雙重壓力，她絕不會向自己屈服。她是那種……如果自己落到她手中，她寧可親手一刀結果了他的性命，然後用一生來思念和痛苦，也絕不會屈從於感情的女人，在這一點上，她比折子渝還要堅強。

遼國東京留守急惶惶地派人向上京傳訊，上京皇室成員聞訊大驚失色，從東京留守的奏報中，他們無法了解到那裡的具體情形，不知道宋軍一共來了多少人，已經攻占了多少地方，他們只知道自己的老家，在耶律阿保機立國之前世代游牧於此的家園，現在也有宋軍的身影在那裡遊蕩了。

西京烽火連天，東京硝煙四起，南京十面埋伏，上京叛亂的餘波動盪，內憂外患，國將不國了。

上京的權貴、酋領、皇室、宗親，尤其是對蕭綽的一切決定都堅決支持、毫無保留的蕭氏家族成員，也鬆了口風，最後上京留守除室親自擇選心腹大將，飛馬趕赴幽州，這位大將得到的唯一指令是：「本留守代表契丹八氏、上京諸王、所有文武大臣，授你虎符金箭，你可以調動正駐紮在幽州外圍的任何一支軍隊，只要能突入幽州，你的軍隊可以死，你也可以死，但是東京軍情和上京諸皇室、宗親、酋領、權貴的共同意見，一定要送到太后手中！」

六百三七　言和

幽州城內的兵馬仍足以守住此城，幽州城內的存糧足以再支撐三年所用，可是內外隔絕，縱目所及不見援兵旗號的煎熬，卻是讓人難以承受的。尤其是太后和皇帝都在幽州，如果一個帝國的最高統治者和他的帝國臣僚們足足三年不能取得任何聯繫，那這天下還能在她的掌控之中嗎？

困守幽州城的蕭綽並不擔心眼皮子底下的戰事，宋軍雖然驍勇，可做為遼國南京的幽州城，又有她和皇帝在，有大于越耶律休哥在，絕不是那麼容易被攻破的，她真正擔心的是外線，失去了統治者的帝國，也許不需要外敵，就會從內部崩潰了。

南院有文臣郭襲，在武將耶律斜軫，北院有室昉，這都是她足以信賴的臣子，可是帝國臣僚對他們的服從，源於自己對他們的信任，當自己和整個帝國失去聯繫的時候，他們很難震懾臣僚，尤其是……尤其是宗室子弟，耶律家族多的是虎狼男兒，他們本來就對小皇帝不太服氣，全賴自己的鐵血手腕，才牢牢地把持住了帝國的政權和軍權，一旦與外界斷絕聯繫，無需三年，只需一年工夫，皇室宗親們就一定會生起異心，擁立新主，把她和皇兒拋棄掉。

為此，蕭綽憂心忡忡。

仰望滿天星辰，蕭綽幽幽一嘆。

清冷的夜，無風，天空中是疏朗的星，她並不恨楊浩，她是一個統治者，坐在她這個位置上，她知道楊浩的立場，也明白他為什麼要這麼做，如果換了她在楊浩的位置上，她也會做出同樣的選擇。可是，楊浩的胃口到底有多大，這場戰爭會不會打到不可收拾呢？

「娘親……」牢兒揉著惺忪的睡眼跑出來，後邊跟著幾個宮婢。

蕭綽急忙走過去，把他抱起來，用披風裹在他的身上，嗔道：「不好好睡覺，你跑出來做什麼？看你，都睡出汗了，著了風寒怎麼辦？」

牢兒撒嬌道：「娘親，牢兒要娘親陪我睡。」

蕭綽在他額頭點了一下，嗔道：「牢兒，你可是一國的皇帝，不比尋常家的孩子，娘親有許多事要做，你要乖些。」

「喔……」牢兒乖巧地應了一聲，眨著一雙黑亮的眸子想了想，問道：「娘親是在想怎麼打敗楊浩嗎？」

蕭綽幽幽地嘆了口氣沒有回答，牢兒又仔細想了想，氣憤地道：「娘親，那個大惡人為什麼要來打我們？他喜歡打仗嗎？」

蕭綽抱著他，緩緩行於廊下，燈燭盞盞，映得她的臉色忽明忽暗：「牢兒，沒有人喜歡打仗，打仗，有時候就像水到渠成，發展到那一刻，自然就要打了。今天他不來打我們，來日我們就要去打他們。原因很多很多，這並不是帝王個人的好惡可以決定的。「帝王富有天下，權傾四海，掌控所有人的命運，唯我獨尊，可是做為代價，被推舉到所有人最巔峰處的皇帝，代表的就是他的統治基礎的願望和利益。普通人想不到、看不到的事情，你必須要看得到、想得到，你要比所有人站的更高，看的更遠，走在所有子民的前面，代表他們的利益，你才能成為所有人擁戴的人，否則，總有一天，你、或者你的繼承者，就得被他們拋棄。江山更迭，帝國興亡，說穿了其實就只有這一個原因。」

當權者的宿命，不同的立場背後，就是不同的利益集團這座大山。如果你背了自己的利益集團，那麼這座靠山馬上就會變成把你壓成齏粉的力量，你將從這座山的巔峰，立刻變成墊底的基石。要順應此一階級的立場，皇帝才可以唯所欲為，其他人就算出將入相、位極人臣，大不了甩手不幹，做回一介布衣，而皇帝，皇帝站的太高，所以沒有退路。

這些道理，年幼的牢兒當然還不太明白，望著兒子天真無邪的眼睛，蕭綽輕輕地嘆了口氣：「今夜很寧靜，守軍固然疲憊不堪，相信城外的宋軍日子會更加難過，今晚或許不會再有戰事了，就……陪兒子好好睡上一晚吧。」

蕭綽想著，在寶貝兒子額頭輕輕一吻，正欲抱他回房，忽聽遠處一陣廝殺聲撕破了夜的寧靜。

蕭綽停住腳步，暗暗嘆息一聲：「又開始攻城了嗎？」

正要把兒子交給宮女，趕去城頭看看，她忽然發覺今晚有點異樣，廝殺聲只自北城傳來，其他三城寂然無聲，這與宋軍一旦發動，便四城齊攻，滿城殺聲震天的場面截然不同。

蕭綽心中怦然一動：「這種情形有些古怪，莫非……莫非有援兵趕到，而且……已經突破宋軍外圍防線，攻到了幽州城下？」

一念及此，蕭綽趕緊把兒子交給侍候他的貼身侍婢，急急向前庭趕去。

「娘親？」牢兒不捨地叫。

蕭綽根本顧不及回答，她手按劍柄，已一陣風似地衝到前庭，廝殺聲驚醒了府中侍衛，戰馬早已備好，蕭綽翻身上馬，府門大開，一眾人馬狂飆出去，逕直奔向北城。

*　　*　　*

疏朗的星空下，大地呈現著淺灰色，從城頭望下去，可以清楚地看見遠處有一道銀河般的流火隊伍正在向幽州城下逼近，從激烈的喊殺聲和火把劇烈的搖晃，可以看出戰況之激烈，耶律休哥扶著垛口，緊張地看著那支隊伍，暗暗祈禱著他們能夠突破宋軍的防線。

他不是不想開城接應，城下抵門的條石、封門的大木，乃至塞門刀車等障礙物早已搬開了，三千全副披掛的鐵騎已準備停當，但這是黑夜，他必須確認那確是自己的人馬在衝陣，楊浩詭計多端，焉知不是想要詐城？太后和皇帝都在城中，他必須慎之又慎。

城外的鐵騎正不計犧牲地往幽州城下靠近，刀如疋練，鮮血四濺，不斷有人應聲落馬，不過此時人命如草，誰還理會誰的死活。一個遼軍揮刀斜劈，剛剛將一名宋軍劈成兩半，一枝長矛已閃電般從旁殺到，噗的一聲自小腹貫入，直入腑臟，神仙也救不活他了。

類似的場面在到處上演，鋼刀在昏暗裡瘋狂地揮劈，無情地撕裂骨肉，如砍瓜切菜一般，一個人倒下，便有更多的人撲上去，隨即又被洶湧的浪潮吞沒，成為一具殘缺不全的屍體。

重大的犧牲換來的是一步步向幽州城下靠近，這支遼軍所有將士就像飛蛾撲火般無所畏懼，義無反顧。他們是死士，在離開上京城的時候，上京留守除室大人就已在花名冊上銷去了他們的名字，並把他們的家眷全部集中起來。

哪怕他們全部喪命在此，只要把外面的情形以書信的方式射上城頭，讓太后娘娘知道帝國現在危急的情形，那麼他們便人人都是烈士，而且是對大遼國立下不世之功的烈士，只要大遼存在一日，他們的子孫後裔便可以得到朝廷的奉養，這是除室大人與上京諸皇室宗親、各路王爺、酋領們對天盟誓，向他們許下的諾言。如果失敗，不管他們是否竭死力戰，家眷全部充沒為奴，絕不寬宥。

是以，人人效死，該部遼軍全力突進，攻勢兇猛，其情其狀，較之當初楊繼業率八千死士衝擊宋營襲殺趙光義時毫不遜色，遼軍所過之處，人屍馬骸橫七豎八，斷頭殘肢慘不忍睹，鮮血混合泥汙，滿地暗紅，難辨敵我，巨大的犧牲，和亡命的勇氣，讓他們向幽州城下一步步靠近。

「怎麼回事？」

蕭綽奔上城頭，耶律休哥忙道：「太后，城下……」

蕭綽只掃了一眼，又道：「為何不出城接應？」

耶律休哥躬身道：「宋軍狡詐，臣恐……」

剛說到這兒，一名遼軍突破重圍，瘋狂地奔向城下，口中用契丹語大聲吶喊，遼國立國久矣，自然在自己的軍隊建設中也有一套成型的制度，比如在這種特殊情況下的聯絡問題，如果沒有一套事先擬定的暗語，那豈不是除了接信將領認識的人，再也無人可以傳遞情報？

一聽清了那人高喊的內容，耶律休哥騰地一下跳了起來，忘形之下甚至忘了向蕭綽見禮：「開城，接應！」

說著飛奔下城，跳上一匹駿馬，大槍已握在手中。

城下遼軍早已準備停當，城門立即轟隆隆打開，吊橋同時放下，耶律休哥一馬當先，率鐵騎衝了出去。

城下那名遼軍只喊了幾聲，就中了宋軍的箭矢跌落馬下，耶律休哥帶著人風馳電掣一般地衝去，自有人架起那人急速退回城去，其他兵馬則緊隨耶律休哥，殺向宋軍陣營。

* * *

宋軍中軍大營，楊浩一身戎裝，靜靜地立在吊半望樓上。

伸手可摘星，高處不數寒。

遠處，流螢似的遼軍隊伍漸漸與城中接應的兵馬會聚到一起了，楊浩暗暗地吁了口氣。

圍城之戰，如果曠日持久，對他來說同樣是不可承受之重。他才剛剛接收宋國江山，他需要一場大捷來鞏固帝位，卻不是一場弄到天怒人怨的長期戰爭來動搖他的根本，大捷是可以讓國人揚眉吐氣的，但是戰爭也有戰爭成本，如果像漢武帝那樣把祖、父兩代苦心經營的積累全都耗個精光，把全國五分之四的人口弄得家徒四壁，賣兒賣女都無法活命，那就是窮兵黷武了。農耕民族的戰爭成本，較之游牧民族，實在是不僅以倍數。

過猶不及，凡事有度。

漢武時江山已傳數代，雖然他的戰爭鬧到民不聊生、怨聲載道，至少沒有被人推翻他的統治，而眼下的楊浩卻很難說。

該結束了，希望她……在這個時候不要像一個普通的女人般，讓情緒戰勝理智，固執地寧可玉石俱焚。

不，她不會的！因為……她是蕭綽。

女中巾幗，唯武曌與蕭綽，她一定會做出明智的選擇的。

「轟！」城門重重地關上了，耶律休哥浴血廝殺，搶回百十個破陣的遼兵，匆匆退回城去。

騷動一點點平息，很快重又歸於平靜，城上城下又恢復了黯淡的銀灰色。

上京信使趕到的消息，以一種不可思議的傳播速度，很快傳遍大街小巷，城中的軍卒百姓盡皆知曉，這一夜，也不知有多少人徹夜不眠，靜靜地翹首企盼著進一步的消息，企盼著信使能帶來拯救他們走出絕望之境的消息。

楊浩在望樓上又靜靜地站了很久，才一步步走下來。

他剛一下來，就有一個人搶在宋軍的將帥們前面跑到身邊，畢恭畢敬地攙扶著他，好像生怕他跌倒了似的，殷勤得讓人肉麻。

這個人是女真族安車骨珠里真頭人的堂叔烏林荅，就是他趕赴西夏，問計於折子渝的。楊浩微微一笑，既沒有因為他的殷勤而怡然自得，也沒有什麼厭惡鄙夷。

他們就是這樣，畏懼你、有求於你的時候，可以敬獻他們的美人給你，可以恭維你是天可汗；實力遠遠不及你時，他們可以無比馴服，如女真之於契丹，如蒙古之於女真，若說能屈能伸，他們才是真正的句踐傳人，他們只尊重實力。

「官家想與遼人議和，必然是思慮深遠，小人不敢妄議，只是……遼人雖在官家天兵面前不堪一擊，但是對我們來說，卻仍是不可戰勝的敵人，到時候遼人遷怒於我們女真，那可如何是好？我們女真，可是真心投效官家的呀。」

「你放心……」楊浩微微一笑：「你們反抗契丹，固然是遼人壓迫過甚，無法生存。可是朕一路北伐，你們出力甚巨，朕怎麼會拍拍屁股就走，讓你們面對遼人的報復呢？呵呵，朕已經為你們打算好了，如今山前七州，除了幽州，已盡在朕的手中，議和成功後，朕會於瀛、莫、涿、幽、順、檀、薊駐兵屯守……」

烏林荅猶豫道：「恐怕……遠水難解近渴。」

楊浩笑道：「朕還沒有說完呢，你們既已棄遼就宋，你們若受遼人欺侮，那豈不是削了朕的臉面？朕現在挺進遼陽府的兵，議和之後就不回去了，朕會讓他們駐屯於你們與遼人的邊境地區，如果遼人有意欺壓，朕還會就近增兵，你們的安全無需擔憂。」

楊浩一面走，一面道：「朕已令朝中根據你們那裡的情況重新核定每年的貢物，體恤你們生存不易，盡量減免貢物，北珠和海東青就免啦……」

烏林荅喜出望外，感激涕零，滔滔如黃河之水的馬屁脫口而出。

楊浩拍拍他的肩膀，呵呵一笑不語。

女真諸族的分布範圍，大致就是粟末靺鞨族建立的渤海國範圍，也就是後世的東三省一帶，且與室韋相連，這麼多年來，女真雖漸漸崛起，但是在遼國的欺壓和有意分化之下，始終沒有壯大起來，他們到現在為止還在為溫飽而苦惱，根本就沒有對政權的渴望和覺悟，因此對宋國駐兵意味著什麼也就根本不會有什麼深層的認識。

女真完顏氏已經被安車骨氏消滅了，完顏阿骨打再也不會出世，可是時勢造英雄，英雄應運而生，沒有了完顏阿骨打，只要這環境不變，歷史的發展不變，時運相濟的時候，自然會有人重複阿骨打該做的一切，而今未來志在天下的金國虎狼還是一群滿心想傍棵大樹好乘涼的丐幫兄弟，楊浩一點小恩小惠，就把他們拐過來了。

*　　*　　*

幽州城南京留守府裡燈火通明，可是滿座將帥的臉色卻比府外的夜色還要灰暗。

他們就像遺落在孤島上的一群旅客，說不定哪一天起了海嘯，就會把他們捲進大海，日也盼，夜也盼，終於盼來了一艘船，可是沒想到那船比他們寄身的孤島更加危險，因為……它正在沉沒……

太后與皇后被困幽州，與外界完全隔絕，已失去了對帝國的控制；上京的主和派、投降派已經占據了上風，這是最可怕的，比一些皇室權貴野心復起、再舉叛旗更加可怕，因為幽州解圍的關鍵就在於援軍，而援軍和輜重都受制於上京，上京一旦改了風向……

蕭后玉面鐵青，心如冰浸，饒是她一向冷靜，此刻也沒了主意。

耶律休哥騰地站起，大手緊握佩劍，掌背青筋綳如蚯蚓，粗重地喘息片刻，又一屁股坐了下去。臉色陰晴不定地沉吟片刻，霍地一下再度站起，咬牙切齒半晌，又重重地坐下，如是者二五次，庭中的將領們都詫異地看著他，就連蕭綽的一雙妙目都投注在他身上。

起初，蕭綽的目光也有些詫異，但是看了片刻，她的目中便閃過一絲了悟，目光重又黯淡下來。

她猜的沒錯，耶律休哥的確是想護著她和皇上放棄幽州，殺出重圍。可是那凶險有多大可想而知，從今天這些死士闖關之難就可見一斑。

正因如此，耶律休哥反覆思量，又反覆否決心中的決定。他不怕死，但他承擔不起太后和皇帝有失的風險，如果他現在在城外，他還可以利用大于越掌控全國軍隊的權力想想辦法，偏偏他現在也在城內，正是虎落平陽，龍困淺灘，而外線局勢如此險惡，已經不能再拖下去了。

國，不可一日無君，太后和皇帝身陷於此數月，毫無脫困的希望，與國失其君有何區別？

許久許久，耶律休哥語氣沉重地道：「耶律斜軫和郭襲窮於應付府州和雁門關的宋軍，無力北顧；京師漢軍謀反，室昉獨木難支；宋軍蹤跡現於東京，契丹八氏酋領已萌退守大漠之意。太后，我幽州雖險，可上京之險實已在幽州之上，太后再不及時回歸上京，重握中樞於掌中，大遼分崩離析，恐難避免了。」

他頓了頓，艱澀地道：「太后，還是嘗試與宋人……議和吧……」

蕭撻凜騰地一下站了起來，怒道：「大于越，這就是你想出來的好辦法？」

耶律休哥冷冷地看他一眼，道：「大人有何高見？」

蕭撻凜振臂疾呼道：「援軍不可恃，我們就殺出去！」

「殺出去？談何容易！」耶律休哥也惱了，霍然起身道：「幽州城下的部署主要是針對城內的，自內向外突圍難度必然加倍，輕騎突圍和護著太后與皇帝突圍尤其困難。最最重要的是，大批援軍都被擋在幾道關隘之外，向幽州殺入雖然困難，可一旦入城，就可倚仗堅城之利得到安全，向外突圍且不說突圍成功與否，就算真的成功了，能否逃過宋軍一路的圍追堵截呢？要知道，現在山前七州，除了這座幽州城，已盡在宋軍掌握之中，要知道，宋軍現在也有大量的騎兵，我們並沒有迅速擺脫敵軍的能力。」

蕭撻凜臉上青一陣、紅一陣，忽爾獰眉怒目，忽爾欲言又止，許久許久，終於頹然坐倒。

論身分，蕭撻凜是太后的族兄，絕對的心腹；論武勇，他也位列大遼三大虎將，可與大于越耶律休哥、南院大王耶律斜軫平起平坐，蕭大將軍都沒話說了，其他文武自然更是無言以對。

蕭綽面寒似水，沉默許久，才微微瞇起雙目道：「宋軍兵鋒正銳，他們……會答應議和嗎？」

此話一出，眾文武便心中有數，太后迫於內外交困的壓力，已有透過談判解決戰爭的意向了。太后既已定下大方向，那就好辦了。臣子之中，畢竟以騎牆派居多，戰或和本不是他們能決定的，在太后沒有明確戰或和的態度之前胡言亂語，難免成為一個把柄，將來一旦被人反攻倒算，於仕途大大不利。

如今太后明確了態度，眾臣僚頓時活躍起來，你一言我一語，七嘴八舌紛紛表態，只可惜大多是揣摩著蕭太后的意思煽煽風、點點火，沒有什麼實質性的東西。

蕭撻凜是一員純粹的武將，讓他打仗行，這種事情他完全不在行，是以坐在那兒只是瞪著一雙牛眼聽別人說，越聽越摸不著頭腦。

「楊浩會答應議和的！」

一個聲音，如一錘定音，滿堂嘈雜登時肅靜，說話的正是大于越耶律休哥。

他冷靜地道：「宋國的虛實，我們不甚瞭然，但是從楊浩的舉動，可以看出一些端倪。從楊浩發跡以來種種行為來看，此人慣於投機取巧，能用最小的犧牲解決的事情，他一定不會選擇雷霆手段。往好裡說，這是他一向憐恤士民百姓，往差裡說，這不過是他的出身和經歷來決定的，除非生死存亡關頭，否則這個商賈之子絕不會搭上全部本錢！」

誰最了解一個人？他的敵人。

如果這個敵人同時還是他的情敵，那簡直就可以引為知己了。

耶律休哥道：「宋國剛剛透過禪讓手段到手，他怎能長離中樞，游弋於外國？如果楊浩不急於結束戰爭，他不會不計損耗持續攻城！也許幽州再守上一段時間，整個戰局就會扭轉，只是……」

耶律休哥唇邊露出一絲苦澀而無奈的笑容：「只是，我們無法確定，他還能撐多久，而我們，已經不能撐下去了。」

大廳中再度沉默下來，許久許久，蕭綽清冷的聲音道：「墨水痕，明日一早，赴宋營請見，言議和事！」

六百三八　寶光之盟

幽州城南寶光寺乃楊浩駐蹕之處，楊浩以此為行營駐蹕於此，算是保全了這座寺廟。

楊浩被達措活佛認定為岡金貢保轉世，這個稱號對他羈縻西北諸族、爭取宗教勢力的支持具有十分強大的效果，所以楊浩一直有意無意地對此進行宣傳。既然官家是佛家護法，手下人哪有不乖巧的，自然不會對這寺廟有什麼破壞的舉動，因此已被兵災洗劫過一次的寺廟，總算沒有再遭受第二次劫難。

遼國特使墨水痕在禁軍侍衛的引導下走進了寺廟，廟中雖然空空蕩蕩的，卻是十分整潔，地面灑掃乾淨，各處殿閣門窗嚴整，繞過鐘樓，便是正殿前一個方方正正的院落，正前面是大雄寶殿，左右偏殿分別供奉著八大金剛羅漢。

遼使墨水痕被引進左廂一座偏殿，這座偏殿裡供奉的四位金剛，已經在上次宋軍圍困幽州時被拉倒摔碎，將這房間做了侍衛們夜宿之處，現在被楊浩清理出來，倒還顯得空曠乾淨，便做了自己休息之處。偏殿中燃著幾堆燒得極旺的炭火，熱流湧動，溫暖如春。

墨水痕自外面剛進來，身穿一件貂皮裘袍，頭戴狐尾皮帽，腳下一雙黑緞皮靴，服飾貴重，腳步穩健，神態從容，完全看不出幽州城已處於進退兩難的窘迫狀態。可是，既已主動乞和，即便態度上表現的再如何從容，又怎能掩飾他們現在的窘迫？

楊浩將他的神態看在眼裡，不由微微一笑。

楊浩此時穿著一身家居的常服，儼然一位斯文儒雅、風度翩翩的佳公子，完全看不出竟是一位統治中原，親自控御著數十萬大軍的君主，他此時手中拈著一杯酒，正倚在沙盤旁，悠然地俯視著沙盤，時而指一指，點一點，說上兩句，就會有人走過去，在他指點的位置插一面小旗，或拔一面小旗。

墨水痕快步上前，偷眼一瞄，認得那沙盤是幽州地圖，登時上了心思，可眾目睽睽之下，卻又不便細看，正鬼頭鬼腦間，忽見楊浩看著他，忙做出目不斜視的模樣，上前見禮，長揖道：「外臣墨水痕，見過宋國皇帝陛下。」

楊浩睨了他一眼，笑道：「大家老朋友了，何必如此見外？來來來，坐下。」

墨水痕答應一聲，急忙在他對面的行軍馬札上坐下，趁機又偷看了幾眼沙盤，眼見上面有紅藍兩色小旗，從分布來看，紅色代表的是宋軍，藍色代表的是遼軍，眼見幽州四面所有關隘密密的都是紅色小旗，就是幾處遼國援軍聚集的地方，紅色小旗也隱隱露出合圍夾擊之勢，墨水痕不由額上冒汗。

楊浩微笑道：「蕭后派你來，要對朕說些什麼呢？」

「啊？哦……」墨水痕一驚，連忙收斂心神，向楊浩談起了此行的目的。

「……秦始皇派蒙恬北擊匈奴，胡人不敢南下而牧馬，士不敢彎弓而抱怨，結果呢？漢高祖不是一樣遇到白登之圍？到了漢武帝，傾全國之力，把文景之治裡攢下來的錢花了個乾淨，又能如何？隋文帝雄才大略，只略施小計，便令得突厥東西分裂，內耗不止，到了唐朝則又打又拉，好不容易把突厥磨沒了，契丹人又崛起了……

「陛下目前雖然占據上風，但是想滅亡遼國，卻也是絕對做不到的，草原大漠，終究是游牧人的天下。外臣也是漢人，雖為遼臣，卻絕無仇視中國之意。在外臣看來，宋遼睦鄰友好，遠較刀兵相向，更利於兩國發展、宇內和平……」

真難為了這位墨大人，他滔滔不絕足足講了有大半個時辰了，從盤古開天闢地，一直講到三皇五帝，從禹定九州，又講到秦始皇一統天下，墨水痕一面慷慨陳詞，一面仔細觀察楊浩的臉色，揣摩他的心意，隨時改變自己遊說的話語，爭取能夠打動他，時不時地還要抽空瞄一眼沙盤，看看宋軍的詳細部署，盡量地記在心裡，一心三用，著實了得。

楊浩聽著，時不時呷一口酒，不喜不慍，淡然自若，很難從面色上看出他心中的想法。

其實楊浩也盼著和談，如今故作從容淡然，只是想爭取談判的主動而已。戰場上的勝負，在很多時候其實是取決於戰場之外的因素，楊浩有意縱使遼國上京的信使入城，就只為了加強自己談判的砝碼，現在蕭綽困於城中，遼國的情報系統也遠沒有他的飛羽密諜有效率，無法掌握現在宋國的真實而詳盡的情報，這就為楊浩盡力掌握談判的主動創造了條件。

事實上，楊浩也無法堅持太久了，幾十萬軍隊的消耗，巨大到不可想像，漫說他是受禪當國，就算是子繼父業，傳承大統，剛剛登基便遠離國土，且把帝國的積蓄消耗一空，也是一件很危險的事，他並沒有能力繼續擴張下去，可他想最大限度地保證既得利益。

這一戰，他利用遼國準備不夠充分，迅速占領並控制了山前七州，民心士氣將得以振奮，他的個人威望升至巔峰，新朝的權威得以更加穩固，透過戰爭，把軍權完全掌控在手中，對國內的官吏們也適時進行了一些梳理，政治意圖已經達到，是該見好就收的時候了。

等到墨水痕說完，楊浩放下酒杯，正容道：「太后既有誠意和解，朕亦不為已甚，和談可以，諸事可談，但是朕有一個條件，這是朕答應和談的前提條件，這一條做不到，一切免談！」

墨水痕肅然起身，長揖道：「陛下請講！」

* * *

從這一天起，宋軍對幽州城的進攻停止了。

邊打邊議和一個辦法，停戰而議和也是一個辦法，用哪個辦法，運用之妙存乎一心。在楊浩看來，讓早已陷入絕望的幽州軍民看到一線希望，更容易讓他們做出讓步。

雙方的使者開始頻繁往來，只有雙方的最高層才知道他們在談些什麼，外線遼國援軍也獲知了雙方君主正在談判的事情，整個遼帝國從西到東，從南到北，全部進入休戰狀態，所有人都在注視著幽州，等候著最後的結局。

楊浩提示的條件，是遼國正式簽署文件，割讓被宋軍占領的山前六州，包括現在仍在遼軍手中的幽州給宋國，這是息兵談判的大前提，這一條做不到，一切免談。

遼國則提出了變通的其他條件，遼國可以向宋稱臣，向宋履行朝貢、朝覲、賀正在內的各項臣子義務，宋國則退出占領的遼國領土。

楊浩自己就向宋國稱過臣，對這種毫無意義的臣服比任何人認識的都深刻，他豈肯答應？楊浩一言否決，根本不予商量的餘地，墨水痕怏怏而歸。

經過幾次磋商，遼國又拿出了新的方案，遼國皇帝可以向宋國皇帝稱兒皇帝，兩國永結父子之國，並可以皇族宗室為人質入質於宋國，遼國臨邊諸州永不駐兵。

楊浩聞言失笑，什麼父子之國，遼國的小皇帝本來就是他的骨血，這個名號聽起來的確夠勁，傳揚開去足以令中原百姓揚眉吐氣，足以令中原的士子文人激動得熱淚盈眶，足以創下前所未有的風光，讓天可汗的輝煌稱號也要懈讓三舍，可那有任何實際意義嗎？

曾經的天可汗統御的領土現在在哪裡？子民在哪裡？曾經尊稱中原皇帝為天可汗的那些單于、可汗，一俟中原虛弱，馬上就化身虎狼，狠狠咬上一口，這個稱號或許換一個皇帝聽了會感到非常動心，但是對楊浩來說，它屁都不值。

耶律隆緒是他親子的祕密，是永遠也不能宣之於眾的，那麼遼國未來的皇帝們，及其文武、子民，就會永遠把這「兒皇帝」的稱號視作奇恥大辱，一有機會，他們就會再度挑起戰爭，每一個遼國的儲君，從立為儲君之日起，他畢生最大的志願，恐怕就是要打敗宋國，削去自己屈辱的稱號。

梟雄之輩，哪個不是能屈能伸的人？他們可以忍受一切常人難以忍受的屈辱，臥薪嘗膽等待一切捲土重來的機會。句踐連把老婆送給仇人暖床，自己去吃仇人糞便的事都幹得出來，最後結果如何？答應這個毫無意義的條件，不過是幫遼人確立了永遠以宋人為敵的目標而已。

當然，蕭綽肯提出這種很多人寧可捨了性命也不肯答應的條件，一方面是能忍人所不能，另一方面也許是想用父子之情來打動他，或者讓這對不能相認的父子有一個可以見人的身分，未必就有那麼長遠的打算。

楊浩卻看的很清楚，答應這條件，無異於確立了兩國但存一日，必為世仇。祖宗丟的土地，如果沒那個能力拿回來，後世的子孫可以擱置不議，可以裝聾作啞，但是直接加諸其身的「兒皇帝」稱號，你教他怎麼逃避？怎麼去忍？也只有石敬塘那種極品，才會無恥到這種境界。

雙方的交涉越來越頻繁，蕭綽卻不肯再做更多讓步了，楊浩覺得有必要用武力敲打敲打，讓仍然心存幻想的遼國朝廷清醒一下，某一日，楊浩再度對幽州發動了進攻，外線也同時發動了攻勢，潘美親自指揮，消滅了一路遼軍援軍，幽州大驚，終於開始正視他們繞不過去的和談條件：割地！

＊　＊　＊

三月三是什麼日子？

三月三是人祖日，據說這一天是伏羲和女媧成親，人類從此得以繁衍的日子，因此伏羲被尊為「人祖爺」，這一天也就成了善男信女們紀念人祖的日子。

農曆三月三日，也是道教真武大帝的壽誕。真武大帝生於上古軒轅之世，是道教中主管軍事與戰爭的正神。因此這一天又是道家盛事。

三月三又是上巳日，該日官民皆沐浴清潔，祛病除垢，臨水宴賓，賞春踏青。

三月三，又是中原人的情人節。三月三日天氣新，長安水邊多麗人。態濃意遠淑且真，肌理細膩骨肉勻。繡羅衣裳照暮春，蹙金孔雀銀麒麟。頭上何所有，翠微盍葉垂鬢脣。背後何所見，珠壓腰衱穩稱身……

今年的三月三，無異是一個更加令人高興的日子，因為這一天，宋遼兩國終於達成協議，兩國將在城南寶光寺簽署國書。

提前一天，圍城宋軍後退二十里紮營，一大清早，蕭撻凜和楊繼業率精心選擇的精銳士兵抵達寶光寺，部署防務，做好一切準備。

直至中午時分，楊浩的儀仗和遼國太后、皇帝的儀仗才向寶光寺進發。

寶光寺山門前搭起了高臺，此為祭告天地之處，一進山門，直至正殿前，地上都鋪著紅氈，正殿盡頭，矮几陳設，文房四寶，一應俱全。

在親信重臣的陪同下，兩國首腦自休息的偏殿中出來，步入會場。

楊浩一眼就看到了牽在蕭綽手中的遼國小皇帝耶律隆緒，小皇帝穿著一身剪裁得體的皇帝袍服，小小年紀，還要扮出一副很威嚴的模樣，只不過……小孩子沒城府，那氣鼓鼓的神色終究是掩飾不住，國家大事他還不懂，他只知道對面這個傢伙就是欺侮得他娘親很久都沒有露出一次笑臉的大壞蛋。

楊浩凝視著他，忽然向他微微一笑，小皇帝狠狠地瞪了他一眼，哼的一聲翹起了下巴。

楊浩又是莞爾一笑，目光輕抬，這才看向蕭綽。

蕭綽身穿綻青色左衽褘衣，前衫拂地，後披曳地，衣上雙垂杏黃帶，腰懸玉珮，絡縫烏靴，頭戴九龍四鳳冠，高貴而嬌媚，當高貴與嬌媚融為一體，便也把女人的魅力發揮到了極致，天生尤物，莫過於此。見楊浩向她望來，蕭綽目光閃過一絲恨意，小瑤鼻微微一翹，和她那寶貝兒子一般神氣。

楊浩暗暗苦笑，這對母子，可真的讓他得罪得狠啦。

對宋國來說，幽燕之地是北方屏障，據有此地，防禦草原虎狼的安全係數就會大增，這對中原國家來說是最重要的，對普通百姓尤其是江南百姓來說，卻並不樂見朝廷收復幽燕，由於水土和氣候原因，南方遠較北方富裕，所以南方的賦稅比北方高，江南像輸血一般透過漕運源源不絕地供應著東京汴梁和北方邊地的糧米需求，如果疆域向更北方擴張，他們的負擔就會更重，雖說即便如此，江南仍較北方富裕，可是誰會怕錢咬手呢？

而對遼國來說，燕雲十六州的意義卻不止於軍事上，燕雲十六州是遼國的主要農耕區，對遼國的作用，大體和江南對宋國的作用是一樣的，同時，燕雲十六州是與宋國接壤的地區，這是遼國汲取中原文化，融入中原經濟的重要管道，如果燕雲十六州易手，那遼人將重新回到逐水草而居的游牧生活，封建帝國的政體也將很難得以維持，立國六十年，剛剛從經濟和文化上興旺起來的遼國將從此走上下坡路。

燕雲十六州等同於遼國的經濟命脈和政體基礎，如今楊浩趁著遼國政壇動盪，軍事失敗，太后和皇帝被困，硬生生逼她割讓了山前七州，蕭綽心中怎能不恨？

她唯一爭取到的，就是在女真和室韋的屬臣身分上楊浩做出了讓步，最初的計議中，室韋和女真都要納入宋國屬臣轄下，並派兵駐守，女真人看不出其中深意，蕭綽卻看得出，最後據理力爭，楊浩總算退讓一步，約定女真向宋稱臣，由宋駐軍，室韋向遼稱臣，由遼管制。把女真人和蒙古人一刀切開，在楊浩看來，只是為了避免他們合力坐大，而在蕭綽看來，這就是楊浩對她唯一的施捨。

她仰起頭，硬生生將滿盈的淚光忍回去，再看向楊浩時，眸子已經有些發紅。

看到她那強忍委屈故作堅強的模樣，楊浩真想走過去，摟住她瘦削的肩膀，低聲輕語安慰一番，可是……可是他只能硬起心腸，淡淡一笑，拱手道：「請入坐。」

一切是早已議定的，就連國書的內容都是雙方逐字逐句推敲過的，無須再議，只是拿過來讓雙方帝王當場簽署、用印罷了。

楊浩要的，就是山前七州。燕雲十六州，山前七州，山後九州，十六州之地合計約十二萬平方公里。山前七州扼守著燕山和太行山北支的長城一線，沃野千里，北倚大山，重巒復嶺中復有險關，是將中原漢族地區和北方游牧民族區域分隔開來的天然屏障，戰略位置最為重要，乃中原之北大門，命帥屯兵，扼其險阻，戎馬不敢南牧。若失幽薊諸州，則千里之地皆須應敵，千里皆平原，則中原常不安。而今，終於功德圓滿。

此時新年已過，楊浩雖未還都，但年號已定，且頒布天下，該年是為永和元年，此次和議由宋國主導，因此和約以宋國年號為準。各自簽字，蓋印，交換國書，眼看著年幼的兒子費力地搬起沉重的國璽，在內侍的幫助下將那鮮紅的大印端端正正地蓋在國書上，蕭綽鼻子一痠，終是忍不住潸然淚下……

＊　＊　＊

國書簽罷，因遼國皇帝年幼，由聽政太后代為祭天，楊浩和蕭綽各自手捧和約，緩緩登上土築高臺，高臺較大雄寶殿屋簷還高出一頭，左側一階階上肅立的是遼國侍衛，而左側臺階上站立的則是宋國侍衛，高臺上，鋪設香案，紅氈鋪地，除了二人外，空蕩蕩再無一人，兩國的文武大臣都在臺下恭立，只有兩國的起居舍人降三階侍立。

蕭綽手捧和約，臉色蒼白，悵望著眼前可見的一切，很快，這裡就要姓宋了，她得偃旗息鼓，帶領她的臣民離開這兒，也許……再也無法回來。

楊浩輕咳一聲，說道：「太后……不念誓詞嗎？」

蕭綽冷笑一聲，道：「楊皓，你今日遂了心意，想必是快活得緊了？」

兩人手捧和約，肅立於香案前，神色冷竣，目不斜視，看在臺下兩國文武眼中，倒似正莊重地向天地祈告一般。

楊浩沉默有頃，幽幽嘆道：「若宋遼易勢而處，太后會怎麼做呢？」

蕭綽終是一代人傑，轉念一想，心中恚意便減輕了許多，只黯然道：「你攜兵乘危，迫我割地，中原人便該有好日子過，我們草原上的兒女，便活該風餐露宿，逐水草而居，世世代代、子子孫孫苦厄貧窮嗎？」

楊浩目光望向大雄寶殿宏偉的殿宇，悵然道：「我能說什麼？眾生平等嗎？便是口口聲聲眾生平等的佛祖眼中，也有天、人、阿修羅三善道；畜生、餓鬼、地獄三惡道，善惡之道中又有上中下三品，何況我一介凡間帝王？誰有大神通，顧得所有人？便是我宋國，南北之民、西東之民、城阜山村之民，同樣是大宋子民，又哪能做到盡居錦繡之地，盡享榮華生活？」

楊浩輕吁一聲，又道：「我並不想……可是我知道，我今日不取幽燕，來日遼國絕不會滿足於擁有幽燕，若無幽燕，宋國一馬平川，無險可據，縱然貧民冗兵，耗十倍之力，亦不足以自守。」

蕭綽冷笑：「好理由，你奪我之食，濟你之口，倒是理直氣壯、天經地義了？」

楊浩淡淡一笑：「我從來沒有這樣想過，我也沒有打算只顧自己。可契丹一族，一遇天災人禍，生計無著，便思南侵中原，這是事實，居其位，謀其政，我得先為自己打算。孟子有云，窮則獨善其身，達則兼善天下，對一君子是如此，做為帝王，我想也該如此。」

蕭綽只是冷笑。

楊浩睨她一眼，問道：「妳……可曾聽過火宅的故事嗎？」

蕭綽微微露出詫色：「什麼火宅？」

楊浩悠然道：「這是佛祖釋迦牟尼講給他的弟子聽的一個故事，故事裡說，很久以前，有一個很大的國家，國都王城附近的村莊裡有一戶很富有的人家，人丁興旺，子女眾多，田園寬廣，房舍眾多。有一天，宅子起了大火，可是宅子裡的孩子們渾然不覺，還在後院裡玩耍。

「有個人跑去告訴他們著火了，可他們根本不相信，只顧四處奔跑玩耍。這個人不管怎麼說都沒有人相信他，於是他想了一個辦法，他告訴孩子們，村口有人帶來了很多奇異有趣的小動物，還有許多好玩的玩具，如果不趕快去看，那個人就要帶走了。

「孩子們聽了，迫不及待地催他帶自己去，他們都跑出了莊園，整座莊院都燒成了灰燼，但是孩子們一個也沒有燒死。村口當然沒有什麼奇異的小動物，也沒有好玩的玩具，那個人騙了孩子們，但是孩子們的性命卻保住了。」

蕭綽乜著他，冷冷地道：「什麼意思？」

楊浩道：「我的意思是，手段不重要，結果才重要。妳不要只看到我的手段好不好，總有一天，妳會明白我的一番苦心。」

蕭綽黛眉蹙起：「什麼苦心？」

楊浩自顧自地道：「我只是一個凡人，凡人做不到眾生平等，對人總有親疏遠近之分，我沒有一個完美的法子讓所有人都絕對滿意，但我會很努力……我要活，我也得讓人活……」

蕭綽的耐性漸漸耗光了，眸中泛起危險的火星，恨聲道：「你到底在說什麼？」

楊浩回眸一笑，寶相莊嚴：「我現在說了，妳也不會相信……但是總有一天妳會明白的。」

「嗯？」

楊浩回過頭，面朝香案，垂眉斂目，迎著自南方徐徐拂來的春風，很出塵地道：

「等妳明白了我的苦心，我希望……妳會重新接受……我送妳的首飾……」

蕭綽咬牙切齒，上前一步，似躬身祭天，鹿皮小靴的後跟，則狠狠踩在這個神棍的腳趾頭上，然後腳後跟輾呀……輾呀……楊浩的面孔就隨著她小蠻腰的動作，扭曲……扭曲……

「我只想……要你死！」

兩國議和的重大歷史場面應該是莊嚴神聖、肅穆和諧的，這一幕當然不會載入史冊，兩國的起居舍人突然選擇性失明了，他們的筆下是這麼記述這段歷史的。

維永和元年，歲次丙寅，三月初三，大宋國皇帝陛下與大遼國太后陛下於幽州城南寶光寺築高臺，祭告天地，言語至誠，以為和盟，盟約有言：「大宋皇帝謹致誓書於大遼皇帝闕下：共遵成信，虔奉歡盟。燕雲十六州，山後九州，歸屬大遼國，山前七州，歸屬大宋國。女真與室韋，女真侍於宋，室韋奉於遼。

自此，沿邊州軍，各守疆界，兩地人戶，不得交侵。或有盜賊逋逃，彼此無令停匿。至於隴畝稼穡，南北勿縱驚騷。所有兩朝城池，並可依舊存守，淘壕完葺，一切如常，即不得創築城隍，開拔間道。雙方於邊境設置榷場，開展互市貿易。誓書之外，各無所求。必務協同，庶存悠久。

自此保安黎獻，慎守封陲，質於天地神祇，告於宗廟社稷，子孫共守，傳之無窮，有渝此盟，不克享國。昭昭天監，當共殛之。遠具披陳，專俟報復，不宜，謹白。

六百三九　大結局

大宋永和五年。

楊浩當國，經過五年的發展，金陵重又恢復了往日興旺繁華的氣象，而且猶有過之。秦淮河兩岸，別墅河房，雕欄畫檻，綺窗珠簾，富麗堂皇。夜晚的時候，燈船來去，宛若火龍，船內絲竹歌吹，自聚寶門至通濟門水關，喧鬧達旦。

大街上，織緞、綾裱、羅絹、縐紗、絲棉、絨線、頭巾、荷包、顏料與染坊，一家家店鋪比肩而立，往往是一個上游行業的興起就會帶動一條龍的行業興起，金陵百業興旺，生機勃勃。

就拿眼前這家門臉極大的綢緞莊子來說，五年來三次擴張，仍然是供不應求，綢緞莊中那些昂貴華麗的絲綢大多都是外銷的，北朝需要，南邊的大理、交趾也需要，最大的客戶有兩個，一個在東，一個在西。

西邊那個是河西鹽州的一個李姓大商人，這位李公子在金陵設點，長年收購，經過他手的絲綢、瓷品據說遠銷天竺、大食、大秦甚至更遙遠的西方國家，僅他一人每年的採購量就達到了一個驚人的數字。

另一個大客戶來自東面，飄洋過海，遠來自東瀛。這位大客商姓薛，操著一口地道的汴梁口音，不過他的真實身分卻始終教人摸不清，有人說他是一個極了得的江洋大盜，理由是有人曾經見過長江、秦淮等幾條河道上混口食的船幫老大，在他面前都畢恭畢敬像個孫子似的。

又有人說他是日本國一個大領主的女婿，挾天皇以令諸侯，在那島國上勢力極大，並且壟斷了該國所有高級消費品的採購及銷售，理由是曾經有海商見過他在日本國威風八面的樣子。還有人說，此人實際上是一位大宋皇室的內侍總管，理由是這廝沒蓄鬍子，而且有人見過他出入大宋皇城。

眾說紛紜的，也不知道他到底是什麼身分，管他呢，這人雖不明來歷，可他的金銀卻不是假的，隨著大宋這幾年日漸興旺，市面上最短缺的不是物資，而是貨幣，雖有西域的、南洋的金銀不斷流入，還是不能滿足日益豐富的物質流通需要，而此人在大宋各地都有生意夥伴，交割貨物一概以成色極好的黃金白銀支付，那可是所有商家和地方官府最歡迎的客人。

絲綢生意興旺，隨之而來的，蠶桑養殖、織染、刺繡、製衣等上下游整個行業就得不斷擴張，更何況，官家已把杭州灣列為五大海上貿易通商口岸，唐家製造的大海船每日進進出出絡繹不絕，豈只是絲綢，瓷器、茶葉、首飾各種商品現在都是供不應求，手工業者如今是大大增加，崔家在江南建造的幾家大織染坊，每處招工已不下數千人。

金陵最繁的雞籠坊，一行四人緩緩而行，東張西望，看來十分悠閒。瞧他們模樣，這是一對夫婦和一雙僕從。走在前邊的，是一個年約三旬、氣度雍容的男子，面如冠玉，眉目俊朗，顧盼之間，自有一種居上位久矣的氣派。

在他旁邊，是一個身穿碧羅衫的美麗女子，長身玉立，纖腰弱柳，正是女人家風情容貌最成熟美麗的時候，面上雖罩著一層薄紗，但是俏麗的五官仍然若隱若現，更顯嬌媚迷人。

後邊跟著的是兩個青衣男女，男子二十上下，身著僕裝，肩上斜挎一個包袱，舉手投足卻是器宇軒昂，另一個青衣女子面上也罩著輕紗，步履輕盈，身段娉婷，雖然梳著雙丫髻，可那模樣，較之大戶人家的閨秀千金還要優雅高貴。

金陵百姓見多了達官貴人，一瞧這四人氣質，就曉得是一戶極尊貴的人家，閒來無事，遊逛市井，所以那些沿街叫賣、店前拉客的生意人便不敢上前打擾，四人自顧行走，倒也逍遙自在。

一路走過，只見各色店鋪琳琅滿目，「抽絨老店」、「勇申布莊發兌」、「糧食的豆穀老行」、「銅錫老店」、「梳篦老鋪」、「畫脂胭粉名香宮皂」、「靴鞋老店」、「西北兩口皮貨發售」、「遼上京鑌鐵刀具店」、「大秦珠寶首飾銀鋪」等比比皆是，還常有高鼻藍目的異國人物擦肩而過。

碧衣美人依在那年約三旬的貴人身邊，巧笑倩兮，美目盼兮，品評著沿街的店鋪：「自從官人於科舉之中另開工科、理科，百業傑出人才亦可從政為官，這幾年咱大宋的新鮮玩意兒可是層出不窮，官人你看，這家鋪子的主人就剛剛研製出了一種工藝極精的彩色妝花緞，還有帶縐紋的銀條紗，雖訂價極高，卻是供不應求呢。」

三旬貴人微笑點頭，美人拍手笑道：「真好，富麗堂皇，雖不及長安莊嚴氣象，但繁華猶有過之，別有江南風味，此行不虛呀。」

她妙眸一轉，又吃吃笑道：「可惜了，最好動的子渝姐姐又懷孕了，還是沒福氣隨官人巡遊天下，嘻嘻，子渝姐姐也是真能生啊，五年生了三個兒子，照這麼生下去，折楊兩家加起來都要瞠乎其後了。」

貴人輕咳一聲，苦笑道：「這個……子渝……呵呵，子渝也的確是太能生了些，罷了，以後我與她親熱該多用雙修之法，不然的話，這一輩子她連宮門都不用出了。」

身後的一對青衣男女聽了，眸中也露出忍俊不禁的笑容。

這一行四人，自然就是楊浩、竹韻、穆羽和馬燚。

竹韻笑道：「可是駙馬家裡卻是一連生了兩個女兒，把個羅老頭愁得鬍子都揪掉了一大把。想給駙馬納個妾吧，又怕你見了心中不喜。」

楊浩笑道：「老羅家裡子孫滿頭，克敵不生兒子，也沒啥關係吧？我看老羅可沒妳說的那麼不堪，克敵任幽州留守兼管駐女真五衛兵馬才不足三年，老羅就整日跟我嘀咕，想讓克敵調回長安，說他想那對小孫女了。」

竹韻哼道：「羅老頭口是心非罷了。對了……」

她忽地止步，似笑非笑地看向楊浩：「據我所知，遼國那位耶律雅公主迄今仍是雲英未嫁，駙馬一到幽州，她就尋個藉口跑了去，官人著駙馬鎮守幽州，可是別有打算呀？」

楊浩摸摸鼻子，乾笑道：「我那妹子可是大長公主，就算克敵真要納妾，對方的身分也不能太低了不是？這個嘛，還要看緣分，接下來如何，我可管不著了。」

竹韻撇撇嘴，輕哼一聲，眼見前面到了十字路口，竹韻身形一頓，說道：「官人雖令儀仗緩行於後，不過算算時間，這時候也差不多該到了，咱們這便去行宮嗎？」

楊浩輕輕搖頭，佇足沉吟片刻，說道：「妳先去行宮，多年不曾涉足金陵了，故地重遊，我想單獨走走。」

竹韻應了一聲，翩然轉身，人群中早迎過一群扮作普通士子文人、販夫走卒的侍衛來，又趕一輛馬車，竹韻登車，剛剛進入車中坐下，忽又一掀轎簾，探入螓首，帶著促狹的笑容道：「官人，阿古麗不日將來金陵朝覲敘職，你打算……拿人家怎麼辦呢？」

楊浩的神氣有點古怪，摸著鼻子道：「什麼怎麼辦？」

竹韻輕哼一聲道：「人家對你的心思，瞎子都看出來了，你道我們不知道嗎？人家替你鞏固隴右，穩定甘州，現在功德圓滿，又把大權交出來，任由你委派流官。一個女兒家，能有多少青春可以磋砣？冬兒、子渝，還有焰焰她們可是首肯了的，你楊大官人若真是個鐵石心腸呢，那就當我沒說好了。」

竹韻放下轎簾，一行侍衛護著馬車離去，楊浩搖頭一笑，這才轉向穆羽，沉聲問道：「交代你做的事做的怎麼樣了？」

穆羽忙上前一步，一邊隨他前行，一邊說道：「遵官家囑咐，臣隨太子與太傅先去了幽州，太子很喜歡那兒，未出關中前，太子還整日哭鬧，說是想念官家和皇后娘娘，現在已經好多了，吃得下、睡得著，駙馬送了太子一匹小馬，太子年紀雖小，可彎弓射獵，本領卻是不小。」

楊浩欣慰地一笑：「甚好，讀萬卷書，還得行萬里路才是，絕不能讓儲君長於深宮，養成晉惠帝那般不是白痴、勝似白痴的皇帝，鬧出『何不食肉糜』的笑話來。諸皇子，今後悉從此例，每個太傅，每年換攜一位皇子，半年居於宮，半年行於外，要設成常例。」

穆羽道：「是，之後臣去了上京，遵官家吩咐，向蕭后娘娘遞交了國書和私信，不過……不過官家的囑咐，臣只完成了一半……」

楊浩眉頭一蹙，訝然道：「完成了一半，此話怎講？」

穆羽苦笑道：「官家約蕭后娘娘會晤，商討兩國進一步開放邊市、擬定詳細的貿易律法一事，蕭后娘娘答應了。不過……官家著臣交給蕭后娘娘的東西，娘娘只收下了一半。」

「哦？又是一半？」

穆羽說著，摘下身上包袱，取出一只錦匣，楊浩接在手中，打開看了看，又仔細想了想，漸漸露出會心的笑意，胸有成竹地道：「你把錦匣收好，待朕會晤遼后時，一定要帶上。」

這幾年，宋國完全開放了榷場和邊市，對各種商品的輸入和輸出不再設置種種障礙，隨著磨合期過去，兩國邊境貿易日趨興旺，在宋國的貿易總量中已占了五分之一，而在遼國那邊甚至達到了二分之一。

茶葉、鐵鍋、布疋等物資暢通無阻，關稅很低，這且不說，楊浩還大力扶持北朝農業和手工業的發展。永和二年，朝廷兵發交趾，歷時八個月的戰爭，滅了叛逆小朝廷，設州府流官治理，並且將該地生產價值高的糧種帶回北方，經雜交培育，適應了北方氣候之後，也毫無保留地提供給了北朝，雖說交換代價是北朝需向宋國提供十年一定數量的馬匹、牛羊，但是哪一方得惠更多，顯而易見。

遼國的山後九州是漢人聚居區，也是遼朝最大的農耕區，他們是優良糧種及其養植技術的最大受益者，同時，由於日趨興旺的邊境貿易，他們也是受益最大的人群。幾年下來，生活環境大為改善的北朝漢人和其他諸族百姓對宋國親近感大增，再也不會那麼冷漠甚至敵視了，儘管兩國之前如生死大敵，這種情形與後世美日之間的關係頗有異曲同工之妙。

楊浩的目的很簡單，我要活，也得讓人家活，要不然，大家都別想活得太平。

世界上沒有哪個國家像宋國一樣，在它身邊有這樣一片廣袤巨大的草原，有這樣一個強大的草原民族，以中原五百年一出的傑出領袖，傾中原之全力，盡千古之名將，也是殺不光、滅不掉，讓北方狼成為中原揮之不去的夢魘。

楊浩知道，北方草原民族不屈不撓地南侵，和歐州小國殖民侵略的動機有很大不同，草原上的居民，生存環境惡劣，只能透過不能食用的野草轉化為動物的乳品和肉類來滿足生存需要，他們只能在不同的季節裡趕著他的畜群在荒涼的草原上尋覓自然植被。

他們征服了自然環境，同時也成了自然環境的奴隸。當自然環境惡劣到難以活命的地步，他們唯有透過戰爭來掠奪，那麼能掠奪哪裡？更貧窮、更荒涼的北極嗎？自然是揮軍南下，客觀地講，草原民族自有史以來，就不斷地南侵，主要決定因素不是統治者的個人野心，而是老天爺的決定。

所以他們比中原人更好戰，比中原人更能戰，也比中原人更不計較戰爭成本，還有什麼成本是比生存更重要的？

楊浩希望，文化同化、經濟滲透、農耕技術的傳播，能讓北朝的生存環境不至於惡劣到比付出戰爭成本更慘烈。既然無法消滅狼，那就把狼變成羊，對立和壓制解決不了的問題，希望能用其他手段來解決，至少會大量減少北人南侵的頻率。如果有朝一日子孫後代真的腐朽不堪，朝廷成了只知吞噬民脂民膏的吸血鬼，那麼取而代之的也是一群文明人，而不至於讓一群野蠻人率領著整個中國大退步。

當然，占領山前七州，控制戰略要地，經濟、文化雙重「侵略」和同化，那是因為「形勝固難憑，在德不在險」完全是一句迂腐夫子的屁話，但是內部建設較之外部條件更加重要，這一點卻是毋庸置疑的。

大量生活物資輸入北朝，改善了他們的生活環境，中原每興起一件新鮮玩意兒，很快就會流行於整個北朝，文化上的認同、經濟上的改善，正在漸漸改變北朝人的習俗、風氣和性格。與此同時，宋國改革吏治、科舉、軍制，開海通商，交遊萬國，於潛移默化中正一點點地剔除著傳統文化中消極、保守的糟粕。

這是一件長期工程，或許需要幾代人的努力，但它的作用是巨大的，憑著中國人的聰明才智，未來的國人就可以一種更積極、更開明、更先進的方式延續下去。即便有一天他不在了，即便有一天他的子孫不肖丟了江山，敗落的也只是他一家一姓，這個民族卻只會越來越強大，再也不會變成一口閉關鎖國、驕傲自滿的醬缸，讓後人不知耗費多少年的努力，在夷人堅船利炮的沉重打擊下才肯正視自己，引入活水。

遼國雖然丟了山前七州，但是國家內部環境反較以前強了不止一倍，這幾年的變化是那麼明顯，每個人都感覺得到，就算是最普通的牧民，也感覺到了和中原談和以來的巨大變化，他們再也不必可憐到把一口裂了縫、豁了口的鐵鍋都當成傳家寶、當成最珍貴的陪嫁。

由於河西之地和山前七州在手，遼國的馬匹、牛羊也不再是宋國求之不得的東西，因此可以平價輸入，大量的健牛和騾馬用以補充水路運輸的不足，長安開始重現了解興旺氣象，再加上做為帝都，本地經濟、文化也大力發展，關中也開始重現了八百里秦川的興旺發達。

這是合則兩利的事，楊浩相信，以蕭綽的聰慧，能夠明白戰與和的利弊，能夠明白他的一番苦心，能夠與他相逢一笑泯恩仇，甚至……咳咳……這首飾又拿了一半回來，她是希望……我親手為她佩戴上嗎？

錦幃初溫，麝香不斷，紅芳庭院，綠蔭窗扉。留歡卜夜，月移花影，金繫花腰，玉勻人面，嬌慵無力，婭奼相依，對鏡娉婷，懶梳衣妝……

一想那香豔旖旎的場面，楊浩禁不住心猿意馬起來。

穆羽咳嗽一聲，瞟了眼楊浩的神色，又道：「歸途中，臣去了崇孝庵，祕密會見了後庵靜修的永慶殿下……」

楊浩頓時露出關切之色，連忙問道：「她怎麼說？」

穆羽道：「臣依官家所囑，苦勸殿下蓄髮還俗，可……可殿下不肯，殿下說，她只願青燈古佛，終老此生，以贖一己之過，以祈天下之福。她還說……官家這個皇帝做的非常好，這是天下萬民之福，殿下說，她現在生活的很好，心境很平和，永慶公主自大仇得報，江山禪讓之日起，就已經真的死了，現在的她，只是一個潛心靜修的比丘尼，叫官家以後不要再派人去打擾她清修了。」

楊浩悵立良久，唯有幽幽一嘆。

行行復行行，前邊來到了江南書院，今天是今年春闈開榜之期，五都同時開考，避免了天下士子長途跋涉、畢集長安之苦。饒是如此，僅金陵一地的士子，也是摩肩接踵，揮袖成雲。

楊浩見此盛況，不由欣然一笑。

他忽地想起初到汴梁的時候，就是在貢院門口遇見了崔大郎，那一幕有趣的情景迄今難忘。

如今，崔家經過與鄭家的明爭暗鬥，潛伏力量幾乎已全部暴露，經過飛羽的祕密偵緝，再加上唐家、李家的揭發，崔家的潛伏力量已所餘無幾，掀不起任何風浪來了。楊浩並沒有打壓崔氏，曾經的一些想法，當他真的站在更高處，看的更遼闊時，就會進行修正和改變，摧毀崔氏的經濟力量，於國事無補，國家強盛時，它本就是國家發展的助力，國家消亡時，即便沒有它的離心離行，這個國家就能擺脫消亡的命運？

唐家、李家、崔家，乃至「繼嗣堂」七宗五姓中已經勢微的幾家，現在都擺上了檯面，成為宋國工商業中的佼佼者，生意甚至做到了海外，透過政策引導，楊浩已成功地把這些陰謀家變成了企業家，他們旗下大多擁有極大的工廠、作坊，或許有一天，他們會成為宋國的大托拉斯，跨國大公司，就像構成了美國經濟體、政治體、文化體的五百五十萬家公司，楊浩期待著它們的茁壯成長，並隨之引起的蛻變。

交頭接耳、或悲或喜的士子、家人、奴僕、小商小販中，有一個駝背的乞丐，正在注意觀察著士子們的神情，有那垂頭喪氣、滿臉悲戚的人物，他自然不會上前自討沒趣，可要見誰歡天喜地、笑容滿面，他馬上就會湊上去，賀喜高中，拍幾句馬屁，人家大喜之下，還沒有一個讓他空手而歸的，大多都會施捨些銀錢，是以獲益頗豐。

忽一回頭，瞧見楊浩咧開嘴笑了，那乞丐眼睛一亮，急忙蹣跚上前，隔著還有八尺遠，就一頭跪了下去，口中高聲道：「恭喜老爺，賀喜老爺，金榜得中，魚躍龍門。」

穆羽又好氣又好笑，上前一步，斥道：「瞎了眼的東西，我家……」

「噯，罷了罷了。」楊浩推開穆羽，見那乞丐蓬頭垢面，衣衫破爛，後背高高隆起，似乎脊柱畸形，形如一座扭曲的小山，哪怕是他站著，也像一直在作恭打揖似的，他伏在地上，神態恭敬，那古樹皮似的手背，十指滿是泥垢的指甲長長，瞧來實在可憐，便自懷中摸出一吊錢來，遞過去道：「拿去吧。」

那人一抬頭，見整整一吊金燦燦的永和通寶，不禁大喜若狂，叩頭如搗蒜地道：「謝大爺，謝大爺，小的祝大爺您……」

他一面說著恭維話，一面伸手接錢，忽地看清了楊浩的面容，不由得臉色大變，如見鬼魅般倒爬幾步，怪叫一聲就要逃走。

他神情有異，人群中的暗影侍衛早已警覺，他剛一動彈，四下人群裡立即冒出幾個便服大漢，將他牢牢困在中央。楊浩拿錢的手凝在空中，雙眼直勾勾地盯著那個緊低著頭、眼神躲閃的乞丐，神情漸漸凝重起來。

他直起腰，慢慢走到那乞丐面前，沉聲道：「抬起頭來。」

那人身子瑟瑟發抖，下巴已勾到了胸口，因為駝背，身子本就是彎的，看起來就像一個不太標準的問號。

楊浩厲聲喝道：「抬起頭來。」

那人身子一顫，雙膝一軟，噗通一聲跪在地上，腦袋磕在青石地上咚咚直響：「丁……楊……皇……大爺饒命，饒命啊，看在我落得這般下場上，你貴人高抬手，就饒了我這條狗命吧，我給您磕頭，給您磕頭，對不起……對不起，是我錯了，我已經遭到報應了，大爺饒命啊……」

那人痛哭流涕，磕得額頭鮮血淋漓，猶不敢停，看得四下裡士子們駭然失色，不知這乞丐是什麼人，又與這看來氣度極是不凡的公子有什麼關係。

「抬頭！」

那乞丐不敢再違拗他的意思，瑟瑟地抬起頭來，楊浩注目良久，才輕輕地嘆了口氣，慢慢向前走了兩步，那人像狗一般瑟縮了一下，卻不敢再退。

楊浩將那吊錢輕輕搭在他的肩上，淡淡地道：「你最對不起的人，其實不是我，是雁九……」

楊浩轉身行去，那些看得目瞪口呆的士子們急忙為他閃開一條道路，待到楊浩一行人離去，蜷縮在地上的那個人才慢慢抬起頭。

痴痴好久，他才搖搖晃晃地站起身子，佝僂的腰，神情有些茫然。

他那滿是泥垢、滄桑、瘦削的臉，如果極熟識的人看上去，又或已知道了他的真正身分，也許還能隱約看出幾分當年風流倜儻的霸州丁家丁承業丁二公子的模樣。

「雁九？」他那已經僵化的頭腦，費了好大的勁，才遲鈍地想起曾經的那段作威作福的日子裡，陪在他身邊的那個狗奴才：「雁九？我怎麼對不起雁九了？」

華蓋滿金陵，斯人獨憔悴，立於羽袖綸巾、士子林中，許久許久，丁承業忽然鼻子一瘦，於風中痴痴落淚……

* * *

楊浩沒想到丁承業當年背部中劍，落入糞渠竟然沒死，可是面對這樣一個殘廢的乞丐，他真的是下不了手，這樣的結局，或許比殺了他，是更好的懲罰。

楊浩沉鬱著臉色只是前行，見他神色不豫，就連穆羽和馬燚也不敢多言，這書院甚大，到處徘徊的士子也多，楊浩此去，是往靜心庵的，靜心庵是靜水月當年清修之地，自從趙光義遇刺以後，壁宿從此下落不明。直至不久前，楊浩想起靜心庵，著人到這附近打探，才曉得此庵已改作寺廟，寺名就叫靜心寺，而壁宿就在此處出家，此番巡幸江南，他正想去看一看故人。

跨過秦淮河上一道木橋，人流本該稀少了，可是前方偏偏有許多士子圍在那裡，偶有高聲，夾雜著女子清脆的聲音。

楊浩眉頭一皺，慢慢踱過去，暗影侍衛早已搶先一步，將人群擠開，為他騰開一條道路。

到了人群中向前一看，只見前邊是一所書院，青瓦白牆，小院朱扉，門楣上一道匾額，字跡娟秀，寫的是「蓮子書寓」。

門下三層的石階，一道淺淺的門檻，門檻前站著一個翠衣小姑娘，眉目如畫，俏臉緋紅，雙手扠腰，氣鼓鼓地瞪著面前這群士子。

士子群中一個老朽，面容清臞，三縷長髯，滿頭花白頭髮梳得一絲不苟，精神很是矍鑠。他身穿著一件雲紋長袍，髮挽道髻，慈眉善目，令人望而生敬。這老先生拈著鬍鬚，不屑地道：「官家倡導女學，用心之良苦，陸某自然不敢非議。只是佛家有言，因文解義，三世佛冤，官家倡導女子識字學文，以解蒙昧，卻不是真的要妳們婦人如男子一般得立朝堂。

「識字，使得。學文，也使得。諸如《女誡》、《周禮》等等，蓋因女子通文識字，而能明大義者，固為賢德，然不可多得；其他便喜看曲本小說，挑動邪心，甚至舞文弄法，做出許多醜事，反不如不識字，守拙本分更好，所謂『男子有德便是才，女子無才便是德。』就是這個道理了。

「可你家先生教的是些什麼呢？哼！政略國策倒也罷了，就連俚曲小調、曲本雜藝也皆有所授，真是荒唐。五倫之中，男女有別，男為天，女屬地，天行健，君子以自強不息，地勢坤，君子以厚德載物，男女各歸其位，則天清地寧，女子們要有才不顯，甘居坤位，謹守婦道，才是道理。你們先生教授些亂七八糟的東西，已是誤人子民，還敢妄言將來官家必開女科，以此蠱惑世人，騙取束脩，老夫得見，怎能不為江南士林一匡正義，掃除邪妄？」

這老頭引經據典，滔滔不絕，聽得眾書生頻頻點頭，楊浩一瞧這老頭模樣，差點笑出聲來，陸仁嘉！這老夯貨，多年不見，居然又於江南復起了，難道江南士林不知道他在汴梁被罵到吐血的糗事？

小姑娘氣得頓足：「呸，老不修，說得冠冕堂皇，一肚子男盜女娼，你道我不知道你垂涎我家先生美色，軟硬兼施，用盡手段卻不能得手，這才藉詞報復！」

陸仁嘉的老臉騰地一下紅了，惱羞成怒地道：「信口胡言，信口胡言，老夫年劭德高，於江南士林素有賢明，妳這小娘子，竟敢如此辱罵老夫，真是豈有此理。你們看看，你們看看，挺好的一個小女子，已然被那無良的先生教壞了。」旁觀眾士子盡皆點頭，深以為然。

楊浩見此情景，不由暗嘆一聲：「不知這書院的先生是誰，倒有一雙慧眼，看得出我倡開女校，為的就是有朝一日開女科，讓女子也如男子一般為國家效力，只是看這情形，雖然唐宋時候女子遠較明清自由，要改變人們的觀念，仍然是任重而道遠吶。」

他喟然嘆息一聲，挺身而出道：「若依我看，這位小姑娘所言大有道理，陸先生是有前科的人，若是你垂涎人家先生美色，軟硬兼施，妄搬大義，我覺得倒正合你的為人。」

與此同時，院中一個清幽的聲音道：「梨香，關了門吧，莫去理會這班俗人。」隨著聲音，一個窈窕女子自院中姍姍走來，這女子穿一襲月白色紗羅衫，小蠻腰低束曳地長裙，頭髮盤成驚鵠髻，清麗如晴空小雪，碧水玉人。

楊浩越眾而出，笑望著陸仁嘉，並未回頭看那女子模樣，可那女子甫一現身，瞧見楊浩，不由得如五雷轟頂，整個人都定在那兒，眼見得羽袖簌簌抖瑟，顯見心中震驚已極。

陸仁嘉聽得有人嘲諷，大怒回頭，一眼瞧見楊浩，不由得臉色大變。昔日害得他身敗名裂的楊浩，如今已貴為當今天子，他當然知道，如今一見楊浩站在那兒，便知當今天子微服私訪，一時間又驚又恐，也不知是該伏地膜拜，叫破他的身分，還是佯作不知。可不管怎樣，一見楊浩在此，他真的是進退失據，不知該如何是好了。

那些士子們本來還在紛紛呵斥，忽見陸先生神氣古怪，好像恐懼之極，不由紛紛住口，詫異望來，楊浩笑道：「這位小姑娘所言，某可為證。依陸先生人品，這樣的事未必幹不來，陸先生還要反駁嗎？」

陸仁嘉如見鬼魅，倒退幾步，忽然怪叫一聲，撒腿就跑。虧他偌大年紀，一把推開眾士子，把其中一人挎在臂彎中的書籃擠到地上，文房四寶散了一地，居然一溜煙逃得飛快，就此失魂落魄，不知去向。

楊浩哈哈大笑，上前俯身拾起筆墨紙硯，略一沉吟，喚道：「小羽，來，且扮一回書案。」

穆羽答應一聲，上前俯身，楊浩將一張紙鋪在他的背上，提筆潤墨，若有所思。站在臺階上的梨香小姑娘見這公子一句話便罵跑了囂張不可一世的陸先生，不由驚奇起來，說道：「這位公子，你是何人？為何那姓陸的這般怕你？」

楊浩笑道：「那姓陸的吃喝嫖賭，五毒俱全，欠了我好多的銀子，自然是一見我就跑啦。」

他笑吟吟地說著，目光一閃，忽地看見那立在小院中的白衣女子，神色頓時一怔，那女子身形一晃，似欲躲避，最終卻只是向他勉強一笑。

那天真爛漫的小姑娘並未察覺這位公子與自家先生的眉來眼去，猶自點頭道：「原來如此，若我欠人一屁股債，也只好逃之夭夭了。」

楊浩哈哈大笑，懸腕移筆，一邊移動紙張，一邊在穆羽背後寫下了四個大字：「金陵女校」。

方才見他一言罵跑了道德文章俱屬上乘的陸老先生，那些士子都又驚又疑，不曉得這器宇不凡的公子有何經天緯地之材，竟然讓陸先生連面對他的勇氣都沒有，一見他要動筆，那些士子都屏住呼吸，懷著敬畏朝聖的心情，靜待他一展風采。

不料楊浩這四個字寫下來，文才意境固然沒有，那字更是醜得不堪入目，一眾士子險些跌倒，就是那小姑娘見了，臉上也訕訕的，有心誇他幾句，可是實在不好昧著良心說話。

楊浩倒不在意，寫罷四個大字，歪著頭欣賞一番，自得其樂地一笑，又喚道：「小燚。」

馬燚答應一聲，自懷中摸出一只四四方方的錦盒，打開來，取出一方翠綠欲滴的玉印，在那紙張左下首端端正正蓋上一個紅印。

旁邊有那眼尖的書生一眼瞧去，赫然是「永和御筆」四個篆字，驚得那書生倒退幾步，好半天才怪叫起來。

「嘩啦啦……」四下裡反應過來的士子們已手忙腳亂地跪了下去，七嘴八舌地高呼，有功名的自稱小臣，沒功名的自稱草民，紛紛膜拜天子。

楊浩卻只望向俏立在院中的白衣人。柳朵兒深深地呼吸了幾下，努力平息了自己的心情，這才款款舉步，走了出來，向那四個大字一瞧，眸中隱隱現出一絲笑意：「你的字……還是那麼醜……」

楊浩也微笑道：「妳的人，卻是清減多了。」

＊　＊　＊

「大叔，那幅字製成匾額，就能保證再也無人去刁難她們，還能讓金陵興起女子向學之風？」馬燚天真地問。

楊浩笑道：「那是自然，江南女子，本就有讀書識字的傳統，何況，那可是大叔的御筆親提。皇帝的話，就是金口玉言，不容任何人違逆的，就算是皇帝自己也不可輕易收回成命，如果行之於筆端，那就更加鄭重了，所謂一言九鼎，莫過於此了。」

「喔……」馬燚輕輕點頭，目中異彩頻閃，不知想到了什麼。

可惜走在前面的楊浩渾未察覺，猶自沉吟道：「對啊，若論風氣習俗，西北是一塊璞玉，隨我雕琢，故而推行容易。而其他地方，倒以江南風氣最為開放，如果先從河西與江南著手，逐次開展女子上學、科考、從政務業，想必就會容易多了。嗯……河西可把此事交予龍靈兒，金陵嘛，就交予柳朵兒，小燚，這事記下，回頭去見金陵留守時，這事大叔得著重提一下。」

馬燚咬著薄唇，目光閃爍，也不知正在掙扎什麼，聽得楊浩吩咐，連忙下意識地答應一聲，然後才小聲地向穆羽問起。

前邊到了靜水庵了，歷經戰火硝煙的靜水庵，如今修繕一新，只是門楣上換了一塊匾，庵改成了寺。

楊浩停住腳步，望著那寺廟怔忡不語，一個暗影侍衛悄然靠近，稟報道：「寺中主持德性大師正在講法，可要屬下屏退善男信女，請官家與大師相見？」

楊浩搖了搖頭：「不必驚擾，朕……自己進去。」

大殿上，許多佛家信徒合十聽經，佛祖像下的蒲團上，盤腿而坐一個獨臂僧人，正用清朗的聲音道：「當年世尊誕世，見風則長，邁步行走，連走七步，一步一蓮花。遂一手指天，一手指地，曰：天上天下，唯我獨尊。佛祖又以蓮花為臺，端坐蓮花臺，藏身世界海，蓮花臺邊三千葉，一花一世界，一沙一天堂。是為三千大千世界……」

楊浩靜靜地站在那兒，只見昔日的那個小偷神情恬淡，一身灑脫，與眾人結緣講法，和其光，同其塵，彷彿與身後那尊高逾三丈的世尊佛像渾然一體，楊浩靜靜地看著，靜靜地聽著，雙眼漸漸溼潤了。

壁宿高聲宣法，轉眼間，看到了靜立於殿門一側的楊浩，他不驚不訝，不喜不慍，只是向楊浩稽首一禮，仍是繼續講經：「世尊所言『天上天下，唯我獨尊』，並非自喻崇高偉大。此我非小我，乃眾生之大我。

「眾生皆有佛性，一旦覺悟，便擺脫了各種貪欲，再也沒有什麼可以迷惑你，天上地下還有什麼能夠控制你呢？此之謂唯我獨尊，正如《金剛經》所言：一切有為法，如夢幻泡影，如露亦如電，應作如是觀……」

楊浩雙手合十，默默一禮，緩緩地退了出去，在他耳畔，仍然迴盪著壁宿清朗而恬淡的聲音……

＊　＊　＊

「嗯……」一聲嬌吟，可是美人並沒有醒，只是因為那舒服的抱枕居然移開了，於睡夢中嗲出的一聲不依。

曲線跌宕、嬌美誘人的胴體，雪藕嫩玉般的大腿和雙臂，春光滿室，可欣賞者卻只有楊浩一人。

楊浩的抽身離開，讓美人有些不太舒服，竹韻蹙了蹙秀氣的雙眉，懶洋洋地轉過身子，把被子都捲到了身上，只是顧頭不顧屁股的，嬌臀外露，如一盤滿月，在朦朧的燈光下放出絢麗奪目的絲光綢色。楊浩好笑地在她翹臀上拍了一記，臀浪輕蕩，極具韌性和彈力的肌膚帶著一手溫軟細滑的手感將他的大手彈開。

楊浩搖頭一笑，自顧起身。

今晚小飲了幾杯，一番歡娛之後，竹韻滿足地睡去，他卻想要方便一下。

輕輕披上袍子，帶子淺淺一繫，楊浩便向屏風外行去。

這裡是他的行宮，利用原唐國宮室翻修改建而成，寢宮很大，方便之處設在前軒偏殿，也不甚遠。

宮壁上有一盞盞的梅花壁燈，緋色燈光十分柔和，楊浩睡眼矇矓，剛剛繞過屏風，走不出幾步，眼前突然冒出一個人影來，閃閃發亮的一雙眼睛，紅撲撲的一張臉蛋，嬌豔欲滴如同成熟的蘋果。

楊浩嚇了一跳，連忙拉緊袍子，遮住袍襟下的一雙大腿，吃驚地道：「小燚，深更半夜的妳不睡覺，跑到這兒來幹什麼？」

狗兒已經長大了，至少她認為自己已經長大了，十八歲的大姑娘，還有什麼不明白的？以前只要陪在大叔身邊就好，可是現在……身為楊浩貼身侍衛，近水樓臺，她從很小的時候就開始偷聽那些令人浮想連翩的聲音，那些嬌媚、急促的喘息，那似歡愉、似痛苦的呻吟，甚至……偷看那光影搖曳的一雙人兒，據說那叫「妖精打架」。

漸漸長大的狗兒被一次次的妖精打架弄得意亂情迷，她很希望自己能是那個在榻上被大叔欺侮得似哭泣嬌啼、又似欲仙欲死的女子，可是……可是……大叔似乎從來也沒有把她當成一個女人。

觀音合十，所拜何人？求人不如求己！

狗兒決定，自己動手，豐衣足食，堅決推倒大叔！

行動就在今日！

狗兒一咬牙，義無反顧地衝上去：「我……我……我看大叔今日為柳姑娘題的字……很……很飄逸，我……我想……想讓大叔給我也簽……簽個名字……」

狗兒心跳如擂鼓，氣喘吁吁，上氣不接下氣，可是總算把一句話說完了，說完之後，她就拿出一枝蘸飽了墨的筆，和一塊摺起來的硬紙板。

「不會吧？這是搞的哪一齣？」楊浩的睡意還沒完全清醒，不過也感到有點不對勁，可是狗兒已經迫不及待地催促起來。

「簽就簽吧，不管她玩啥花樣，反正狗兒是永遠也不可能害我的。」

楊浩無奈地笑笑，無奈地搖著頭，接過筆來，就著狗兒的手，在那硬紙板上很認真地簽上了自己的名字。

「大叔！」

一見楊浩簽完，狗兒喜極而泣，忽地一把撲上來，緊緊地抱住楊浩，像隻小狗兒似地在他臉上舔來舔去，這就是馬燚暗中觀摩，學來的所謂熱吻。

楊浩懵了，傻傻地站在那兒，任由狗兒的小舌頭在自己臉上舔來舔去，怔怔地道：

「什麼情況？發生了什麼情況？」

狗兒眼淚汪汪，卻破涕為笑，她緊緊攀住楊浩的手臂，打開那對摺的硬紙板，得意洋洋地湊到他的面前，楊浩一看，睡意也沒了，酒意也醒了，張口結舌，目瞪口呆。

狗兒手中拿著的竟是一份以鴛鴦戲水圖案為紋飾的「許婚文書」，自己的大名就端端正正地寫在上面。

「狗兒，妳……妳竟然騙大叔……妳……」

「大叔要是覺得不開心，那就打人家屁股好啦。」

狗兒得意地笑，甜甜地叫道，削肩、纖腰微微款擺，眉梢眼角一片春意，緋色燈光下，分明就是一個嫵媚含羞的小女人。

楊浩忽然發現，一直像影子一般隨在他身邊的狗兒，真的長成一個大姑娘啦！

《步步生蓮》全書完

GOBOOKS
& SITAK
GROUP ©